IMPRUDENTE

HANNAH HOWELL

*I*MPRUDENTE

Titania Editores

ARGENTINA - CHILE - COLOMBIA - ESPAÑA
ESTADOS UNIDOS - MÉXICO - PERÚ - URUGUAY - VENEZUELA

Título original: *Reckless*
Editor original: Zebra Books, Kensington Publishing Corp., New York
Traducción: Claudia Viñas Donoso

1ª edición Noviembre 2010

ISBN: 978-84-96711-96-9
Depósito legal: B-39.529-2010

Fotocomposición: A.P.G. Estudi Gràfic, S.L.
Impreso por Romanyà Valls, S.A. - Verdaguer, 1 - 08786 Capellades
(Barcelona)

Impreso en España - *Printed in Spain*

Capítulo 1

Escocia, 1375

*U*n brindis por la novia que algún día unirá en su vientre a los MacFarlane y los MacCordy.

La susodicha novia, Ailis MacFarlane, entrecerró sus ojos castaño oscuro contemplando a los hombres sentados a la mesa principal de la sala grande de Leargan. Con los labios apretados por una creciente furia, tuvo que relajar la mandíbula para poder hacer pasar por entre los dientes un trago de vino de una ornamentada copa. Tenía blancos como el hueso los nudillos de sus largos y delgados dedos, pero no pudo relajar la mano al dejar la copa en la mesa cubierta por un tapiz. Por debajo de la mesa golpeó el suelo con sus pequeñas botas; necesitaba dar salida a su furia. Ninguno de los hombres que tan jovialmente brindaban y hacían planes le prestaba la menor atención, ni a ella ni a su furia.

¿Le prestarían una cierta atención si se levantaba y manifestaba su rabia con un buen grito? Probablemente no, concluyó. Rara vez se fijaban en ella ni en su humor. Dirigió una dura mirada a Donald MacCordy.

La causa de esa celebración cada vez más alborotada era su compromiso con Donald MacCordy, el hijo mayor y heredero del señor de Craigandubh. El matrimonio reforzaría la alianza entre los dos clanes. Las dos familias estarían hombro con hombro contra sus enemigos, los cuales iban en aumento.

Durante años los MacFarlane habían tenido una conexión de tanteo con los MacCordy, y de cuando en cuando acudían a ayudarse mutuamente. El matrimonio reforzaría mucho más esa conexión, que sería un legado común a los hijos por venir. Hijos todavía no concebidos a pesar de los enérgicos intentos de Donald siempre que se le presentaba la ocasión de encontrarla sola, pensó furiosa.

Esos días pasados se había esforzado al máximo en evitar al hombre con el que pronto se casaría. Estaba resuelta a retrasar el fatídico día en que el lascivo Donald la haría mujer, aunque él estuviera impaciente por precipitarlo. Sus frías manos eran demasiado rápidas y empalagosas. Sus labios gordos le recordaban terriblemente a las sanguijuelas que tanto valoraban los médicos. Y mientras los hombres levantaban sus copas en otro brindis más por las próximas nupcias, ella levantó su copa deseando que contuviera veneno. Pero le gustaba muchísimo la vida, aunque significara sufrir la atadura con Donald MacCordy.

A sus veinte años sabía que estaba más que preparada para casarse. Su tío y tutor no tenía hijos y, puesto que era la única hija que quedaba viva del hermano de él, podría heredar la pequeña aunque próspera propiedad Leargan. Existía una muy pequeña posibilidad de que la reciente segunda esposa de su tío, Una, que era joven, hermosa y algo simplona, le diera un hijo, aunque esa pequeña posibilidad se iba desvaneciendo más con cada día de sufrimiento de la pobre mujer a manos de su tío Colin MacFarlane. Para los MacCordy la ambición de poseer Leargan iba pareja con el reforzamiento de la alianza como motivación para aceptarla a ella como esposa de su futuro señor.

De repente se tensó. Cayó en la cuenta de que en las conversaciones sobre el matrimonio, disposiciones para su mantenimiento, dotes y el futuro de sus clanes no se mencionaba para nada a sus sobrinos y sobrina. Desde la muerte de su hermana Mairi dos años atrás, ella había cuidado de los tres hijos concebidos durante un romance de seis años con un hombre apasionado pero desconocido para todos. Rath y Manus, los gemelos de siete años, y Sibeal, la hermanita de cinco, eran la única causa de felicidad en su vida. Comenzó a temer que no le permitieran llevarse a los niños con ella. Decidió que era hora de saberlo de cierto.

—¿Tío? ¿Y los críos de mi hermana? —preguntó.

—Los críos se han tomado en cuenta —contestó Colin MacFarlane, en tono frío y tranquilo.

Ailis no se fió de la tranquilidad de esa respuesta, tranquilidad que vio reflejada en la sonrisa de Donald.

—Supongo que no ocasionarán grandes gastos —dijo—. Sólo deseo que continúen a mi cuidado como deseaba mi hermana, y yo le prometí que así sería.

—Conocemos muy bien esa promesa, muchacha. No te preocupes.

Diciendo eso su tío se desentendió de ella y volvió la atención a su bebida. Ailis maldijo en silencio. Pasados unos minutos salió de la sala para retirarse a sus aposentos. Quedarse a participar en esa fiesta de compromiso sería como bailar en su propio funeral. Estaba atrapada y todos lo sabían, así como todos sabían que preferiría casarse con uno de los jinetes del diablo antes que con Donald MacCordy.

—Y ahora que lo pienso, probablemente Donald «es» uno de los jinetes del diablo —gruñó, deteniéndose ante la puerta de la pequeña y húmeda habitación que a regañadientes les daban a los hijos de su difunta hermana.

Esa pésima habitación la había ofrecido de mala gana su tío. Colin MacFarlane llamaba a los niños el Trío Bastardo. En muchas ocasiones a ella le resultaba difícil no tratar con violencia a su tío, porque su actitud hería a los niños. Ya habían sufrido bastante. En lugar de ser bien acogidos y consolados en Leargan, los niños estaban apiñados en una habitación pequeña y llena de corrientes de aire por orden de un hombre frío e insensible. Ella no podía hacer nada. Ni siquiera podía ponerlos en sus aposentos, que eran más cómodos. Las veces que lo había intentado su tío los había obligado a mudarse, alegando que esos eran sus aposentos nupciales y que a su marido no le gustaría que estuviera atiborrado de bastardos. Al final tuvo que tragarse la furia, porque había llegado a comprender que sus protestas y enfrentamientos herían más a los niños que si sencillamente dejaba las cosas como estaban.

Cuando entró silenciosamente en la habitación de los niños les miró atentamente los rasgos buscando alguna pista que le dijera quién los había engendrado. Nadie había logrado impedir a la enamorada Mairi encontrarse con su amante, y después de la muerte de su padre nadie lo había intentado en realidad; los gemelos ya habían nacido, por lo que a Mairi se la consideró incasable. Sólo una vez ella se rebajó a seguirla, pero lo único que consiguió fue extraviarse. Todos sus intentos de conseguir que Mairi le dijera el nombre del hombre también fracasaron pese a la estrecha relación que las unía.

Aunque echaba terriblemente de menos a su hermana, muchas veces pensaba que era mejor que hubiera muerto antes que muriera su madre, y antes del desastre de que su tío se convirtiera en su tutor. La deshonra que Mairi había causado a la familia y la furia que provocó en su muy orgulloso tío no habría sido templada por el cariño de un progenitor. Colin MacFarlane le habría hecho muy desgraciada la vida a la enamorada y pecadora Mairi. Ella dudaba de que pudiera haber protegido de la crueldad de Colin a su sensible hermana más de lo que podía proteger a los niños.

Los tres la miraban sonrientes, y aunque ella les correspondió la sonrisa, su atención estaba centrada en los gemelos. Estaba segura de que en ellos se encontraban las mejores pistas para descifrar la identidad de su padre. Eran niños hermosos, de preciosos ojos azules y lustroso pelo negro. El pelo era como el de ella y como el de Mairi, pero los ojos y las caras delgadas decididamente parecían ser del padre desconocido. La pequeña Sibeal tenía el pelo de color bermejo. ¿Otra pista? Sus grandes ojos castaños y su pequeña cara ovalada era como la de ella y la de su hermana. Lo que la fastidiaba es que de todos los hombres que le venían a la mente que tenían rasgos semejantes, ninguno era amigo de los MacFarlane, y los de un clan, el de los Mac-Dubh, eran sus más reñidos enemigos, porque su tío les había robado Leargan. Reprimió un mal gesto al pensar nuevamente que si ya había estado mal que su hermana tuviera un romance con un hombre casado, no quería ni, pensar en que hubiera sido con uno de sus más mortales enemigos además. Se obligó a dejar de lado el escalofriante pensamiento y se inclinó a besar a cada uno de los niños.

—¿Te vas a casar con Donald MacCordy, entonces? —le preguntó Manus mientras ella le remetía las mantas.

—Sí, no puedo hacer nada para cambiar ese horrible destino, muchachito.

—¿Estás segura?

—Muy segura. Lo he pensado mucho y durante mucho tiempo, y no hay nada que pueda hacer.

—No me gusta ese hombre, Ailis —susurró Sibeal—. Sé que no nos quiere.

Ailis intentó no darle mucha importancia a las solemnes palabras de la pequeña.

—Ningún hombre se puede sentir a gusto con los hijos de otro hombre, cariño. Eso es todo.

Vio que los niños se fiaban tanto de sus tranquilizadoras palabras como ella misma.

Media hora después, cuando finalmente se fue a acostar, se encontró con que el sueño la esquivaba de forma muy molesta. Sibeal tenía razón, Donald no toleraría a los niños. En realidad, comenzaba a temer que los odiara profundamente. Él había estado comprometido con Mairi cuando ese romance ilícito se hizo de conocimiento público, pero ella no creía que eso fuera todo. Comenzaba a sospechar que Donald sabía quién fue el amante de Mairi, lo sabía y odiaba a los niños por eso. Por desgracia, creía, no le sería fácil obtener esa información de él.

Se tensó cuando un ruido la sacó bruscamente de sus pensamientos. Sólo le llevó un segundo darse cuenta de que el sonido era el de su puerta al abrirse sigilosamente. Metió la mano debajo de la almohada para sacar su daga, arma de la que jamás se separaba. Cuando finalmente la oscura figura llegó a la cama y se inclinó sobre ella, atacó, enterrando el arma en la carne del hombre y retirándola con la misma rapidez, al tiempo que se bajaba de un salto de la cama. El aullido de dolor que lanzó él hizo entrar a varias personas en la habitación, cada una con una vela en alto. Cuando la luz de las velas iluminó la estancia, no la sorprendió ver que el frustrado violador era Donald. Este estaba en el suelo sujetándose el brazo herido y haciendo una gran cantidad de ruido. Observó despectiva cuando su padre, su hermano y su primo corrieron a auxiliarlo.

—¿Qué diablos pretendes, so tonta? —gritó Colin MacFarlane—. Acabas de apuñalar al hombre con el que te vas a casar. —Se abalanzó a golpearla, pero ella estaba acostumbrada a su brutalidad y eludió fácilmente el golpe, devolviéndole su fiera mirada, agarrada al poste de la cama—. Podrías haberlo matado.

—Lo he tratado como trataría a cualquier hombre que viene cauteloso a mi cama en la oscuridad de la noche —ladró ella—. No tiene ningún derecho a estar aquí.

—Sólo estaba un poco impaciente, muchacha —gruñó el laird de Craigandubh—. No había ninguna necesidad de que casi le cortaras el brazo.

—Exageras. Eso es sólo una herida en la carne, aun cuando él chille como un toro capado. Y si no tenía la intención de hacer daño, debería haber traído una luz. Sí, y hablado, en lugar de arrastrarse sigiloso como un ladrón.

A Ailis la fastidió que los hombres intentaran rebatir la verdad de sus palabras. Cuando se acabaron los gritos y se quedó nuevamente sola en su habitación, estaba agotada. Puso su daga debajo de la almohada, agradeciendo que su enfurecido tío hubiera olvidado descuidadamente confiscársela. Seguiría necesitándola para desalentar las indeseadas atenciones de Donald. Exhalando un suspiro, acompañado de una maldición dirigida a Donald MacCordy, se metió bajo las mantas y se acurrucó bien, decidida a no permitir que sus problemas y tribulaciones le impidieran dormir.

—Grandísimo idiota —ladró Duncan MacCordy, el corpulento laird de Craigandubh, cuando ya estaban en sus aposentos y comenzaba a vendarle la herida a su heredero—. La muchacha podría haberte matado. Tiene razón al atacar a cualquier hombre que entre sigiloso en su habitación sin decir una palabra. ¿Es que pretendes estropear todos nuestros planes con tu lujuria?

—¿Cómo iba a saber que esa bruja duerme con un puñal a mano? —Donald miró furioso a su apuesto primo Malcolm, que se estaba riendo en voz baja—. Lo va a pagar caro cuando llegue nuestra noche de bodas. La cabalgaré fuerte y largo, tal como debería haber cabalgado a la puta de su hermana.

—Sí, Mairi era una puta, pero nos dio un maldito buen intrumento para chantajear y vengarnos —dijo Duncan. Se frotó las toscas manos, esperanzado—. Y pronto Ailis nos lo dará para hacer con él lo que nos plazca.

William, el poco atractivo hijo menor del señor, frunció el ceño y se pasó la mano por el chato mentón.

—¿Estás seguro de que Colin MacFarlane no sabe quién engendró a los críos?

—Sí, muy seguro —contestó Duncan. Movió la cabeza y con el movimiento se le agitó el lacio y largo pelo canoso—. Y al viejo tonto ni siquiera le interesa saberlo. Lo único que ve y le preocupa es la vergüenza, la mancha sobre el apellido MacFarlane. Lo que debemos esperar es que Barra MacDubh sepa quiénes son los bastarditos.

—Lo sabe —gruñó Donald—. El canalla sabe muy bien que llenó dos veces el vientre de Mairi MacFarlane. La puta de su mujer, Agnes, me lo dijo antes de morir. Durante dos largos años he deseado vengarme de ese hijo de puta. Pronto, muy pronto, tendré mi venganza.

Duncan miró ceñudo a su hijo.

—Los críos hemos de usarlos para ganarnos la tierra de MacDubh, y para nada más. Recuerda eso, Donald. No vas a usarlos para aliviar tu pobre vanidad herida. Será mejor que tengas presente que los críos llevan también la sangre MacFarlane. Tu novia es su tía.

—En su corazón es más que eso —comentó Malcolm, atrayendo la atención hacia él—. Es un lazo muy fuerte el que la une a ellos, y tú, Donald, harías bien en comenzar a ver eso claramente. Si deseas tener las menores aflicciones posibles, será mejor que vayas con pies de plomo en todo lo que respecta a esos críos.

—La bruja será mi mujer, y hará lo que yo le diga, o lo lamentará terriblemente —gruñó Donald—. No me combatirá mucho tiempo más. Lo juro.

Malcolm exhaló un suspiro, pero no dijo nada más. Sin embargo, nuevamente deseó tener los medios para librarse de sus primos o estar al servicio de otro hombre. Tenía muy poco en común con sus parientes.

De todos modos estaba atado a esos hombres, rudos, bastos y sin perspicacia. A diferencia de ellos, él veía el acero exquisitamente pulido que mantenía derecha la hermosa espalda de Ailis MacFarlane. También veía que ella les tenía tanto cariño a esos críos que los cuidaba como si los hubiera parido. No le cabía la menor duda de que si ella consideraba que esos niños estaban en peligro, sabría ser tan letal como una loba al proteger a sus cachorros. Pero estaba claro que Donald no aceptaría ningún consejo en el asunto. Sospechaba que esa ceguera finalmente les causaría enormes problemas.

—Sí —masculló Donald—, Ailis aprenderá, y me imagino que se afligirá poco por esos bastardos cuando se entere de quién es su padre.

—Si Barra MacDubh es realmente su padre, ¿por qué no los ha reclamado? —preguntó Malcolm.

—No quiere que sus parientes sepan quién era su amante, pues Mairi no quería que nadie lo supiera —contestó Duncan.

—Entonces roguemos que continúe manteniendo el secreto, porque sé que su hermano Alexander no es un hombre que se quede sentado esperando para actuar —dijo Malcolm en tono burlón.

Y entonces suspiró, pues prácticamente nadie le hizo caso.

Alexander se esforzaba bravamente en contener un estallido de su creciente ira. Pero su hermano menor, Barra, no se daba cuenta de sus esfuerzos y continuaba alegremente aumentándole la furia. La comida de la noche se estaba convirtiendo en un suplicio, y el silencio en la sala grande le decía que los demás hombres suponían que las cosas iban a empeorar. Los pajes y la ocasional criada que entraban a servir caminaban sigilosos por entre los hombres, con el nerviosismo de las personas que esperan un ataque.

Pero Barra estaba borracho otra vez. Cuando su regañona mujer aún estaba viva, él le tenía cierta compasión, creyendo que su hermano buscaba la paz en el vino. Pero ya habían transcurrido dos años desde la muerte de Agnes, y había continuado emborrachándose constantemente desde el día de su muerte.

Eso en sí ya era causa de extraordinaria molestia para él; sencillamente no podía creer que el duelo por la mujer lo impulsara a atiborrarse de cerveza; su pena ya debería haberse atenuado. Más inquietante aún era que esa noche fuera el aniversario de la muerte de Agnes, y que estuviera claramente peor que la mayoría de las noches. Tendrían que llevarlo en brazos a la cama. Si Agnes hubiera sido una esposa decente, honesta, él habría encontrado en su corazón cierta compasión por su hermano, pero en su opinión la única bebida que debería beberse por esa mujer sería en un clamoroso brindis por su ausencia. Agnes era una muchacha cruel y antipática que disfrutaba haciendo desgraciadas a todas las personas que estuvieran a su alcance, hombres, mujeres y niños.

Un mal gesto le torció la boca al reconocer que aun en el caso de que Agnes hubiera sido una santa angelical a él le habría resultado difícil sentir pena por su prematura muerte. Incluso las mujeres cuyos cuerpos usaba recibían de él poco más que unos cuantos gruñidos y una o dos monedas. Encontraba difícil creer que en otro tiempo hubiera sido tan lisonjero y galante. Lo maravillaba su ingenuidad. Sin lugar a dudas las mujeres con que había sido maldecida su familia los diez o doce últimos años lo habían curado de su afable inocencia con tanta eficacia como habían diezmado la fortuna de su clan. Barra era simplemente otro hombre bueno que había quedado atrapado entre los muslos de una mujer y despojado de todo sentido común y fuerza. Si Agnes continuara viva, estaba seguro de que él mismo la mataría.

Sin poder contenerse más tiempo, se levantó de un salto, le arrebató la jarra a su hermano y la arrojó al otro extremo de la sala grande de Rathmor.

—Ya has bebido bastante —dijo, mirándolo fijamente, con su alto y fornido cuerpo tenso de rabia.

Barra cogió tranquilamente la jarra del hombre que estaba sentado a su lado, la llenó y bebió un trago.

—Nunca tengo bastante.

Alexander se pasó los dedos por sus abundantes cabellos dorados, perturbado por su incapacidad de comprender a su hermano.

—Maldito seas —gruñó—. ¿Cómo puedes revolcarte en la bebida durante dos largos años a causa de Agnes que no era otra cosa que una cerda puta?

Barra pestañeó y lo miró extrañado.

—¿Agnes? ¿Crees que esto es por Agnes?

De repente se echó a reír y Alexander sintió que se le helaba la sangre. Esa no era la risa franca, contagiosa, tan típica de Barra en tiempos más felices. Detectó en ella una nota aguda que lo hizo temer por su estado mental. Aumentó su miedo al ver la expresión tormentosa de los ojos enrojecidos de Barra, ojos de un azul menos intenso que los de él. Se sabía que la bebida había estropeado la mente de más de un hombre, pensó, y, soltando una grosera palabrota, le dio una fuerte bofetada; siendo Barra más delgado, el golpe lo hizo caer del banco en que estaba sentado.

Observando a su hermano levantarse del suelo cubierto de esteras y volver a sentarse, Alexander apretó y relajó las manos, combatiendo el deseo de golpearlo hasta devolverle la sobriedad y la cordura. No ver en él ninguna señal de rabia sólo le aumentó la furia.

—No estoy loco, Alex —dijo Barra—. Aunque muchas veces he deseado estarlo. La locura podría liberarme de mi infierno por fin.

—Yo habría pensado que te liberaste cuando la puta de tu mujer exhaló su último suspiro. Ella hacía de tu vida un infierno.

—Ah, sí que lo hacía, y se encargó de que su muerte no pusiera fin a mi purgatorio. Antes de morir, Agnes me arrebató lo único que daba valor a mi vida. —Emitió una ronca risa—. Aunque no dudo de que tú se lo agradecerías.

—No le agradecería nada a Agnes, salvo tal vez que se haya muerto.

—Sí, se lo agradecerías. ¿Sabes por qué, cuando estaba tan cerca de morir de esa fiebre, salió de Rathmor, cogiendo el enfriamiento que la mató tan rápido?

Alexander comenzó a sentirse desagradablemente tenso.

—No.

—Bueno, sin duda esto te levantará ese ánimo negro. Agnes fue a la cabaña de un arrendatario situada en el extremo más occidental de nuestras tierras y asesinó a la única persona que me hacía feliz, la única que podía darme felicidad en mi vida. Le cortó el hermoso cuello a Mairi MacFarlane.

Alexander lo cogió por los hombros; una terrible sospecha se había insinuado en su cabeza, haciendo dolorosa su presión en los hombros de su hermano.

—¿Y por qué habría de importarte que Agnes matara a una MacFarlane?

—¿Por qué? Porque Mairi MacFarlane y yo éramos amantes

desde hacía seis años. —A duras penas logró no caer al suelo cuando Alexander lo empujó, alejándolo de él como si de repente hubiera contraído la peste—. Mairi sólo tenía quince años y yo casi veinte, recién casado con la cara y cruel Agnes, la muchacha que tú creías que traería herederos a Rathmor. Por la sangre de Dios, seis meses casado y ya estaba en el purgatorio.

—¿Y por lo tanto fuiste y te acostaste con la sobrina del hombre que mató a nuestro padre? —siseó Alex.

—Sí, acostarme con ella y «amarla» es exactamente lo que hice.

—¡No!

—¡Sí! Mairi era el aire, el aliento que necesitaba para vivir, el alimento que le impedía morir a mi alma, como había muerto la tuya. Agnes no podía soportarlo. Yo no podía hablar contigo, conociendo tu odio por los MacFarlane. —Suspiró, y su expresión y el tono de su voz se volvieron sensibleros—. Agnes me arrebató a mi Mairi. Y a mis críos, mis hijos y mi bonita muchachita.

El color abandonó la cara de Alexander cuando las últimas palabras de Barra penetraron su mente, quemándolo.

—¿Tenías críos? ¿Agnes los mató?

Escupió las palabras por entre los dientes apretados.

Barra negó con la cabeza, azorado.

—No, no los mató, aunque lo que ocurrió equivale a lo mismo. No los puedo ver, ni siquiera logro saber cómo están de salud y de espíritu.

Alexander le arreó una fuerte sacudida. Se le estaba agotando el control de su genio.

—Deja de berrear como una muchacha y háblame de tus hijos. ¡Dímelo todo!

—Tuvimos gemelos. Les pusimos Rath y Manus; ya tendrán siete años. —Sorbió por la nariz, intentando detener las lágrimas y ordenar los pensamientos—. Después nació Sibeal; debe de tener cinco años la muchachita. Yo mismo la traje al mundo, la ayudé a inspirar vida con mis propias manos. Mi pequeña hijita con los hermosos ojos de Mairi. Los he perdido a los cuatro. Así que ahora sabes por qué bebo. Agnes no sólo asesinó a mi amor ese negro día, sino que también se aseguró de que yo no volviera a ver a mis hijos nunca más. —Movió la cabeza y bebió un largo trago—. Sí, es como si ellos también hubieran muerto —añadió en un susurro.

Una punzada del dolor se sumó a la rabia de Alexander.

—¿Tuviste críos, hijos, maldita sea, y no me dijiste nada?

—No, creí que no querrías saberlo —contestó Barra, y añadió en tono quejumbroso—: Son bastardos y por sus venas corre la pestilente sangre MacFarlane.

—Y la sangre MacDubh —ladró Alexander.

Varios de los hombres sentados a la mesa principal manifestaron su acuerdo con gruñidos.

—Mi Sibeal tiene el pelo como el mío —suspiró Barra—. Los muchachitos tienen mis ojos. La verdad, el azul de sus ojos es más intenso que el azul con que fuiste bendecido tú. Lágrimas de Dios, es como si me hubieran arrancado el corazón.

Alexander apretó fuertemente los dientes, tratando de controlar la rabia. Los borrachos sensibleros siempre lo enfurecían, pero en ese momento comprendía mejor a Barra, de una nueva manera. Su opinión sobre el amor y la pésima elección de la amante por parte de su hermano ya no tenían importancia. El hombre había perdido a sus hijos y llevaba dos largos y negros años sin verlos ni saber de ellos. Sabía muy bien cómo destroza a un hombre una pérdida así, pero se tragó su dolor todavía crudo, porque debía mostrarse resuelto. Comprendió que su propia pérdida intensificaba su feroz necesidad de recuperar a los hijos de Barra. Cualquier hijo MacDubh pertenecía a Rathmor. Se inclinó hacia su hermano.

—¿Dónde crees que están ahora tus críos, Barra? —le preguntó en tono suave y tranquilo, observándolo con los ojos entornados.

Esa pregunta engañosamente dulce pareció despertarlo, sacándolo de su ensimismado sufrimiento. Paseó la mirada por la mesa, y agrandó los ojos al encontrarse con otras de compasión y de acusación. Cuando finalmente su mirada volvió a Alexander, tragó saliva, nervioso. Se le había disipado un poco la niebla de la borrachera en que se refugiaba y comprendió qué era lo que hacía brillar de ira los ojos de Alexander.

—En Leargan —contestó, encogiéndose ligeramente, esperando la reacción de su hermano.

—Sí, en Leargan, criados por el hombre que asesinó a nuestro padre y nos robó la propiedad. Los herederos de las migajas de riqueza que aún tenemos están en las manos del que siempre ha deseado robarnos incluso eso.

Emitiendo una exclamación incoherente, Barra se levantó y salió corriendo de la sala grande. Exhalando un suspiro, Alexander se dejó caer en su pesado sillón de roble y apoyó la cabeza en sus callosas manos.

—¿Qué piensas hacer? —le preguntó su primo Angus—. Supongo que no pretenderás dejar a los críos en las manos manchadas de sangre de Colin MacFarlane, ¿verdad?

—No —contestó Alexander—. No, no permitiré que los críe ese hijo de puta. Me agravia terriblemente que por sus venas corra sangre MacFarlane, pero son hijos de Barra. Son MacDubh. Los traeremos aquí y se criarán como MacDubh. Quiera Dios que todavía no haya entrado en sus corazones el veneno de los MacFarlane. No le digas nada a Barra, porque ahora no nos sirve como guerrero, pero mañana a primera hora cabalgaremos hasta Leargan.

Capítulo 2

*A*ilis sintió agradable la blanda y fragante hierba bajo su cansado cuerpo cuando se tumbó a un lado de su amigo Jaime, que estaba recostado, dejando a los niños para que jugaran solos durante un rato.

—Och, Jaime, debo de estar haciéndome vieja. Los niños casi me han agotado.

Sonrió al oír la risa de su corpulento amigo, un sonido ronco que le sentaba bien.

—Les hace bien correr. No tienen muchas ocasiones para hacerlo, y los pequeños necesitan correr de vez en cuando, señora.

Ailis asintió y estuvo un breve instante mirando al hombre corpulento y moreno que estaba a su lado. Sus músculos estiraban la tela marrón de su soso jubón acolchado, y tenía las manos tan grandes y fuertes que podía matar a un hombre sin mucho esfuerzo. Se sentía totalmente a salvo con él y le confiaba la vida de los niños. Jaime sabía controlar su inmensa fuerza; sabía cuándo refrenarla y cuándo desatarla.

Estaba convencida de que no era tan torpe como lo creían. Era capaz de aprender muchísimas cosas si se tenía paciencia con él, y ella sabía que lo más importante que le había enseñado era a valorarse, a sentirse digno, algo que le habían quitado su cruel padre y otros. No podía por menos que sentirse orgullosa de eso. Es lo que le había hecho ganarse también su lealtad, una lealtad tan absoluta que a veces la hacía sentirse incómoda, aunque no hacía nada para disuadirlo de que dejara de serle tan leal. Era bueno tener un aliado así, porque en Leargan tenía muy pocos.

Se le escapó un suspiro de placer cuando sopló una fresca brisa, aliviando el calor del sol de verano.

—Es cierto que los niños se ven obligados a estar callados en Leargan, para no enfurecer al señor.

—Sí, sabe ser cruel —dijo Jaime, sentándose para mirarlos con más atención.

Ella los observó reír y perseguirse entre ellos, disfrutando de la belleza de ese día de verano sin nubes.

—Ya lo creo. Y eso es triste, porque un niño necesita ser niño. Crecen muy rápido.

Jaime la miró nervioso y luego soltó:

—Sé que es un atrevimiento hablar así o presionarte, pero... ¿qué va a ser de m-mí cuando te cases con Donald MacCordy y te vayas a vivir a Craigandubh?

—Pues, vendrás con nosotros. —Le dio unas palmaditas en la enorme mano apretada—. No te inquietes. No te dejaré aquí.

Sabía que en Leargan nadie protestaría por la marcha de Jaime, porque todos lo consideraban un bobo, alguien que no era digno de ser temido.

Él relajó las enormes manos y apoyó las palmas abiertas en el suelo.

—Gracias. Ni tú ni los niños os burláis de mí ni me tenéis miedo. Eres mi única amiga y no quiero que me abandones.

—Bueno, no te abandonaré y seguro que los niños no desearían que te separaras de nosotros. Te quieren muchísimo. —Frunció el ceño al verlo tensarse, indiferente a sus palabras, y miró atenta el suelo donde él tenía apoyadas las palmas—. ¿Qué pasa? —Apoyó la palma en el suelo y la sorprendió sentir un débil temblor—. ¿Jaime?

—A-alguien vi-viene —dijo él, y maldijo el tartamudeo que lo señalaba como un idiota; Ailis le había ayudado a superarlo hasta que sólo le venía cuando estaban muy alteradas sus emociones—. Vi-vienen del no-norte.

—Los MacDubh —susurró Ailis, aterrada por los niños, porque Jaime estaba desarmado, sus caballos en absoluto preparados y se hallaban muy lejos de las murallas protectoras de Leargan.

—Es posible. Son un buen número y cabalgan rápido. Debemos escapar de aquí.

—¡No hay tiempo! —exclamó Ailis, levantándose de un salto.

Ya oía la rápida aproximación de jinetes provenientes de una dirección en que sólo vivían enemigos.

Con una velocidad que ella encontró francamente asombrosa en un hombre tan grande, Jaime reunió a los niños.

Asintió cuando él le sugirió que se refugiaran en un frondoso árbol de la orilla del claro. No era inexpugnable, pero podría ocultarlos de los jinetes, cuya cercanía ya retumbaba como truenos. Al menos les ofrecería tiempo, tiempo para que pudieran rescatarlos. Trepó ágilmente por el nudoso tronco del árbol, se afirmó bien y se agachó a recibir a los niños que Jaime le fue pasando. Acababan de subir a Rath, el último de los tres asustados niños, cuando los jinetes entraron al galope en el claro.

Sin hacer caso de su insistencia en que subiera también, Jaime se giró para hacer frente al enemigo él solo.

Alexander tiró de las riendas y detuvo a su montura a sólo unos palmos del enorme hombre moreno. Sus soldados se apresuraron a detener las suyas alrededor de él. Después de mirar atentamente al gigante de pie junto al tronco, levantó la mirada a las ramas y se sintió casi alegre. Lo estaban mirando dos niños gemelos y una niñita de pelo bermejo. Tanta suerte no la tenía con mucha frecuencia.

—Hoy los hados nos han sonreído de verdad, Angus —dijo, sonriéndole a su primo, que ocupaba su habitual lugar de honor a su derecha—. Los frutos que buscamos están aquí para que los recojamos.

—Sí, pero para recoger la cosecha antes tenemos que derribar un inmenso árbol —contestó Angus haciendo un gesto hacia Jaime.

Al señalar a unos cuantos de sus hombres para que fueran a coger al hombre que protegía el árbol, Alexander les advirtió:

—No lo matéis si podéis evitarlo. No está armado, y es uno contra treinta y cinco. Sólo sería un asesinato.

Desde su rama en el árbol Ailis vio desmontar a casi la mitad de los hombres, que tiraron a un lado sus armas y se acercaron a Jaime. Se le heló la sangre al reconocer los distintivos MacDubh en sus ropas. Al parecer no tenían la intención de matarlo, pero eso no la consolaba gran cosa. Era imposible que Jaime derrotara a todos esos hombres. Y a no ser que llegara milagrosamente ayuda, los niños y ella caerían en poder de los más mortales enemigos de su clan. En Leargan abundaban las historias sobre el horroroso trato que daban los MacDubh a cualquier MacFarlane que tuviera la mala suerte de caer en sus sanguinarias manos, y de repente ella tuvo la desgracia de recordarlas todas una por una. La razón le dijo que era posible que no todas esas historias fueran ciertas, pero, concluyó, el miedo es una emoción que no hace ningún caso de la razón. En ese momento podía creer, y se creía, todo lo peor que se decía sobre los infames MacDubh.

Relajado en su silla de montar, Alexander contemplaba la batalla entre sus hombres y el gigante que montaba guardia junto al árbol. Era una pelea que sólo podía acabar con la victoria de sus hombres, pero ese moreno gigante se estaba cobrando un elevado precio. Que el enorme hombre se enfrentara a varios MacDubh sólo con sus puños era una pura locura, pero él sólo podía respetarlo. Era evidente que pretendía luchar hasta la muerte, con cualquier arma que tuviera a mano, para proteger a las cuatro personas que estaban subidas en el árbol. Semejante lealtad sólo se podía honrar y respetar, aunque le pasó por la cabeza la pregunta de si esa lealtad protectora por su parte sería tan fuerte si supiera quién era el padre de los niños por los que luchaba con tanta valentía. Cuando finalmente el gigante cayó al suelo, él no sintió ninguna oleada de victoria. Desmontó, se acercó al árbol y levantó la vista hacia las cuatro caras pálidas.

—Baja, señora, y trae a los críos contigo —ordenó. Una mirada más atenta al pelo bermejo de la niñita y a los ojos y rasgos de los gemelos lo confirmó en la creencia de que por casualidad habían encontrado a los hijos de Barra—. Tu galante protector ha caído al fin, así que debes aceptar la derrota y bajar de ahí.

—¿Aceptar la derrota? ¡Jamás! —contestó Ailis, consiguiendo dominar su muy auténtico miedo por los niños, por ella y por Jaime, que estaba inconsciente—. Si quieres coger a los niños y a mí, tendrás que subir al árbol a buscarnos.

Haciendo rechinar los dientes, Alexander eligió a unos cuantos de sus hombres para que respondieran al desafío de la chica. Sabía que ella intentaba ganar tiempo. Tuviera o no buenos motivos para creer que ganar tiempo le facilitaría el rescate, él estaba resuelto a darle el menor tiempo posible.

Cuando el primer hombre que intentó subir al árbol fue derribado por la eficaz aplicación de un delicado pie con bota en su cara y cayó al suelo, Alexander se quedó tan sorprendido como los demás. Cada uno de los hombres que subieron fue derribado ingeniosamente. Entonces idearon una defensa contra la jugada que había arrojado al suelo a los anteriores, pero la mujer, con la ágil ayuda de los niños, simplemente adaptó sus métodos para resistir un nuevo ataque. Pese a las ventajas de los MacDubh, por su tamaño físico, superioridad muscular y su mayor número, la chica estaba en la posición más fuerte, pues tenía la ventaja de la altura de su punto de defensa.

Cuando cayó al suelo el octavo hombre, Alexander decidió que ya tenía bastante. Estaban desperdiciando un tiempo valioso. Desenvainó su espada y se la puso en el cuello al gigante, ya consciente aunque todavía grogui, que había demostrado ser tan valiente protector, aun cuando fuera derrotado al final. La amenaza sólo era un farol, y él no sabía qué sentía ella en cuanto al bienestar de su guardia, pero era un truco que valía la pena intentar.

—Señora —gritó, atrayéndose la atención de todos—. Ya estoy harto de este juego. Baja o le cortaré el cuello a este hombre aquí mismo.

Ailis comprendió que había perdido la batalla, pero de todos modos dijo:

—No lo mataste cuando tuviste que luchar con él; ¿por qué voy a creer que lo matarías ahora?

—Porque los dos sabemos que estás tratando de ganar tiempo, y yo no tengo más tiempo para perder.

Esa fría afirmación confirmó a Ailis en su opinión de que debía rendirse; un plan tiene poca utilidad si lo conoce el enemigo. Tampoco podía utilizar la vida de Jaime con el fin de conseguir tiempo para esperar que llegara un rescate que igual no llegaba nunca. En Leargan nadie sabía que ella había salido con los niños, y mucho menos adónde habían ido. Dudaba que los echaran de menos hasta pasadas varias horas más. La vida de Jaime significaba mucho más para ella que ganar un poco de tiempo. Sólo podía rogar que con eso, no lograra más que sólo retrasara la muerte de Jaime para apresurar el destino de los niños y el suyo. Miró fijamente al hombre que amenazaba la vida de su amigo más querido y leal.

—Quiero tu juramento de que no nos haréis ningún daño —dijo—. Tu juramento solemne.

Alexander se tensó de indignación.

—No hacemos la guerra a mujeres y críos indefensos —ladró.

—No te he pedido un debate sobre lo que harás o no harás. Te he pedido que «jures» que los niños no sufrirán ningún daño mientras estén en tu poder.

La primera respuesta de Alexander fue un suave gruñido que pasó por entre sus dientes apretados, pero después dijo:

—Tienes mi juramento. Ahora, sacad los culos de ese maldito árbol antes que le corte el cuello a este gigante.

—Alguien debe coger a los niños —dijo Ailis, tratando de no dejar ver al hombre lo mucho que la asustaba su furia—. Esto está demasiado alto para que bajen solos.

Mientras tanto se repetía una y otra vez que tenía que continuar mostrándose valiente delante de los niños, porque no quería aumentarles la inquietud que ya estaban sufriendo.

A Alexander le resultó difícil quedarse quieto donde estaba y contentarse con mirar mientras bajaban a los niños. Al mirarlos más de cerca le quedó clarísimo que eran hijos de su hermano, parientes Mac-Dubh, y sintió henchido de emoción el pecho, una mezcla a iguales de una aflicción todavía viva y una intensa alegría. Para dominar esa abundante cantidad de sentimiento, volvió toda su atención a la mujer esbelta, de bonito cuerpo y pelo negro azabache que bajó ágilmente del árbol sin hacer caso de la ayuda que le ofrecían. La visión también le despertó algo en su interior, pero estaba casi seguro de que la mayoría de las personas no consideraban emoción a la lujuria.

La mujer era delgada, menuda, pero tenía una sensualidad igual, o incluso superior, a la de una mujer voluptuosa. Cuando caminó hasta ponerse al lado del gigante caído, en su andar había una invitación explícita, aunque su instinto le dijo que eso no sólo no era intencionado sino también desconocido para ella. De todos modos, inmediatamente resolvió aceptar esa invitación.

Jaime se sentó, todavía algo grogui y en su cara morena se reflejó un torbellino emocional que quedó más ilustrado aún por el tartamudeo con que habló:

—Och, se-señora, no de-deberías ha-haber bajado. Yo no va-valgo eso. De-deberías ha-haber continuado en ese árbol

Los gemelos le estaban dando palmaditas en la ancha espalda y Sibeal le tenía cogidas las enormes manos en las pequeñitas suyas, tratando de calmar su aflicción, así que Ailis le dio unas palmaditas en la cabeza, sobre su pelo oscuro y ondulado.

—No, no podía abandonarte. No te apures tanto. Si te sirve para sentirte mejor, no lo hice por ti sino por mí, para tranquilizar mi corazón, mi alma y mi mente, que no me habrían dado ni un instante de paz si hubiera permitido que te mataran.

En la cara de Alexander ya se había instalado un entrecejo cuando ordenó a sus hombres que recogieran todas las cosas que pertenecían a los MacFarlane. Estaba claro que Jaime era algo lerdo. También estaba claro que la mujer le tenía afecto a ese bruto. Eso lo desconcertaba, porque iba en contra de todo lo que había llegado a creer de las mujeres. Ella se rindió simplemente porque él había amenazado con quitarle la vida al gigante. Dejó de lado su confusión para considerar la manera de resolver el problema a que se enfrentaba. Deseaba a la chica, pero el deseo no era motivo suficiente para llevarla con ellos. Por lo tanto, pensó, sonriendo para sus adentros, tenía que encontrar otro para descargar su conciencia.

—¿Qué eres para estos críos? —le preguntó a Ailis—. ¿Eres su niñera?

Lo último que deseaba Ailis era que el hombre supiera que era la sobrina de Colin MacFarlane. Aunque él había sido amable con los niños, no podía olvidar la enemistad entre los MacDubh y los MacFarlane. Sospechaba que él no sería tan caritativo con una MacFarlane adulta.

—Sí, soy su niñera.

—Te veo algo joven para ser una niñera.

—Tengo veinte. Esa es edad suficiente.

—Entonces vas a venir con nosotros. Voy a necesitar una niñera para cuidar de ellos, y no tenemos ninguna en Rathmor.

La cogió por el brazo y frunció el ceño al ver que ella no echaba a caminar a su lado.

—¿Y Jaime? —preguntó ella, resistiendo el tirón que él le dio en el brazo.

—¿Qué pasa con él? Puede quedarse aquí.

—No me rendí para salvarle la vida sólo para que lo dejes aquí a enfrentar la furia de Colin MacFarlane. Sin duda eso significaría la muerte para él.

Alexander ya sabía que iba a cometer un error cuando miró los ojos de los tres niños. Tal como había supuesto, la súplica que vio en sus caras lo desarmó. Sin duda era una estupidez llevarse a ese admirable luchador al corazón mismo de su fortaleza, pero sabía que jamás podría decirles a los niños que iba a abandonar al bruto a una suerte incierta y, muy seguramente, desagradable.

—Muy bien —ladró, irritado por su debilidad—. Puede venir con nosotros si jura que no va a causar ningún problema.

Jaime sólo vaciló el momento que le llevó intercambiar una larga mirada con Ailis; entonces se las arregló para hacer la promesa que exigía Alexander. Los hombres lo miraron recelosos cuando montó a caballo.

Entre todos los MacDubh hicieron lo que pudieron por ocultar todos los rastros de su presencia allí. Barrieron el terreno con ramas para borrar las huellas, aplanaron y rellenaron con tierra los hoyos dejados por los cascos de los caballos e incluso ocultaron las bostas. Lo último que necesitaba Alexander era quedar atrapado en una loca huida para llegar hasta el refugio de Rathmor.

Sentó a la niñita Sibeal delante de él en su silla mientras a los gemelos los montaban juntos en otro caballo. La niñera de apariencia algo altanera montó sola en otro caballo, y a horcajadas, lo que para él fue una gran y apreciativa diversión. Desviando la mirada de sus muy esbeltas piernas con medias, dio la señal para emprender la cabalgada de vuelta a Rathmor. Ordenó a sus hombres hacerlo a paso largo y parejo para cubrir terreno, pero de forma que no cansara a los animales muy rápido.

Todo había ido demasiado bien para su gusto. No podía creer en su suerte; y eso lo ponía nervioso. Aparte de muchísimos magullones y tal vez uno o dos huesos rotos, él y sus hombres habían conseguido su objetivo con muy poca violencia. Aunque había venido preparado para atacar Leargan, con la esperanza de que la ventaja de la sorpresa compensara el pequeño número de hombres, que le acompañaban, lo complacía que no hubiera sido necesario correr ese riesgo. De todos modos, no lograba quitarse la sensación de que lo esperaban muchísimos problemas y complicaciones sólo a la vuelta de la esquina. Se maldijo por ser un tonto supersticioso y se concentró en llegar de vuelta a Rathmor antes que se le acabara esa extraordinaria buena suerte.

Cabalgando en su yegua alazana Ailis se sentía aliviada porque había resultado bien su estratagema de decir que era la niñera de los niños. Supuso que el hombre tenía muy poco conocimiento de esas cosas, pues de lo contrario habría comprendido que ella era demasiado joven para tener un puesto tan importante en su clan. Rogaba que los niños no la delataran. Por el momento bastaba con que su rápida mirada los hubiera silenciado. No le gustaba obligarlos a mentir, pero en esos momentos la verdad sólo le habría ocasionado una buena cantidad de problemas.

Aunque había habido actos de violencia esporádicos entre los clanes, no tenía ni idea de por qué los MacDubh deseaban a los hijos ilegítimos de Mairi. Era imposible que supieran lo que ella sólo sospechaba. Sin embargo, estaba claro que el plan de los MacDubh era robar a los niños. Era de esperar que la hermosa cara de ese hombre no la cegara para ver su verdadera naturaleza.

Sólo de una cosa estaba segura, y era que la esperaba una violación a manos de ese apuesto aunque adusto hombre que dirigía a los MacDubh. Un escalofriante estremecimiento pasó por toda ella cuando por fin comprendió quién era: Alexander MacDubh, el miembro del clan MacDubh más famoso y temido. Ya a muy tierna edad le habían explicado cómo era, descripción fácil de recordar para cualquier muchachita. Siempre la habían fascinado esas historias de un hombre hermoso al que la aflicción había transformado de un encantador cortesano en un guerrero amargado e insensible, historias que le habían despertado compasión. Cuando era niña sufría de la desconcertante mezcla de necesidad de ver a ese hombre hermoso y miedo de que algún día se hiciera realidad su deseo. Lo que sentía en ese momento era miedo, porque en sus exquisitos ojos azules había captado una mirada que, lamentablemente, ya conocía muy bien. Alexander MacDubh la deseaba. Y ahora que era su prisionera, simplemente podría poseerla cuando se le antojara.

La arrogancia que entrañaba eso le molestaba más de lo que la asustaba su inevitabilidad. En Rathmor no tendría ningún aliado; a Jaime lo matarían si intentaba acudir en su ayuda. Indudablemente su verdadera identidad no iría en su favor; fácilmente podría inspirar un trato más duro aún.

En el falso papel de niñera de los niños tal vez podría disuadir a sir Alexander de hacer con ella lo que tenía pensado. Los rumores decían que en otro tiempo había sido un seductor muy encantador. Pero si descubría que ella era Ailis MacFarlane, saborearía la posibilidad de usarla, porque sabría qué puñalada sería eso en el corazón del tan orgulloso Colin MacFarlane. Cuanto más pensaba en el asunto, más inevitable le parecía la violación, así que intentó no pensar más en eso, aunque, por desgracia, fracasó rotundamente. En vano combatió la resignación que la iba invadiendo.

Cuando aparecieron a la vista las oscuras murallas de Rathmor le costó más aún aparentar tranquilidad. El rescate ya sería difícil y costoso, tanto en tiempo como en hombres. Todo dependería de hasta qué punto les interesara establecer lazos de sangre con los MacCordy. Era muy posible que ni siquiera hubiera un intento de rescatarlos. En lo que a los niños se refería, Colin MacFarlane se alegraría de verse libre de esa carga tan pesada y vergonzosa.

De repente comprendió la futilidad del tiempo que intentara ganar cuando estaba en el claro. Ahora el tiempo podría costarle la pérdida de su virginidad. El tiempo la despojaría de su disfraz de niñera; el tiempo no le conseguiría otra cosa que problemas. En realidad, pensó cuando con un estruendo se cerraron las puertas de Rathmor detrás de ella, el tiempo podría convertirse en su peor enemigo.

—Si continuamos así vamos a matar a los caballos —dijo Malcolm MacCordy.

Se pasó el antebrazo por la cara para limpiarse el sudor de la frente con la manga de la camisa. Enfurruñado miró hacia el sol de la tarde y luego paseó la mirada por el claro en que se encontraban.

Deteniendo su caballo al lado de su primo, Donald ladró:

—Aun no los hemos encontrado. —Vio que su padre, su hermano y la mayoría de los diez hombres armados que los acompañaban mascullaban algo manifestando su acuerdo—. ¿Abandonamos, entonces?

—En el instante en que supiste que los niños estaban fuera de Leargan te invadió el pánico —le dijo Malcolm en voz baja, porque no quería que los hombres se enteraran del enorme interés de los MacCordy por esos niños.

—Y todos deberíamos haber estado preocupados. Colin es un idiota. Dejar que los niños vaguen libres por ahí equivale a dejar caer un monedero lleno en la plaza de la ciudad y esperar que nadie lo coja.

—¿Y cabalgar hora tras hora como unos locos idiotas nos hace más sabios que Colin?

—¡Necesitamos a esos niños!

Malcolm se mordió la lengua para no decir lo que deseó decir: si los MacCordy no hubieran sido tan codiciosos y deshonestos, bien podrían haber conservado uno o dos aliados todavía. Y ahora no tendrían tanta necesidad de los niños. Dicha fuera la verdad, estaban prácticamente sitiados por personas que tenían algún agravio contra ellos, y los primeros en la lista eran los MacDubh. Tenía la sospecha de que los MacDubh estaban tras la desaparición de Ailis y los niños.

—No los vamos a encontrar de esta manera —dijo. Buscó palabras para ser discreto y no ofender, y finalmente añadió—: Creo que necesitamos descansar y repensar nuestros planes.

—Sí —convino William—. Eso lo encuentro una buena idea.

—¿Ah, sí? ¿Y qué sabes tú de buenas ideas? —le gritó Donald a su hermano menor—. No eres más que un tonto bobo.

Cuando sus primos comenzaron a reñir en serio, Malcolm movió la cabeza y desmontó. Le dio agua a su caballo, lo amarró a un árbol con las riendas flojas y después se dejó caer desmoronado bajo otro muy frondoso. Divertido y aburrido observó al canoso Duncan unirse a la discusión entre sus dos fornidos hijos. Los demás hombres desmontaron, les dieron agua a sus caballos y los dejaron sueltos para que pacieran, mientras los otros tres continuaban la pelea. En ese momento Malcolm pensaba que no hacía falta mucho ingenio para saber que cabalgar por los campos a todo galope y gritando no era forma de proceder, pero no había manera de decirles eso a sus primos.

Suspirando se quitó hojas de hierba de la delantera de su elegante jubón negro y alargó la mano para coger su odre con agua. Entonces se tensó y se quedó inmóvil. Entrecerrando los ojos examinó el suelo buscando qué era lo que le había captado la atención. Le llevó un buen rato hacer un atento escrutinio, pero al fin lo comprendió. Alguien había hecho un buen trabajo borrando huellas, pero era evidente que en ese lugar había ocurrido una especie de enfrentamiento, y no hacía demasiado de eso. Ya veía claramente dónde habían pisado la hierba y el musgo, e incluso dejado hundida la tierra en algunos lugares. Se levantó, y al hacer un examen más amplio del terreno descubrió unas cuantas manchas de sangre, todavía pegajosa al tacto. El instinto le dijo que la sangre tenía que ser consecuencia de una lucha entre Jaime y los que fueran que vinieron a raptar a Ailis y a los niños.

Pero ¿qué dirección habrían tomado al marcharse? En silencio exploró el terreno avanzando en círculos cada vez más amplios. Su trabajo le produjo recompensas justo cuando los otros acabaron de pelearse y comenzaron a mirarlo recelosos. No mucho más allá del claro había señales claras de la presencia reciente de un buen número de hombres montados. Siguió las huellas de los jinetes a lo largo de unas cuantas yardas. Entonces le quedó claro quién tenía a Ailis y a los niños. Lo sorprendió mucho que, como indicaban las señales, también se hubieran llevado a Jaime. Se le tensó la delgada cara en una expresión lúgubre al comprender que posiblemente se hubieran acabado todos los grandes planes de los MacCordy, y al pensar en la furia de que harían gala cuando se lo dijera. Echó a caminar de vuelta hacia sus primos.

—Estuvieron aquí pero ya hace rato que se marcharon —anunció.

Donald lo miró ceñudo y se rascó el vientre ya bastante blando.

—¿Qué quieres decir? Estuvimos aquí hace un rato y no vimos nada.

—No miramos bien. —Seguido por sus primos pisándole los talones, fue señalando todo lo que acababa de descubrir—. Creo que la sangre es de ese bruto que siempre mantiene junto a tu novieta, Donald. Sí, y también de los hombres que derribó. Los que se los llevaron hicieron un buen trabajo ocultando sus huellas. Eso les proporcionó el tiempo que necesitaban para volver a su guarida antes que alguien viniera a buscar a los críos y a la señora MacFarlane. —Habiéndoles enseñado a sus primos las pistas que había encontrado, apoyó la espalda en el nudoso tronco del árbol bajo el cual se había echado a descansar—. Por la dirección que tomaron los jinetes al marcharse, creo que todos sabemos quién se ha apoderado de la muchacha y de los niños.

—Sí —gruñó Donald, después de soltar una enérgica y blasfema sarta de maldiciones—. Los MacDubh. Si Alexander MacDubh no sabe quiénes son los bastardos, lo sabrá cuando su hermano pose los ojos en ellos.

—Yo creo que sabe muy bien quiénes son estos críos —dijo Malcolm, pasando sus largos dedos por entre sus cabellos castaño oscuro—. Un hombre no hace una incursión a mediodía sin un buen motivo. Tampoco deja sus tierras en esta época del año si puede evitarlo; sencillamente hay mucho trabajo que es necesario hacer. Sacar a los hombres de sus labores ahora podría traerles hambre durante los meses de invierno que vienen. No, MacDubh vino aquí por un motivo, un muy buen motivo, y sé que lo que buscaba le cayó en el regazo. Seguro que el hombre no puede creer en su buena suerte. Me parece que has perdido esta baza, primo.

—¡No! —gritó Donald, y se apresuró a bajar la voz—: Todavía podría haber una posibilidad de recuperar nuestra pérdida. Sí, los MacDubh querrán retener a los niños, pero no pueden quedarse a Ailis. Pedirán un rescate por ella. Vamos, hasta el más tonto de los tontos vería el valor de una prisionera así.

—Sí, y los MacDubh no son tontos. De todos modos, si la muchacha es tan juiciosa como creo que es, hará todo lo posible por ocultar su verdadera identidad.

—No logro ver eso —masculló William, revelando que fácilmente podía ser tan burro como muchos lo acusaban de ser—. Si les dice quién es, los MacDubh pedirán rescate por ella y la liberarán.

Malcolm se refrenó de decirle a su joven primo lo equivocado que estaba, porque hacía años que había comprendido que señalarle sus defectos de razonamiento no servía de nada.

—Los MacDubh han jurado vengarse de los MacFarlane por el traicionero asesinato de su padre. Los complacería muchísimo tener en su poder a la sobrina de Colin, su única heredera a menos que esa boba con la que Colin se casó tenga un crío. Sí que pedirán un rescate por Ailis, pero antes la usarán. La posibilidad de saborear la venganza abusando de la heredera de Colin será una tentación tan dulce que no la rechazarán.

Donald soltó otra sarta de maldiciones.

—Ese cabrón MacDubh la usará de todos modos.

—Cómo haría cualquier hombre que se encontrara en posesión de un dulcecito como es Ailis MacFarlane —concedió Malcolm—. Lo que quería decir es que no la entregará a sus hombres para que la usen si ella logra ocultar quién es. No volverá siendo doncella, pero eso es una pérdida pequeña comparada con lo que podría ser si la violaran todos los hombres de Rathmor. Podría ser que todavía pudieras saborear lo que tanto deseas, Donald.

—Sí, pero sólo después que la haya saboreado un MacDubh. Un maldito MacDubh se metió entre las piernas de Mairi antes que yo pudiera tenerla. Y ahora habrá uno entre las piernas de Ailis. Estoy harto de que los MacDubh le quiten la virginidad a las muchachas con las que estoy comprometido.

—No estabas comprometido con Mairi —dijo William, y se agachó para evitar el puño de Donald—. No lo estabas.

—Pronto me iba a comprometer con ella. —Dejando de intentar golpear a su hermano menor, Donald se puso el puño enguantado en la cadera—. Pero tuve que esperar hasta que el idiota de su padre decidiera que tenía edad para casarse, pero Barra MacFarlane metió su espada en mi vaina antes que se elevaran las copas para los brindis de compromiso.

—Ailis es la heredera de Colin, y eso es más importante que su maldita virginidad —ladró Duncan, dando una fuerte palmada a su hijo mayor en un lado de la cabeza—. Deseamos su tierra, su dote y la alianza con los MacFarlane, no su castidad dos veces maldita. No me importa quién se haya acostado con la condenada muchacha mientras seas tú el hombre con el que se case.

A Donald se le puso morada de cólera la cara picada de viruelas.

—¡Pues a mí sí que me importa! —gritó. Apretó la mano en la empuñadura de su espada—. Los MacDubh lo pagarán caro.

—La pérdida de la virginidad de Ailis es la menor de nuestras preocupaciones —dijo Malcolm arrastrando la voz, asegurándose con una rápida mirada de que los hombres estaban lo bastante alejados para no oírle—. Ahora los MacDubh tienen el arma que pensábamos usar en contra de ellos, para quebrarlos. Por bastardos que sean, esos niños podrían ser los únicos herederos que tiene Rathmor. Barra MacDubh no corteja a ninguna mujer, aparte de la Dama Cerveza, y Alexander se ha convertido en un hombre tan amargado que no se fía de ninguna mujer y no volverá a tomar esposa. Se preocupa de no dejar su simiente en ninguna de las mujeres que usa. No quiere darles los medios para llevarlo ante un sacerdote. Los niños eran un seguro para nosotros, pero ahora creo que no los vas a recuperar jamás. Rathmor es un castillo casi inexpugnable. ¿Tenéis algún plan? ¿Se os ocurrió alguna vez que podría suceder esto?

—Sí —gruñó Duncan—. Sin embargo, sea lo que sea lo que decidamos hacer llevará tiempo, algo que no tenemos en esta estación del año. —Frunció el ceño y se rascó el mentón áspero por la barba del día—. Cuando llegue la primavera los críos volverán a nuestras manos. La pregunta que necesitamos contestar es, ¿dejamos a Ailis ahí sin pagar rescate hasta que tengamos a los críos? No soporto la idea de darle a los MacDubh todo lo que podrían pedir a cambio de una cautiva tan valiosa. A Colin no le gustará nada desprenderse de la inmensa suma que podrían pedir los MacDubh por el rescate de la heredera de Leargan.

—No, Colin está muy agarrado a su monedero —convino William, y por su redonda cara pasó una breve expresión de seguridad.

Duncan asintió, después de mirar a su hijo menor con cierta sorpresa por esa perspicacia.

—Tenemos que pensarlo detenidamente si queremos sacar todo lo que podamos de esto —dijo.

—Cuando pidan el rescate, ¿Colin no tendrá que pagarlo? —preguntó William—. Si abandona a su suerte a alguien de su propia sangre, nadie que se haya enterado del asunto volverá a fiarse de él.

—Willie —dijo Duncan en un tono de exagerada paciencia—. En estos momentos ya son muy pocos los que se fían de Colin.

—Creo que la pregunta sobre el rescate debe quedar sin respuesta por ahora —dijo Malcolm—. Tengo la seguridad de que Ailis intentará ocultar su identidad. No es estúpida. MacDubh podría tardar un tiempo en enterarse de que tiene en su poder a una persona digna de que se pida rescate por ella.

—Espero que tengas razón, Malcolm —dijo Duncan, en un tono cargado de dudas—. Necesitamos tiempo para idear nuestros planes.

—Sí —convino Malcolm—, y en estos momentos el tiempo podría resultar ser nuestro peor enemigo.

Capítulo 3

*M*aldita sea, Alexander! —rugió Barra cuando el victorioso grupo de MacDubh entró en la sala grande de Rathmor—. ¿Por qué me dejaste aquí?

—Habrías sido más un peligro para nosotros que una ayuda, pues estás sufriendo los malos efectos de demasiada bebida —explicó Alexander.

Entonces frunció el ceño al ver que Barra ya no lo escuchaba y tenía los ojos fijos en el otro lado de la sala.

Y no era a los niños a los que miraba como si el mismo diablo hubiera salido del infierno para aparecerse ahí. Todavía era difícil ver a los niños entre tantos hombres. La mirada de Barra estaba fija en Ailis, que estaba instando amablemente a Jaime a sentarse para curarle las laceraciones en la cara y en los nudillos.

Barra se levantó de su asiento en la mesa principal y avanzó unos cuantos pasos, nada firmes, hacia ella, alargando una de sus temblorosas manos. Alexander vio que con cada paso que daba su hermano se le desvanecía un poco más la expresión de conmoción o susto en su delgada cara.

—Mairi —susurró Barra, y al instante negó con la cabeza y se frotó las sienes con dedos temblorosos—. No, qué tonto soy. Mairi murió, pero por un momento dejé que mis deseos y sueños me nublaran la vista. Tienes que ser su hermana Ailis.

A Ailis se le escapó un gritito, sin querer; bruscamente se le había acabado el tiempo. Aumentó su conmoción cuando en la bella cara de Barra vio los ojos azules de los gemelos y sus caras también estrechas. También vio los rizos color bermejo idénticos a los que coronaban la pequeña cabeza de Sibeal. Era innegable la aniquiladora revelación que le inundó la mente. La forma como la mirada de Barra se posó en los niños, reflejando un inmenso cariño y un anhelo nacido del mucho tiempo que no había podido verlos, no daban cabida a ninguna duda. El amante de su hermana había sido Barra MacDubh. En ese momento comprendió el motivo de Mairi para guardar firmemente el secreto de su identidad.

—¿Hermana? —siseó Alexander, dándole una ligera sacudida a Barra para captar su atención—. ¿Has dicho «hermana»?

Barra desvió brevemente la mirada hacia Alex, obligado por él.

—Sí. Ailis. —La miró—. Te pareces mucho a mi Mairi, pero ahora que se me ha pasado la primera conmoción, veo las diferencias. Lo siento muchísimo, Ailis —añadió en voz baja, muy sincero—. Sólo le causé la desgracia a tu pobre hermana.

Ailis detectó una tristeza tan grande en su voz que se le conmovió el corazón.

—No. Mairi fue feliz, muy feliz contigo y con los críos.

—Dijiste que eras su niñera —siseó Alexander, mirando fijamente a Ailis y tratando de desentenderse de su forma de hablarle a Barra, porque esta le produjo un ablandamiento peligroso y no deseado en su interior—. Mentiste —dijo, decidiendo centrar la atención en ese pecado—. Eres Ailis MacFarlane, sobrina y heredera del cabrón asesino de Colin MacFarlane.

—Sé muy bien quién soy —repuso Ailis, resuelta a no echarse a temblar ante él, aun cuando sólo le llegaba a la clavícula—. No mentí. No me preguntaste «quién» soy, sino «qué» soy, y contesté la verdad. Es cierto que actúo de niñera de los niños, simplemente me reservé uno o dos detalles. —Se le acercó un paje llevándole un paño y una palangana con agua, y ella aprovechó esa ventaja para comenzar a limpiarle las heridas a Jaime, y sin dejar de hacerlo miró a los niños—. ¿Verdad que me ocupo de vosotros yo sola? —les preguntó, y ellos asintieron—. ¿Verdad que ayudaba a vuestra mamá antes que Dios la llevara a Sus brazos y cuidaba de vosotros cuando ella no podía? —Nuevamente los niños asintieron y ella dirigió una breve y dura mirada a Alexander—. Creo que eso se parece mucho a ser una niñera. Por lo tanto, ¿en qué he mentido? —Movió la cabeza mientras lavaba el paño que había usado para limpiarle las heridas a Jaime—. Ahora sé por qué fuiste a buscar a los niños.

Intentó mantener la atención centrada en Jaime, porque la perturbaba muchísimo mirar a Alexander MacDubh. No era exagerada ninguna de las historias sobre su belleza, concluyó. Era alto, delgado y exquisitamente bien formado. Tenía abundante pelo, con una atractiva ondulación, y le llegaba hasta poco más abajo de sus anchos hombros. Aunque en su cara se insinuaba una expresión un tanto desvergonzada, cínica, de todos modos era de una belleza impresionante. Nunca en su vida había visto rasgos tan perfectamente cincelados en un hombre. Y sus ojos, pensó, soltando una silenciosa maldición; esos maravillosos ojos le impedían pensar derecho, incluso cuando brillaban de furia y desconfianza. Y tampoco habían exagerado en lo de su temperamento, reflexionó. Su mejor defensa sería desentenderse de él. Si su belleza no la atontaba, ver esa furia sin duda la haría temblar. No tenía el menor deseo de mostrarse atontada o temblorosa delante de sus hombres. Cuando él habló, resistió enérgicamente el impulso de girarse hacia esa voz ronca y sonora.

—Sí, fui a buscar a los niños —dijo él, con voz dura y fría—. No podía permitir que alguien con una gota de sangre MacDubh estuviera en las manos asesinas de un MacFarlane. Los niños todavía son pequeños; tendríamos que poder limpiarles esa mancha.

Pese a lo que Ailis opinaba del método que empleó su tío para obtener Leargan, era una MacFarlane, así que le dolió el insulto de Alexander. Y puesto que ella, y antes que ella, Mairi, eran las únicas que se habían encargado de la crianza y cuidado de los niños, ese comentario lo consideró una afrenta personal. La suave voz del sentido común le dijo que era posible que MacDubh no supiera quién había criado a los niños ni cómo, pero no le hizo caso. Bruscamente tiró a un lado el paño que sostenía en las manos, cerró los puños, se los puso en sus esbeltas caderas y lo miró furiosa.

—Ah, sí, está muy claro que te importa la crianza de los niños —dijo, emitiendo una risita sarcástica—. Es mucho mejor que los niños aprendan a ser iguales al cabrón sanguinario e insensible que eres tú.

Alexander le golpeó la mejilla con el dorso de la mano. Ese acto lo sorprendió, tanto como sorprendió y horrorizó a sus hombres, lo vio en sus caras. A pesar de lo mucho que habían bajado las mujeres en su opinión, jamás había golpeado a una. Siempre había considerado deshonroso ese acto, incluso cobarde, porque una mujer no podía estar a la altura de un hombre golpe por golpe.

A Jaime se le escapó un gruñido al ver a Ailis caer al suelo. Cuatro hombres corrieron a sujetarlo, pero la pequeña Sibeal llegó antes hasta Alexander y demostró que llevaba en ella muchísimo del temperamento MacDubh cuando le enterró el puño en la parte de su anatomía que estaba más a su alcance. Él gruñó de dolor. Se cubrió las ingles con las dos manos y se dobló ligeramente, necesitado de un momento para recuperar el aliento. Cuando miró a su pequeña sobrina, esta le devolvió la mirada directamente a los ojos, con los puños cerrados y firmemente puestos en sus caderas, una buena imitación de su tía. Dolorido como estaba, Alex no dejó de observar brevemente que no era el único que estaba mirando a la niña boquiabierto y en silencio.

—Espero haberte dejado lisiado —dijo Sibeal, con su voz infantil reforzada por su furia—. Vuelve a golpear a mi tía Ailis y te cortaré el pito y te lo meteré en la oreja, apestoso hijo de puta.

Ni siquiera el dolor de la mandíbula pudo impedir que saliera la risa que le subió a Ailis a la garganta. Tampoco le sirvió de nada toser, tragar saliva ni ninguno de los otros trucos que empleaba a veces para sofocarla o disimularla. Verlos a todos boquiabiertos y la expresión de absoluto asombro en la cara del laird Alexander fue irresistible. No pudo evitar soltar una carcajada. Los gemelos fueron los primeros en reírse con ella, a estos los siguieron Jaime y Barra y muchos de los hombres MacDubh. Mientras trataba de controlar la risa, Ailis observó que el propio Alexander hacía esfuerzos para no reírse.

—Och, muchachita —logró decir al fin Ailis, sonriéndole a Sibeal—. Ay, mi preciosa Sibeal, no deberías haber hecho eso. No es correcto en una dama actuar y hablar así.

Un ceño arrugó la carita angelical de la niña.

—Pero tú le hiciste lo mismo a sir Donald MacCordy. Yo estaba mirando, ¿sabes? Le dijiste lo mismo, y más también.

Ailis sintió subir el rubor a la cara y emitió un suave gemido, y luego intentó poner una expresión severa, mientras Barra la ayudaba a ponerse de pie.

—Estás equivocada, Sibeal, estoy segura.

Intentó hablar con tranquila seguridad, pero le resultó difícil. Sí que había dicho esas cosas. En silencio juró que si había una próxima vez antes se aseguraría de que no hubiera cerca unos oídos pequeños pero agudos.

—No, no está equivocada —dijo Rath, con un brillo de travesura en los ojos, y al parecer olvidándose por un momento del trato recibido por su tía, debido a un divertido recuerdo—. Donald chilló como un cerdo. Lo sé muy bien. Te estaba diciendo que ardía por ti y tú le dijiste que le apagarías la llama para siempre. —Espoleado por la evidente diversión de los hombres no hizo caso del vehemente susurro de ella instándolo a callarse—. Donald dijo que te calentaría hasta que le suplicaras, y tú le dijiste que si te ponía una mano encima le darías un puñetazo en los cojones y se los enterrarías tan hasta el fondo que no podría volver a tragar. Entonces él te tocó y tú lo golpeaste ahí.

—Vaya pieza —musitó Alexander, y sonrió al ver el azoramiento de Ailis. Se le desvaneció la diversión al mirarla atentamente, tratando de ahogar el sentimiento de culpa que lo avasalló al ver la marca que le había dejado su bofetada en su pequeña cara ovalada —. ¿Y por qué sir Donald MacCordy piensa que puede tomarse esas libertades con la sobrina del laird Colin MacFarlane?

Al ver que ella se giraba para alejarse de él, le cogió el brazo.

Ailis sabía muy bien que sería un error permitir que él se enterara de que estaba comprometida con un hombre al que los MacDubh odiaban tanto como a su tío.

—Tal vez simplemente es un cerdo lascivo —contestó.

—Sí que lo es, y mucho, pero yo creo que hay algo más —dijo él. Le cogió la mano que ella intentaba ocultar entre los pliegues de la falda y miró el anillo que llevaba. Entonces la miró a los ojos—. Creo que el hombre simplemente intenta obtener lo que pronto será suyo de todos modos. Estás comprometida con sir Donald Mac-Cordy.

Desesperada, Ailis se estrujó los sesos buscando un nombre que decirle, cualquier nombre que no aumentara su utilidad como instrumento de venganza.

—Tampoco te cae bien, ¿verdad, señor? —dijo Sibeal a Alexander, con toda inocencia—. Lo veo. No nos quiere ni a mí ni a mis hermanos, ¿sabes?, pero no importa. De todos modos tendremos a Ailis. Viviremos con ella. Ella nos lo prometió. Y yo la ayudaré a cuidar de sus bebés.

Aunque fue suave y ella lo controló al instante, Alexander sintió el estremecimiento que pasó por Ailis. También vio la fugaz expresión de repugnancia que pasó por sus hermosos ojos castaño oscuro. Por la cabeza le pasó la pregunta de si sólo sería Donald MacCordy el que la repelía o serían todos los hombres, y luego pensó qué podía importarle eso a él. Cuando se acostara con ella, cosa que haría, no sería por placer, ni el suyo ni de ella, así que su simpatía o antipatía no tenía por qué importarle.

—Tu valor aumenta por momentos, muchacha —dijo en tono burlón—. Parece que no sólo tengo en mi poder a la heredera de

Leargan y todo lo demás que posee ese asqueroso Colin, sino también a la novia del heredero de Craigandubh. —Le apretó con más fuerza la mano cuando ella intentó liberarla, y de un tirón la acercó más a él—. Ahora bien, ¿qué crees que debo hacer contigo, una muchacha que está tan estrechamente vinculada con dos hombres a los que deseo terriblemente atravesar con mi espada?

La increíble suavidad de su hermosa voz a ella le heló la sangre, pero lo miró a la cara francamente.

—Ya sabes lo que vas a hacer, así que no voy a gastar saliva en contestarte.

Lo miró furiosa cuando él la recorrió toda entera con una lenta e insolente mirada, porque lo consideró nada menos que un insulto.

—Sí, sé lo que voy a hacer contigo. Que te hayan reservado para el pobre maltratado sir Donald MacCordy sólo endulzará mi copa. —Miró hacia Jaime, que estaba cerrando y abriendo sus enormes manos—. Será mejor que adviertas a tu gigantesco amigo que no intente ser galante, pues de lo contrario, todo tu valiente esfuerzo por mantenerlo vivo no habrá servido para nada.

Ella palideció, todo el color le abandonó la cara, y eso le dijo a él que de verdad le tenía afecto a ese bruto, aunque deseó negar esa verdad, porque eso debilitaba su rencorosa mala opinión de las mujeres.

—Jaime, has jurado que no levantarás la mano en contra de un MacDubh —dijo Ailis, con voz tranquila aunque firme, porque esa era la manera más segura de penetrar en su furia—. Debes ser fiel a tu juramento.

—Pero, señora, sé lo que quiere hacer contigo —protestó él.

—Mantén tu palabra, Jaime —insistió ella—. No quiero mancharme las manos con tu sangre. No puedes hacer nada para cambiar mi destino.

—Puedo partir en dos a este cabrón cachondo —gruñó Jaime, mirando a Alex con los ojos llenos de furia y flexionando sus enormes manos.

—Sí, sé que eres capaz de hacerlo —dijo ella. Miró al hombre que todavía le tenía cogida la mano y se preguntó ociosamente por qué el Señor le enviaba un perseguidor oculto bajo un cascarón tan bello—. Y estaré ahí para disfrutarlo cuando llegue el momento, pero ese momento no es ahora, Jaime. —Entonces miró a su enorme amigo—. No, no es ahora. Puede que tenga más necesidad de ti cuando vuelva a enfrentarme a mi tío y a mi prometido.

Antes que Alexander pudiera decir algo, entraron los criados con comida y bebida.

Al ver que los niños, Ailis y Jaime no hacían amago de sentarse a la mesa, sin ningún miramiento sentó a Ailis a su lado de un empujón. Los niños y Jaime se acercaron cautelosos, pero tuvo que darles una rotunda orden para ocuparan sus asientos. Eso lo desconcertó bastante. Los niños actuaban como si esperaran que los sacaran de la sala por la fuerza.

—No podemos comer en la sala grande —soltó Sibeal—. La abuela nos lo tenía prohibido. También el tío Colin. ¿Estás seguro de que no debemos irnos a nuestra habitación? Tenemos habitación, ¿verdad? Rath hace ruidos molestos, ¿sabes? La tía Ailis puede venir con nosotros. Muchas veces come con nosotros.

Diciendo eso se sentó muy rígida al lado de Barra, nerviosa, como preparándose para echar a correr.

—Bueno, a nosotros no nos molesta compartir la mesa con los niños —dijo Alexander—. ¿Tu tío y tu abuela tenían invitados con frecuencia, entonces?

—No —contestó Sibeal, que de repente estaba interesadísima en la comida que Barra le puso delante.

Ailis sintió oprimido el corazón, como se le oprimía siempre que los niños revelaban cuánto los hería el desprecio de sus mayores. También se sintió aliviada cuando Sibeal se quedó callada; no la favorecería en nada que Alexander se enterara de lo mal que los trataban los MacFarlane. Vio a Barra intercambiar una mirada de perplejidad con Alexander y comprendió que su hermana Mairi no le había dicho nunca a Barra que a los niños los trataban como a parias. Supuso que temió que si lo hacía, Barra insistiría en llevárselos consigo para alejarlos de ese desprecio y, claro, después de eso de ninguna manera habría sido capaz de renunciar a sus hijos. Rogó que Alexander no hiciera más preguntas sobre el asunto y, al mirarlo, gimió para sus adentros. Este tenía una expresión casi bonita de resolución en su cara, y el instinto le dijo que sí insistiría con las preguntas.

Y sí que hizo preguntas, y a ella le quedó claro que era un hombre tenazmente resuelto a obtener respuestas.

—Parece que la muchachita tiene la lengua atada con algo —le dijo mirándola—. No quiere contestar a ninguna pregunta.

—Tal vez se deba a que lo que preguntas no es asunto tuyo —contestó—. Ay —exclamó en voz baja porque él le cogió un mechón de pelo y de un tirón la acercó a él hasta que sus caras quedaron a unos pocos dedos de distancia—. La brutalidad no te hará las cosas más fáciles, sir MacDubh.

—Quiero las respuestas —dijo él en voz baja y ronca, sin hacer caso de las amonestaciones de Barra y observando que aunque Jaime estaba tenso como la mejor cuerda de un arco, mantenía quietas sus potentes manos—. Es por orden tuya que guardan silencio, señora. Deseo saber qué veneno les ha dado tu maldita familia.

Ailis juró que no contestaría aunque él la amenazara con dejarla calva arrancándole pelo por pelo. Apretó las mandíbulas, alzó el mentón y lo miró con su expresión más terca.

—¡Déjala en paz! —exclamó Manus, cogiéndole la muñeca a Alexander—. Yo te diré todo lo que deseas saber.

Alexander soltó el mechón de pelo negro azabache de Ailis, y pensó que el niño parecía tener más de siete años.

—Muy bien. ¿Por qué os obligaban a comer en vuestras habitaciones?

—Porque somos bastardos —contestó Manus. Se ruborizó y echó una rápida mirada a Ailis, que tenía los labios apretados, y continuó—: Los parientes de nuestra madre, a excepción de la tía Ailis, no soportaban vernos. La abuela MacFarlane decía que éramos un producto del pecado y la deshonra y que le recordábamos que su hija mayor no era otra cosa que una puta. —Se le cortó levemente la voz—. El abuelo era igual, aunque murió antes que yo tuviera edad para que me importara. Para Colin MacFarlane somos una señal de deshonra, nos llama «una sórdida mancha en el apellido MacFarlane». Dice que somos bastardos de una puta y que no soporta nuestra hediondez. Por eso, señor, nos mantenemos dentro de nuestros aposentos.

Volvió a su asiento y luego de mirar una última vez a Ailis, comenzó a comer.

Tratando infructuosamente de arreglarse un poco el desastre en su pelo suelto, Ailis le siseó a Alexander:

—¿Estás satisfecho ahora, sir MacDubh? ¿Ahora que les has abierto todas las heridas? Con demasiada frecuencia ven y sienten el desprecio y el dolor que este les produce. No necesitan que los obligues a afrontarlo totalmente y a escucharlo dicho en palabras.

Sus palabras contenían una verdad que Alexander decidió no reconocer. Veía claramente la expresión herida en los ojos de los niños. Estuvo un momento sin decir nada, haciendo ímprobos esfuerzos en controlar su ira. Lo que lo enfurecía no era solamente la crueldad con que habían tratado a los niños sino también saber que esto aumentaba la aflicción de Barra.

—¿Qué sabéis acerca de vuestro padre? —preguntó de repente, y miró a cada niño mientras esperaba la respuesta.

—Sólo lo que nos han dicho nuestra madre y la tía Ailis —contestó Manus—. Cuando empezamos a hablar dejamos de acompañar a mamá cuando iba a ver a nuestro padre, porque podríamos haber revelado el secreto; los niños no siempre piensan antes de hablar. Mi mamá nos dijo que había personas que matarían a nuestro padre si sabían quién era y dónde estaba. Nos decía que él nos amaba, pero que ella no quería que cargáramos con el peso de ese secreto ni que sufriéramos por un sentimiento de culpa en el caso de que no pudiéramos guardar ese secreto. Todo eso yo lo entiendo ahora. Muchas veces intercambiábamos regalos con nuestro padre, pequeñas muestras de cariño.

—La tía Ailis nos contó lo que hizo mi mamá —añadió Sibeal—. La tía Ailis dice que nuestros nacimientos no pueden ser pecado a los ojos de Dios, porque mi mamá actuaba por amor. Dios entiende el amor. —Dio una palmadita en la mano fuertemente apretada que Alexander tenía apoyada en la mesa y le sonrió mirándole la cara tensa y pálida—. No debes sentirte triste por nosotros. La tía Ailis dice que cuando nos muramos iremos a estar en los brazos de Dios, tal como fue mi mamá. Dios tiene unos brazos muy grandes. —Aceptó de buena gana el fuerte abrazo que le dio Barra, que sonrió aunque con los ojos mojados—. Espero que mi mamá no se fastidie si no voy muy pronto a los brazos de Dios.

—No —dijo Barra, con la voz trémula, soltándola—. Tú mamá no se molestará si tiene que esperar cuatro veces veinte años o más.

—¿Hay algo más? —preguntó Alexander.

—Nuestra madre nos decía que Manus y yo nos parecemos a nuestro padre, aunque no en el color del pelo —contestó Rath—. Sibeal tiene el pelo como el de nuestro padre. Una vez mi mamá nos dijo que era mucho mejor que nos mantuviéramos fuera de la vista de la gente la mayor parte del tiempo, porque existía el gran peligro de que alguien reconociera en nosotros quién era nuestro padre.

Manus asintió.

—Entonces esas personas que lo deseaban ver muerto podrían haberlo encontrado y matado. La tía Ailis dice que eso habría matado a nuestra madre tan rápido como ese cuchillo que acabó con su vida.

—¿Quiénes deseaban ver muerto a vuestro padre? —preguntó Alexander, curioso por saber cuánto les habían dicho.

Se sorprendió admirando la habilidad de los niños para conversar. Era evidente que una persona adulta había pasado mucho tiempo con ellos, hablándoles mucho como a iguales, y gracias a eso habían desarrollado esa habilidad en el empleo de las palabras. Y aunque era evidente que gran parte de lo que decían era una lección bien aprendida y recitada, percibía una aguda inteligencia en ellos. La voz de Manus contestando su pregunta lo sacó de sus pensamientos:

—El abuelo, el tío MacFarlane y Donald MacCordy —fue la respuesta—. Sí, los MacCordy estaban muy furiosos con nuestro padre, y siguen estándolo.

—¿Y qué podía importarle al clan MacCordy que Mairi MacFarlane tuviera un amante?

La tensión que sintió en Ailis le aumentó la curiosidad.

Entonces Sibeal lo miró.

—Donald MacCordy se iba a comprometer en matrimonio con mi mamá. ¿verdad, tía Ailis? —Sin esperar la respuesta, continuó—: Lo tenían todo arreglado para celebrar el compromiso, pero entonces mi mamá tuvo a los gemelos. La tía Ailis dice que es mejor que no se celebrara el compromiso porque mi mamá jamás habría podido soportar estar casada con un hombre con labios de sanguijuela.

—¿Labios de sanguijuela? —repitió Alexander.

Miró a Ailis, y al ver que ella evitaba mirarlo y se ponía roja, roja, casi se echó a reír.

Rath asintió, sonriendo levemente.

—Sí, labios de sanguijuela. —Hizo como que no veía los gestos de su tía instándolo a callarse—. La tía Ailis dice que un beso de Donald MacCordy es como tener pegada en la boca una enorme y gorda sanguijuela.

Se rió al ver reír a Alexander y a sus hombres.

Parte de la diversión de Alexander no tenía nada que ver con la ingeniosa descripción de Ailis de las dotes para besar de sir Donald MacCordy. Era realmente para saborear el pensamiento de que a sir Donald MacCordy, hombre al que odiaba casi tanto como odiaba a Colin, le hubiera sido arrebatada una novia por Barra, y que muy pronto él le arrebataría la castidad a la otra. Sabía que aun en el caso de que no deseara a Ailis con una intensidad hasta el momento desconocida para él, se acostaría con ella de todos modos. El uso carnal de la mujer a la que sir Donald MacCordy consideraba suya podía ser una mezquina venganza, pero placentera de todos modos. Sabía que eso causaría a sir Donald una ira terrible, y si podía juzgar por la forma como había tratado a Mairi y a sus hijos, la pérdida de la castidad de su otra sobrina sin duda encolerizaría a sir Colin.

Ailis vio la diversión de Alexander y maldijo para su coleto. El instinto le dijo qué era lo que él encontraba tan divertido. Le aumentó el fastidio al darse cuenta de que encontraba atractiva su risa; le producía una sensación agradable en la sangre, aunque también aterradora. No le sirvió de nada decirse que su inminente deshonra era una de las cosas que lo divertía; seguía gustándole el exquisito y ronco sonido de su risa. Pesarosa reconoció que era tan intensa la repugnancia que sentía por Donald que la idea de que a las dos mujeres destinadas a ser su esposa las llevaran a la cama sus más reñidos enemigos tenía el sabor de un buen chiste. De todos modos eso no hizo mucho para calmar sus injuriados sentimientos.

—Me parece que vas a ser una muy mala esposa para sir Donald MacCordy —dijo Alexander, penetrando en sus negros pensamientos con su seductora voz.

—Eso debería complacerte —ladró, aunque en voz baja, para que la conversación continuara en privado—. Aunque si haces lo que piensas hacer, es posible que ese matrimonio no se haga realidad nunca.

—Sí, me complacerá que atormentes a MacCordy. También sé que él necesita hacer una firme alianza. Hay muchos por ahí que desean verlo muerto o desaparecido de aquí. Lo mismo les ocurre a los MacFarlane. Como clanes separados sus enemigos podrían prevalecer contra ellos, pero unidos quizá mantengan a raya a los lobos de la venganza. Sí, MacCordy te tomará por esposa por mal que te haya usado yo, pero podría ser que hacerlo no lo complazca mucho.

—Och, bueno —suspiró Ailis, curvando toda la boca en una sonrisa irónica—, sé que Donald ya lo lamenta. Esto no cambiará mucho las cosas.

Llegó a la conclusión de que era mejor que los niños fueran tan pequeños, porque así no comprenderían del todo el peligro al que se enfrentaba ella.

—Has recibido sus galanteos con mano dura, señora —dijo él, en tono y actitud jovial—. Sé que MacCordy estará aquí blandiendo su espada tan pronto como se entere de quién te tiene. Sí, estará impaciente por atravesarme con ella.

La expectación que sentía Alexander respecto a ese acontecimiento se reveló en su exquisita voz, y ella encontró raro que no le inspirara más miedo.

—Pasará un tiempo antes que Donald levante una espada por el motivo o la causa que sea.

—¿Ah, sí? ¿Tu impaciente novio está enfermo, o tal vez herido?

Al observarla pasarse la lengua por sus llenos labios para quitarse el vino se le tensaron al instante las partes bajas, y gimió para sus adentros.

—Sí —contestó Manus—, sir Donald está muy mal herido. Lleva el brazo de la espada vendado y en cabestrillo. Oí decir que su herida necesitó muchos puntos.

—Donald MacCordy siempre ha sido rápido para atacar con la espada o los puños —dijo Barra—. ¿Quién le hizo esa herida, que, por cierto, nos da aún más tiempo ante el ataque de nuestros enemigos? Ajá —susurró al ver subir el rubor a la cara de Ailis—. ¿Fue una lucha por ti, señora?

—Podríamos decir eso —contestó Jaime, sus ojos oscuros iluminados por la risa, olvidados en ese momento su miedo y su ira—. Mi señora le enterró un cuchillo al muy canalla cuando entró furtivamente en sus aposentos.

—¡Ah, sí que eres una buena pieza, señora MacFarlane! —logró exclamar Alexander en medio de otro ataque de risa, risa que se le comenzó a apagar al caer en la cuenta de que se había reído más desde la llegada de los MacFarlane a Rathmor que en muchos años—. Es muy posible que sir Donald MacCordy no sobreviva a un matrimonio contigo. —Le cogió la muñeca y la acercó más a él, observando que incluso su olor, ese aroma a limpio mezclado con lavanda, despertaba el interés de su cuerpo—. Será mejor que no se te ocurra tratarme a mí de esa manera —susurró.

Fijó la mirada en su boca y pasado un momento la miró a los ojos, grandes, oscuros, furiosos.

Una rápida mirada le dijo a Ailis que Barra y los demás hombres tenían distraídos a los niños, así que siseó:

—No sería el brazo con el que sujetas la espada el que heriría, Alexander MacDubh. En este momento no puedo hacer nada, pero ten cuidado, mi fino saqueador en celo, pues por cada gota de sangre que me hagas derramar, yo te haré derramar lo mismo multiplicado por diez. Una vez que esté libre, bien porque me liberen o por pago de rescate, mejor que no sea a los hombres a los que mires con recelo.

—Qué duras palabras salen de una boca tan dulce. —Le pasó suavemente el dedo por los labios, y la sujetó firme cuando ella intentó apartarse—. Dime, ¿sabe tu tío o tu novio quién engendró a los críos?

La observó atentamente, por si lograba detectar alguna evasiva en su respuesta.

—¿Cómo podrían saberlo? Ni yo lo sabía, cuando no había nadie, aparte de tu hermano, que estuviera más cerca del corazón de Mairi que yo.

—Tus parientes y tu prometido tienen ojos, señora, y saben muy bien cómo es Barra.

Ailis frunció el ceño al sentir entrar la incertidumbre en el corazón. La verdad, fue tanto el alivio que sintió al saber que a los niños les permitirían continuar con ella que no se le ocurrió pensar lo raro que era que un hombre como Donald MacCordy accediera a su petición. Ante la ley los niños eran responsabilidad de su tío más que de ella. A los ojos de Donald eran las pruebas vivientes de que su primera futura prometida había deseado más a otro hombre que a él. Siempre había pensado que Donald odiaba a los niños. Aunque sólo en ese momento caía en la cuenta de que fácilmente podría estar tramando algo respecto a ellos, aunque no sabía en qué podría consistir.

—No lo sé —dijo, en voz baja y trémula—. Donald nunca ha dicho una palabra, pero sí, es posible que los MacCordy sepan quién es el padre de los niños. —Su tremenda preocupación por sus sobrinitos la indujo a repetir sus pensamientos a Alexander—. ¿Lo ves? Ahora tengo ciertas dudas, ciertas preguntas sin respuesta. Es muy posible que los MacCordy sepan la verdad.

—Sí —musitó Alexander, acariciándole distraídamente la muñeca con las yemas de los dedos, mientras reflexionaba sobre el asunto—. ¿Y tu tío?

—No —repuso ella al instante, sin ninguna duda—. Mi tío no estaría tan dispuesto a entregarlos a los MacCordy si lo supiera.

—Cierto —dijo él, disimulando su sorpresa y apreciación de su perspicacia—. Esos niños son un arma demasiado valiosa para perderla. El viejo habría encontrado tantas maneras de utilizarlos como las que creen tener los MacCordy. Yo no habría dejado a los críos en sus manos, pero Barra sólo me contó su secreto anoche. —Tomando una rápida decisión, se giró hacia los niños y les preguntó—: Niños, ¿queréis saber quién es vuestro padre?

No hizo caso de las siseadas protestas de Ailis ni de la repentina palidez de Barra.

—Sí, señor —contestó Manus—. Pero no si eso lo pone en peligro.

Sus hermanos asintieron.

—No lo pondrá en peligro porque ahora todos estáis bajo el mismo techo. —Moviendo la mano en un leve gesto triunfal, apuntó hacia Barra—. Permitidme que os presente a vuestro padre, Barra MacDubh.

Capítulo 4

Estaban en el dormitorio que Manus compartiría con Rath, y los niños ya tenían puestos unos camisones limpios de lino, cuando Manus preguntó:

—¿De verdad es nuestro padre, tía Ailis? A mí me parece que sí, y creo que nos parecemos un poco, pero ¿lo sabes tú de cierto?

Ailis fue a sentarse en un ornamentado arcón tallado en roble cerca de la ventana e instaló a Sibeal en su falda. Comenzó a cepillarle el lustroso pelo a la niña deseando de todo corazón que Alexander no hubiera hecho esa declaración. Deberían haber esperado un poco para darles esa noticia tan importante y sorprendente, y hacerlo con más suavidad. Pero ya no se podían retirar esas palabras, así que lo mejor era atenerse a la verdad y tratar de calmar cualquier duda o miedo que pudieran tener.

—Sí, es vuestro padre —contestó—. Cierto que no tenemos la palabra de nadie aparte de la de los MacDubh. Pero, por enemigos que sean, la palabra de un MacDubh es digna de crédito. —Hizo un mal gesto—. Aun en el caso de que no os guste lo que os digan, es la verdad. Son famosos por su sinceridad. Aunque no me gustó la manera cómo os lo dijo sir Alexander, no puedo refutar lo que dijo.

—¿Y de verdad estás segura de que es la verdad?

—Sí, Manus. Os parecéis a sir Barra, en especial tú y Rath. Está la manera como me miró sir Barra y me llamó por el nombre de vuestra madre; era la cara de un hombre que ha visto a un fantasma, a un espíritu. Luego está la manera como os miró a vosotros, muchachos, y a la pequeña Sibeal, como si no pudiera dejar de miraros jamás. Un hombre puede emplear muchos trucos, pero no puede poner tanto cariño en sus ojos a no ser que ese cariño esté en su corazón. No, no podría mirar así a un niño que no fuera suyo.

—Si nos quiere, ¿por qué, entonces, no fue a buscarnos cuando murió mamá? —preguntó Rath, metiéndose en la cama que iba a compartir con Manus.

—Uy, cariño, hay muchísimos motivos —suspiró ella, al darse cuenta de que los niños esperaban que se lo explicara—. Los Mac-Dubh y los MacFarlane han sido enemigos durante años. Leargan era un castillo MacDubh hasta que nuestro tío se apoderó de él con traición y asesinato. Vuestro padre conoció a vuestra madre cuando ya había comenzado ese odio. No podía hablar de vosotros ni de ella, tal como vuestra mamá no podía hablar de él. Y él ya tenía una esposa. El señor de los MacDubh, sir Alexander, muestra con mucha claridad su odio por los MacFarlane. ¿Entendéis lo que quiero decir?

—Sí —dijo Manus, asintiendo, al tiempo que se metía en la cama al lado de Rath—. Si se sabía que teníamos sangre MacDubh no habríamos estado seguros con los MacFarlane, y nuestro padre pensaba que nuestra sangre MacFarlane nos pondría en peligro con los MacDubh.

Ailis se levantó con Sibeal en los brazos y fue hasta la cama.

—Exactamente —dijo, inclinándose a darle un beso en la frente a cada uno—. Ahora estáis todos reunidos, como deberíais haber estado desde hace años.

—¿Qué te ocurrirá a ti?

—Pedirán un rescate, Manus —repuso ella, obligándose a dejar de lado sus muchos miedos ante su destino.

—Pero entonces te llevarán de vuelta a Leargan —dijo Rath, con un leve temblor en la voz—. Nosotros queremos continuar contigo.

—No —dijo ella con firmeza, a pesar de su pena—. Os corresponde estar con vuestro padre, vuesto lugar está con él. Él os quiere, os ama tanto que se ha mantenido lejos de vosotros aún cuando eso era lo último que deseaba hacer. Yo os he tenido desde el día en que nacisteis. Ahora le toca a él.

Cayó en la cuenta de que nunca había previsto un tiempo en que no tendría ella a los niños para cuidarlos. En ese momento veía lo tontamente ciega que había sido. Siempre había existido la posibilidad de que sir Barra reclamara a sus hijos. Eso acababa de ocurrir y, a pesar de lo mucho que le dolía, sabía que debía hacerse a un lado.

—¿No puedes quedarte aquí con nosotros? —preguntó Sibeal, apretándole con más fuerza el cuello con los brazos.

—No, muchacha. Aquí no tengo lugar. Tal vez más adelante, cuando se hayan acabado los problemas entre los clanes, volvamos a vernos.

—Si nuestro padre permite que el laird te haga daño lo voy a odiar —prometió Rath, enérgicamente.

—No, muchacho, no —dijo ella con toda la firmeza que pudo—. Barra MacDubh es tu padre; es el hombre al que amaba tu mamá, y el hombre cuya simiente te hizo. Además, él no es el señor aquí, lo es sir Alexander. Un hombre debe hacer lo que dice su señor. Puede discutir y desaprobar, pero no puede impedir que su señor haga su voluntad. No le vas a echar la culpa a tu padre de los actos de sir Alexander. —Les revolvió el pelo a los dos—. Estaré muy bien.

—Te pegó, tía —dijo Sibeal, tocándole el tenue moretón que se le formó en la mejilla.

—Eso es algo que ya he experimentado. Tanto el tío Colin como Donald MacCordy me han golpeado de vez en cuando. Tengo una maldita lengua afilada capaz de enfurecer tremendamente a un hombre. ¿Y visteis la cara de sir Alexander después de que me pegó? Fue una enorme sorpresa para él, así que está claro que no lo hace con frecuencia, si es que lo hace alguna vez. —Se sentó en el borde de la cama—. No os inquietéis por mí. No hay nada que pueda hacer sir

Alexander que yo no pueda superar. No me va a matar, soy mucho más valiosa viva. Ahora debo ir a acostar a esta muchachita.

Se levantó, y al girarse hacia la puerta se encontró cara a cara con Barra. El instinto le dijo con toda seguridad que él llevaba un buen rato ahí.

Barra estuvo un momento contemplando a Ailis. Lo que acababa de oír lo había desconcertado. Estaba claro que ella tenía la misma capacidad de Mairi para el amor y la comprensión, pero también veía claramente que esa blandura estaba templada por un acero muy bien pulido. Muchas veces Mairi prefería ignorar la realidad mientras que Ailis no la perdía de vista nunca, la enfrentaba bravamente y hacía todo lo posible por sacar el mayor partido de las cosas. Era una superviviente, mientras que Mairi había sido una soñadora. De repente comprendió, en el fondo de su corazón, que Mairi no habría durado mucho; sencillamente no poseía la fuerza interior necesaria para sobrevivir.

—¿Vienes conmigo, Sibeal? —le preguntó a la niña, tendiéndole tímidamente los brazos.

Pasado un instante de vacilación, Sibeal se dejó coger en los brazos por él. Ailis lo observó cuando les deseó tímidamente las buenas noches a sus hijos y luego lo siguió hasta la habitación de la niña, que estaba enfrente. Mientras lo observaba ponerla en la cama y remeterle las mantas, supo que tenía razón al creer que los niños debían estar con su padre. Él los quería de verdad, y ellos ya comenzaban a responder a su cariño. Se acercó a darle un beso de buenas noches a Sibeal y salió de la habitación. En el corredor se detuvo a pensar si debería decirle a Barra lo del don especial de Sibeal, pero decidió que esa revelación debía esperar hasta que todos se conocieran mejor. Cuando se giraba para echar a andar en busca de la habitación que le habían asignado, Barra la detuvo cogiéndole el brazo. Nuevamente se volvió a mirarlo, tratando de disimular la tristeza que sentía por la inminente pérdida de los niños.

—Deseo darte las gracias, señora Ailis —dijo Barra, en voz baja y ronca por la emoción—. Podrías haber puesto a los niños en contra mía con una sola palabra.

—Eres su padre. Mi hermana te amaba. —Exhaló un suspiro—. Sin ti yo no habría tenido a los niños. No hay nada que tengas que agradecerme.

—Permíteme que crea que lo hay —repuso él; haciendo un gesto de pena se pasó una mano por su abundante pelo tan parecido al de Sibeal—. Ojalá pudiera pagártelo manteniéndote a salvo, pero creo que no puedo. Cuando mi hermano desea algo nadie puede hacer nada para impedírselo.

—No importa mucho. Cuando se sepa quién me tiene, nadie pensará que saldré de aquí siendo todavía doncella. Donald Mac-Cordy añadirá la pérdida de mi castidad a la larga lista de quejas que tiene en contra mía. —Se le curvó la boca en una sonrisa irónica—. No le digas a tu maldito hermano que he dicho esto, pero la broma que él tanto saborea tiene un sabor bastante agradable para mí también.

—No intentes tranquilizarme. Es deshonra lo que él quiere para ti, y los dos lo sabemos. No logro entenderlo porque este no es su estilo, pero está claro que pretende disculpar sus actos atribuyéndolos a su necesidad y derecho a vengarse.

Ailis le puso suavemente la mano en el brazo.

—¿De veras crees que Donald MacCordy me tomaría con suavidad? —Al ver su expresión de repentina comprensión, asintió—. Sí, ya desde antes de ahora mi fino prometido ve la toma de mi castidad como un medio de vengarse de todos los males y desaires que yo le he hecho. No me malinterpretes, no deseo que me «tomen», pero pensar en cómo esto va a frustrar a Donald me hará más fácil soportarlo. Si estoy destinada a ser usada como instrumento de venganza, que sea en «contra» de Donald y no por él en contra de mí. Además, no puedo dejar de creer que tu hermano no será tan cruel como Donald.

—No, pero Alexander no siente ningún amor por las mujeres y tiene un genio que echa ascuas.

—Sí, eso lo sé. Si deseas hacer algo por mí, encárgate de que me lleven vino a mi dormitorio.

—Och, eso no, Ailis. Si estás pensando en beber para quedarte inconsciente, no lo hagas. Eso lo enfurecerá aún más.

—Me has entendido mal —dijo ella en tono amable, y sonrió tenuemente—. Sé que podría intentar resistirme a mi destino. Sé que pelearé con tu hermano como he peleado con muchos a lo largo de los años, aunque sólo sea porque me irritará su arrogancia. Hablo con mucha elocuencia de resignación y de volver las cosas a mi favor, pero no soy de tipo manso y sumiso. Deseo encadenar mis puños y mi lengua con el efecto adormecedor del vino, para así no buscarme más dolor con mis palabras y actos.

Barra le dio un rápido e impulsivo abrazo, con cierta torpeza, pero el auténtica preocupación la conmovió. Entonces le dijo que le llevarían el vino dentro de un momento, y echó a andar alejándose, dejándola decididamente desconcertada. Encogiéndose de hombros ante las rarezas de los hombres, que, comenzaba a pensar, eran tan abundantes como en cualquier mujer, echó a caminar hacia su habitación.

Al entrar en ella, le bastó una rápida mirada para darse cuenta de que la habían enviado al dormitorio del señor. Soltó una maldición en voz baja. Mientras miraba más detenidamente su entorno, pensó furiosa que tal vez debía considerarse afortunada porque no la hubiera poseído inmediatamente en la sala grande.

La habitación estaba escasamente amueblada, pero era acogedora. Lo que más le atrajo la atención fue la inmensa cama. Le resultó difícil desviar la vista de ese mueble bellamente tallado.

Le habían dejado agua caliente en una enorme jofaina de loza. Fugazmente le pasó por la cabeza la idea de que sir Alexander Mac-Dubh quedaría bien servido si ella apestaba a caballo y a una dura cabalgada, pero luego se encogió de hombros y comenzó a lavarse; un poco de suciedad no le impediría al señor de Rathmor llevar a cabo su venganza.

El camisón que le habían dejado era demasiado grande, así que volvió a ponerse su camisola y la túnica, y acabó justo cuando le llevaron el vino. Llenó la copa, se sentó en un arcón situado bajo la estrecha ventana y contempló el patio del castillo iluminado por la luna. Por la cabeza le pasaban los pensamientos tropezándose; tenía la mente demasiado activa y despierta para su gusto. Decidió considerar en serio cuál debía ser su siguiente paso.

Como muchas otras jóvenes doncellas, de vez en cuando había soñado con el legendario y apuesto sir Alexander MacDubh. Se llevó una decepción al descubrir que no era tan tremendamente diferente de otros hombres, con la excepción de su excesiva belleza. Aunque esa excesiva belleza podría servirle de gran ayuda. Sería muy fácil imaginárselo como amante, un hombre que la llevaba a la cama por deseo y necesidad, no para vengarse. Su primera reacción a él, las sensaciones que le produjo en su interior cuando le tenía cogida la muñeca y se la acarició suavemente con sus largos y elegantes dedos durante un momento, le decían que ese hombre podría fácilmente despertarle el interés; y muy firmemente además.

Volvió a llenar la copa y estuvo más de un minuto pensando en eso. El instinto le decía que él no era un violador; no podía serlo si lo conmocionó tanto haberla golpeado en reacción a los insultos de ella. Pero no le cabía duda de que obtendría lo que deseaba, ya fuera mediante coacción, hábil seducción o simplemente paciencia. Podría ahorrarse muchísimas molestias y ahorrárselas a él si simplemente lo dejaba hacer. Era tan poco lo que podía hacer para golpear a Donald MacCordy que de verdad la atraía la idea de entregar su virginidad a su peor enemigo. De lo que se guardaría muy bien sería de darle su pasión o cualquier otra emoción profunda. Golpearía a Donald con el acto y derrotaría a sir Alexander no permitiéndole que le causara ningún sufrimiento. Decidido eso, se bebió el vino y ociosamente pensó que no le haría ningún daño rogar también que sir Alexander se emborrachara hasta quedar insensible mientras celebraba el fácil éxito que había tenido ese día.

Alexander estaba pensando en Ailis y saboreando los estremecimientos de expectación que lo recorrían todo entero. Tan intensas eran las sensaciones que prácticamente no veía a las demás personas que estaban en la sala grande bebiendo con él. Hacía muchísimo tiempo que no sentía tantos deseos de acostarse con una mujer. Casi deseó que la mancha de la venganza no se cerniera sobre todos ellos, pero se cernía, y no había manera de eliminarla. Tampoco podía sacudirse del todo de un sentimiento de culpa, incluso de asco, por sus planes. Jamás había tomado a una mujer por la fuerza, ni siquiera después de que se le agriaran las emociones. Mientras intentaba convencerse de que tenía todo el derecho a tratar a una MacFarlane de la forma que eligiera, observó que las miradas que le dirigía Barra no tenían mucho de fraternales.

—¿Te preocupa algo, Barra? —le preguntó—. No pareces un hombre que acaba de recuperar a sus críos perdidos. Comienzo a sospechar que lo que te corroe no tiene nada que ver con ellos.

—Tienes razón al sospechar eso, hermano. Maldita sea, Alex, ¿no puedes dejar en paz a la muchacha?

—No —contestó Alexander sucintamente, pero al instante enderezó la espalda y se inclinó hacia él—. ¿Has olvidado que la muchacha es una MacFarlane?

—No, y tampoco olvido que es la queridísima hermana de mi amante Mairi y la tía de mis hijos.

—Hecho que a mí me gustaría olvidar. Harás bien en vigilar a esa muchacha, y a tus hijos. Si no, ella no tardará en volverlos en contra tuya.

—Ya ha tenido la oportunidad de hacerlo —dijo Barra, en voz baja y solemne—. Y ha hecho todo lo contrario. Juzgas mal a esta muchacha, Alexander.

Esas palabras lo enfurecieron por motivos que, comprendió, no lograba ni comenzar a entender, y eso lo enfureció más aún.

—No la juzgo en absoluto, aparte de ver que es una mujer atractiva por la que ardo todo entero.

Apuró su cerveza, volvió a llenar la jarra y contempló malhumorado la bebida.

—Si te sientes amoroso —dijo Barra—, ¿por qué no te llevas a la cama a alguna de las muchachas bien dispuestas que abundan en Rathmor? Te has encargado de que haya más que suficientes. —Masculló una maldición—. La muchacha es virgen, por el amor de Dios.

—El amor de Dios no ha tenido nada que ver con eso. Han sido unos puños rápidos impropios de una dama y unos cuchillos hábilmente manejados. —No pudo reprimir una leve sonrisa al pensar cómo la chica le frustró los deseos a su enemigo Donald MacCordy—. Apostaría que él está pensando en vengarse de sus desaires e insultos en el dormitorio la noche de bodas. Eso es lo que piensa hacer MacCordy, estoy seguro. Lo enfurecerá saber que yo he tenido lo que debería haber sido suyo, que fue una espada MacDubh la que le rompió la virginidad. Sí, y sabrá que yo lo disfruté.

Unos cuantos hombres que estaban lo bastante cerca para oírlo, se rieron groseramente. Barra los miró indignado y luego miró a su hermano gruñendo:

—No hables de ella como si fuera una puta.

—¿Te preocupas por una muchacha MacFarlane? ¿Olvidas...?

—No, Alex, no olvido nada, maldita sea. Pero tú no olvides que la muchacha en la que te vas a vengar sólo era una niña cuando su tío asesinó traicioneramente a nuestro padre. ¿Crees que una muchachita no mucho mayor que mis hijos es culpable de ese crimen? ¿Tal vez fue ella quien afiló el puñal que usó su tío? ¿Tal vez crees que ella planeó el asesinato?

A Alexander lo sorprendió un tanto el sarcasmo de Barra. Entonces frunció el ceño; iba a haber problemas entre su hermano y él por culpa del trato que le daría a Ailis MacFarlane. Eso no cambiaba sus planes, pero reconocía el peligro. Barra tenía sus buenos argumentos y buenos motivos para ponerse de parte de la chica, pero ninguno de ellos importaba comparados con lo mucho que él la deseaba. De todos modos, era excepcional la vehemencia con que la defendía, aunque sólo fuera por que lo hacía estando sobrio, lo que demostraban sus ojos despejados. Sobriedad era lo que le había faltado a Barra durante muchísimo tiempo. Por ese solo motivo decidió no pasar por alto sus argumentos.

—Lleva el apellido MacFarlane —dijo—. Eso es lo único que importa. —Un murmullo entre los hombres manifestó que estaban de acuerdo con sus palabras—. No me importa si la señora MacFarlane era sólo una comezón en los lomos de su padre en el momento en que su tío comenzó a atacarnos. Es sobrina de ese cabrón asesino Colin, y su única heredera por el momento. —Al ver que Barra abría la boca para volver a hablar, bramó—: ¡Basta! Te concedo que tienes razón en todo lo que has dicho, pero eso no importa. A juzgar por lo poco que he visto de la muchacha, posee todo lo que era bueno en los MacFarlane antes que esa víbora de Colin manchara la sangre de la familia. Eso tampoco importa nada. —Algunos de los hombres que comparían la mesa asintieron pensativos—. A través de la señora MacFarlane puedo golpear tanto a MacFarlane como a MacCordy. Y esta oportunidad es tan dulce que no se puede ignorar. Ellos razonarían igual si tuvieran en su poder a una mujer MacDubh. Sí, y antes que lo digas, ardo de deseo por la muchacha, no voy a intentar negarlo. Eso solo es motivo suficiente para acostarme con ella. No más argumentos, Barra.

Después de echar una evaluadora mirada a los apretados labios de Barra, pasó la atención al lugar donde una linda criada llamada Kate estaba recogiendo los restos de la copiosa comida de Jaime. Habían colocado al gigantesco hombre en el rincón más alejado de la sala grande, pero él sabía que todos seguían sintiendo agudamente su presencia.

—Quiero que se vigile atentamente a ese bruto aun cuando haya jurado que va a tener las manos quietas. El lazo entre él y la muchacha es fuerte. Se exponía a una muerte cierta enfrentándonos como lo hizo, solo y desarmado. Yo podría haberlo matado en un abrir y cerrar de ojos. Sí, pero él se mantuvo firme. Ese tipo de lealtad podría resultar más fuerte que su palabra. —Observó a Jaime y vio que este tenía la mirada fija en él, y también que tenía apretadas en puños sus enormes manos—. Sí, sé que lo es.

—Jaime quiere a su señora —musitó Barra.

—Sí, la Bella y la Bestia. Vigílalo, Barra, porque no tengo el menor deseo de matarlo.

Kate detuvo el movimiento de llenarle la jarra a Jaime al ver cómo este miraba al señor de Rathmor. El tamaño de Jaime la fascinaba. Ella era una muchacha robusta, sana, pechugona, pero él la hacía sentirse fina y delicada. No lo consideraba menos hombre debido a su tartamudez. La verdad, por primera vez en su vida se sentía verdaderamente interesada por un hombre. Verlo amenazar a su señor con su mirada y su gesto la hacía temer por él. Sin otra intención aparte de calmarlo, colocó una mano en la de él y lo miró a sus sobresaltados ojos oscuros.

—No, señor, el amo te hará matar, y entonces no le serás de ninguna utilidad a tu señora. —Le extrañó el asombro que vio en sus hermosos ojos al oír eso—. No puedes hacer nada para impedir lo que va a ocurrir.

Jaime vio la preocupación en los bonitos ojos castaños de la chica y casi olvidó lo que lo preocupaba. No pudo evitar que le aumentara el tartamudeo al decir:

—T-tu se-señor quiere des-deshonrar a la señora Ailis. Sí, y po-podría ha-hacerle mucho daño. N-no pu-puedo soportarlo.

—Puedes soportarlo y debes —le dijo Kate en tono autoritario—. ¿Acaso no te pidió eso tu señora? —Jaime asintió, aunque de mala gana—. Si te tranquiliza saberlo, yo la atenderé cuando llegue la mañana. Podría desear que la ayude una mujer.

Jaime le sonrió.

—Sí, eso me tranquilizaría un poco. Gracias, señora.

—Kate —dijo ella, algo confundida al ver cómo la sonrisa le suavizaba su ancha y bastante guapa cara, y le ablandaba algo por dentro a ella—. Llámame Kate.

Alexander observó la escena entre Kate y Jaime y luego miró a Barra con las cejas algo arqueadas, sus ojos azules suavizados por la diversión.

—La bestia tiene un don para tratar a las muchachas. ¿Ves cómo nuestra Kate lo mira extasiada, nuestra fría Kate, que normalmente mira con desprecio a los hombres?

Barra curvó los labios en una auténtica sonrisa, aunque leve.

—Las muchachas ven al cordero que hay bajo el león, el corazón leal y tal vez demasiado blando bajo la fuerza muscular.

—Sí, has dado en el clavo. Es un error también creerlo un pobre idiota. Sí, puede que sea un poco lento de entendimiento, pero no es un idiota. —Entrecerrando los ojos observó un momento más al gigantesco Jaime conversando tímidamente con Kate—. No, no es un idiota, pero con frecuencia creen que lo es. Lleva el estigma de un hombre despreciado o ridiculizado a cada paso. Muchas veces ser tan grande despierta esos sentimientos. La muchacha MacFarlane eligió bien. Una palabra amable y el bruto se convierte en su esclavo. —Negó con la cabeza al ver que Barra se tensaba, sin duda preparándose para rebatirle esa escéptica observación—. Sé que la señora Ailis es sincera en sus palabras amables, así que no te enfurezcas conmigo otra vez. Ni siquiera yo pienso que sólo finge quererlo.

—Sí, los niños también lo quieren —dijo Barra, y añadió con el ceño ligeramente fruncido—. Tienes razón al pensar que su lealtad y necesidad de proteger a la muchacha podrían resultar más fuertes que su palabra. Igual se le podría olvidar su promesa cuando aumente su preocupación por su señora. ¿No hay alguna manera de dejarlo bien seguro durante la noche?

Alexander asintió lentamente.

—Sí, podríamos ponerlo en una de las mazmorras. No quería hacer eso. Me pareció un insulto, una señal de que no creemos que vaya a honrar su palabra.

—Al final eso podría salvarle la vida al bruto —terció Angus—. Es preferible que soporte una noche incómoda, y que tal vez se sienta insultado, a que le tome el sabor al frío acero de la espada.

Exhalando un suspiro, Alexander ordenó a unos cuantos de sus hombres que llevaran a Jaime a una mazmorra. No temía que, los suyos pudieran pensar que la orden estaba motivada por el miedo, porque su valentía era incuestionable y estaba bien demostrada. Era sencillamente una medida conveniente para mantener con vida al hombre. De verdad no tenía el menor deseo de tener que matar a Jaime.

Jaime comprendió lo que iba a ocurrir en el instante en que vio acercarse a él a cuatro fornidos hombres. El miedo le impidió agradecerle a Kate la promesa que le hizo en voz baja de ir a verlo por la mañana. Desde que era un niño pequeño le tenía miedo a los lugares oscuros. Sabía que los MacDubh no tenían ninguna intención de hacerle daño, pero le iban a infligir la peor de las torturas. Fue arrastrando los pies, pero eso ellos lo interpretaron como una moderada protesta; también sabía que su expresión impávida la consideraban obstinación o estupidez y no el terror que lo paralizaba. El miedo le tenía trabada la lengua, así que no pudo explicarlo. Solamente la promesa que le hiciera a Ailis de mantener quietos los puños le impidió usar su inmensa fuerza para liberarse.

Se le escapó un gemido cuando cerraron la puerta de la celda, pero nadie le hizo caso. Y cuando desapareció la luz de las antorchas de los hombres, se tiró al suelo de piedra, se acurrucó formando un ovillo e intentó mantener a raya los horrorosos recuerdos que le venían a la mente. Eso le daría resultado un rato, pero sabía que en ese espacio estrecho y oscuro no sería capaz de dominar el pánico, y este sólo aumentaría. Gritó llamando a Ailis, pero eso no le sirvió de nada para disminuir el pánico, porque sabía que ella no tardaría en estar ocupadísima luchando con el señor de Rathmor.

Cuando acabó su cerveza, Alexander concluyó que ya había saboreado bastante su expectación; se levantó del asiento preparándose a ir a saborear la realidad. Al pasar junto a su hermano se detuvo y observó que este tenía blancos los nudillos de la mano con que sostenía su copa. Eso era sólo una de las muchas señales que anunciaban una no habitual tensión en él. Aunque no deseaba que existiera esa disensión entre ellos, no estaba dispuesto a renunciar a acostarse con Ailis.

—Creíste que era Mairi cuando la viste —musitó—. ¿Es grande el parecido?

Tal como esperaba, la mención de Mairi produjo una inmediata distensión en Barra.

—Sí, aunque Ailis es más pequeña. Mairi no sólo era más alta, sino también más llenita, más redonda. Además, Ailis es una luchadora. Me parece que mi Mairi no lo era.

—Arriesgó muchísimo cuando te tomó por amante. A los MacFarlane los crían para odiar a los MacDubh.

—Cierto, pero Mairi siempre tuvo miedo. A veces temblaba de miedo, tiritaba como si tuviera la fiebre. Mi Mairi era tierna de espíritu, en cambio Ailis no lo es. Yo creo que Ailis les escupiría a los ojos.

—Sí —rió Angus—. Puede que la muchacha sea una MacFarlane, pero no se puede dejar de admirar su brío.

Una rápida mirada a Barra lo indujo a cerrar bruscamente la boca y no decir nada más.

Barra supuso que Angus había querido hacer un comentario sobre cómo afectaría ese brío a lo que Alexander pensaba hacer. Miró a su hermano con la intención de hacerle una última súplica.

—Alex, ¿no puedes...?

—Basta, Barra, déjalo. —Se inclinó acercando la cara a él para que sus siguientes palabras quedaran entre ellos, sin que las oyeran los demás—: Aunque he llegado a despreciar las emociones más tiernas, sigo saboreando las más bajas entre hombres y mujeres. Dices que Ailis se parece a Mairi, así que deberías comprender por qué tus súplicas fracasan conmigo.

Barra suspiró, porque lo comprendió.

—Simplemente no le hagas daño. Sé que sabes obtener lo que quieres sin emplear la fuerza ni inspirar miedo. Usa esas dotes de seducción que tenías tan bien perfeccionadas años atrás. Ailis no ha hecho nada para merecer dolor además de la vergüenza y deshonra que le vas a hacer sufrir.

Alexander le apretó el hombro a modo de silenciosa promesa y se dirigió a la puerta. Comprendía el conflicto entre las lealtades de Barra, y el no oír comentarios procaces cuando salió le dijo que los hombres también lo comprendían. Agradeció eso, ya que percibía que la rendición de Barra distaba mucho de ser total. Cuando llegó a sus aposentos todos sus pensamientos ya estaban puestos en lo que lo esperaba dentro. Sentía embriagadora la excitante expectación cuando entró.

Al sentirlo entrar Ailis lo miró recelosa, notando que lo veía algo borroso. En una o dos ocasiones había estado más borracha de lo que lo estaba en ese momento, pero le pareció que ese estado de ebriedad bastaría. Dejando de lado todos los aspectos morales, si no era Alexander MacDubh el que la llevaba a la cama sería Donald MacCordy. No tenía el menor deseo de recibir los servicios de ninguno de los dos, pero, puesta a elegir, decididamente prefería a Alexander. Este sólo quería humillar a Colin y a los MacCordy, en cambio Donald deseaba someterla. Además, sabía que Alexander realizaría el acto con menos brutalidad y más refinamiento que Donald. Y no le resultaba un problema que Alexander fuera el hombre más atractivo que había visto en su vida. En realidad, la inquietaba un poco que eso pudiera minar gravemente su resolución de mantenerse fría y distante.

Cuando Alexander juzgó correctamente el estado en que se encontraba Ailis sintió un ramalazo de ira, pero esta se le calmó enseguida al darse cuenta de que sólo estaba ligeramente borracha. Tal vez eso le facilitaría las cosas. De verdad, no tenía el menor deseo de luchar con ella.

—¿Todavía vestida? —musitó, avanzando hacia ella.

—¿Acaso suponías que te esperaría desnuda y echada en la cama? —ladró ella.

Él intentó reprimir una sonrisa, pero se le curvaron levemente los labios.

—No, señora Ailis. Sería más tu estilo recibirme totalmente armada y ardiendo de deseos de hacerme sangrar.

Ailis frunció el ceño cuando él se sentó cerca de ella y tranquilamente se quitó las botas. Realmente era muy mal momento para observar su belleza y virilidad. Lo que necesitaba mantener era la frialdad, frialdad o por lo menos desinterés. Se levantó bruscamente cuando él se quitó la ropa hasta quedar sólo con las ceñidas calzas; desde luego necesitaba reforzar ese desinterés con otro poco de vino; una sola mirada a su hermoso y musculoso pecho le había evaporado toda la frialdad con que había logrado armarse.

Él adivinó su intención y con un rápido movimiento cogió el decantador al mismo tiempo que ella, impidiéndole servirse otra copa.

—Ya has bebido bastante, muchacha. No quiero acostarme con una mujer que esté inconsciente.

Le abrió los dedos, le quitó la botella y la dejó en la mesa. Después la cogió por los hombros y contempló sus suaves curvas con no disimulada avidez.

—Desvístete —le ordenó.

Ante esa seca orden le hormiguearon las manos por el deseo de golpearlo, pero haciendo un inmenso esfuerzo se refrenó, y contestó con igual sequedad:

—No.

Se le escapó un grito de sorpresa cuando él le rompió diestramente las telas de la túnica y la camisola de arriba abajo por la parte delantera.

Al notar el instintivo movimiento de ella para escapar, él volvió a cogerla por los hombros y la aplastó contra la pared. Tuvo que hacer un esfuerzo para desviar la mirada de la trigueña belleza que acababa de dejar al descubierto. Finalmente le miró la cara y se encontró con sus grandes ojos castaños furiosos, pero no asustados.

—Si tienes la intención de chillar, me alegra haber hecho llevar a la mazmorra a tu fornido guardia para pasar la noche.

La preocupación por su amigo puso fin a su vergüenza por encontrarse desnuda ante un hombre y también a su furia por el brusco comportamiento de él; conocía muy bien el terror que Jaime le tenía a esos lugares.

—¿Jaime está en una celda? —susurró.

—Sí —dijo él, quitándole la ropa interior rota y tirándola a un lado—. Eso es más por su bien que por el mío.

La angustiosa necesidad de liberar a su amigo del horror mental que sabía que estaría sufriendo decidió el siguiente paso de Ailis. Alargó la mano hacia la mesa y cogió el decantador de vino. Vio que él comprendió lo que iba a hacer cuando se giró a golpearlo, pero ya era demasiado tarde para que se lo impidiera. Él cayó al suelo, quedando rodeado por los trozos rotos del decantador y por su contenido.

Capítulo 5

*A*ilis contempló al hombre tendido en el suelo a sus pies. Cuando él gimió y comenzó a moverse, sintió una mezcla de alivio y miedo. Era evidente que no había dejado a sir Alexander en un satisfactorio estado de inconsciencia. Sin embargo, descubrió que le alegraba muchísimo no haberlo herido tampoco.

Con sumo cuidado pasó por encima de él, cogió la camisa de fino lino que él había dejado sobre la cama y se la puso. Distaba mucho de ser decente, ni siquiera le llegaba a las rodillas, pero no había nada más a mano; no podía preocuparse del pudor en ese momento. Consciente de que se le acabaría rápidamente el tiempo para actuar, salió corriendo de la habitación. Tenía que llegar al lugar donde tenían a Jaime para ayudarlo antes que Alexander pudiera impedírselo.

Justo cuando llegó corriendo al pic de la estrecha escalera de caracol se topó con Barra y varios de los hombres MacDubh que salían de la sala grande. La miraron boquiabiertos, y una rápida mirada a un espejo que colgaba en la pared cuando frenó ante ellos le dijo por qué. Dudaba de que todos ellos hubieran visto a muchas muchachas medio desnudas, con el pelo largo hasta la cintura todo desordenado, corriendo por los corredores de Rathmor. No le costó mucho desentenderse del apuro por el pudor que experimentó; estaba mucho más preocupada por Jaime y la inminente persecución de Alexander. En eso salió Kate de la sala grande y la miró boquiabierta de asombro, igual que los hombres. Ni siquiera el grito de Alexander que llegó de la habitación de arriba impulsó a los hombres a actuar.

—¿Dónde está Jaime? Dime cómo encontrarlo —suplicó a Barra, echando una nerviosa mirada hacia la escalera por si aparecía Alexander—. ¡Dímelo, so idiota! —exclamó, al ver que él continuaba mirándola boquiabierto.

—Yo te lo puedo decir, señora —dijo Kate, avanzando.

—¿No vas a intentar engañarme? —preguntó Ailis, desconfiando de ese ofrecimiento de ayuda tan rápido.

—No. Sé que lo que te aflige tiene que ver con Jaime y no es un truco para intentar escapar.

—Bueno, démonos prisa, entonces, por favor —la instó Ailis, pues ya se oían los pasos de Alexander por el corredor de arriba en dirección a la escalera.

Kate corrió hacia la escalera que bajaba a las mazmorras, y Ailis la siguió. Acababa de coger una antorcha de su candelabro en la pared y pasársela a Kate, que comenzaba a bajar la escalera cuando Alexander llegó al lugar donde estaban sus hombres. Ella lo supo porque oyó la clara voz de él gritando maldiciones. Le cogió la mano a Kate y bajaron a la mayor velocidad que se atrevían los altos y estrechos peldaños que llevaban a las entrañas de Rathmor.

Sólo habían bajado unos seis peldaños cuando llegaron a sus oídos los gritos de terror de Jaime, a los que su ronca voz masculina añadía patetismo. Ailis no tuvo necesidad de instar a Kate a bajar más rápido.

—¿Por qué no las habéis seguido, grandísimos idiotas? —bramó Alexander.

Al instante todos reaccionaron y sin más vacilación echaron a correr detrás de las mujeres.

Una mirada de los furiosos ojos azules de Alexander le dijo a Barra que no sería prudente que revelara lo graciosa que encontraba la situación. Se detuvo en un peldaño con los demás cuando llegó a sus oídos el espeluznante y desconcertante sonido de un atormentado gemido masculino. Una fuerte palabrota de Alexander los puso en movimiento otra vez.

Entonces a los gemidos que subían de las celdas del sótano de Rathmor se sumó la clara y tranquila voz de Ailis intentando calmar a Jaime.

Tanto Kate como Ailis gritaron de lástima y alarma cuando llegaron a la celda en que estaba Jaime. El inmenso hombre parecía estar recorriendo en círculos la celda, moviéndose de manera incomprensible; debía tener ensangrentadas sus enormes manos a causa de sus desesperados intentos de buscar a tientas una salida. Mientras Kate cogía el llavero colgado de un gancho incrustado en la pared de piedra gris y buscaba la llave para abrir la celda, Ailis le hablaba, intentando mitigar con palabras tranquilizadoras el terror que lo dominaba. Pero era difícil, porque la ventanilla con rejas estaba muy alta, por encima de su cabeza, y Jaime necesitaba mucho más que su voz en esa oscuridad. Cuando Kate abrió por fin la puerta, le pasó la antorcha a ella, pero Alexander ya estaba ahí y le cogió el brazo antes de que ella pudiera entrar en la celda.

—Está desquiciado —le advirtió, mirando a Jaime receloso—. Es mejor que no entres ahí.

Ailis no le hizo caso, y tironeando, se adentró en ella, con la antorcha en alto.

—Soy Ailis, Jaime —le dijo—. Mira, ya no está oscuro aquí.

Apoyando su ancha espalda en la pared, Jaime la miró y luego fijó la vista en la luz de la antorcha.

—L-luz.

—Sí, mi pobre amigo, luz. He venido a sacarte de esta celda.

—Estoy en el hoyo. Este es el hoyo. Ha vuelto a enterrarme.

—No, Jaime, no estás en el hoyo. No estás en ese ataúd. ¿Ves la luz? Soy Ailis, y he venido a sacarte de este lugar. —Se acercó más cuando Alexander le soltó el brazo, de mala gana—. ¿Me ves, Jaime? Soy Ailis. —Dejando la antorcha en un candelabro fijo a la pared, se acercó al pobre hombre, que estaba temblando, y le colocó la mano en el pecho—. Yo te sacaré de aquí inmediatamente. Ay, mi pobre Jaime, ¿qué te has hecho en tus bonitas manos?

Su voz y la luz lo calmaron y comenzó la lenta escalada hacia la cordura desde la profundidad de su miedo. Frunció el ceño al verse las muy maltratadas manos, y tartamudeó más que nunca al intentar explicarlo:

—In-intenté ex-excavar, te-tenía que ex-excavar p-para sa-salir del hoyo. —Silenciosas y gruesas lágrimas le bajaron por las mejillas ensombrecidas por la barba del día—. No lo so-soporto, señora. Lo intenté, de verdad lo intenté, pero no pu-puedo soportarlo.

Kate rompió su enagua, sacó tiras, y comenzó a vendarle las manos.

Ailis se lo agradeció con una mirada y un gesto y le dijo a Jaime, que continuaba agitado:

—Todo está bien ahora. ¿Lo ves? Ahora hay una luz para ahuyentar la oscuridad. No estás en la tierra, no estás enterrado en ese ataúd, estás en una celda y la puerta está abierta. Está abierta, no está cerrada con llave. Ya no estás encerrado aquí.

Él miró hacia la puerta abierta y, ya lo bastante recuperado, vio a los hombres agrupados ahí, y bajó la cabeza.

—Te he dejado en vergüenza.

—No —protestó ella dulcemente, dándole una palmadita en los rizos mojados por el sudor. No quería que perdiera la confianza en sí mismo que ella había logrado infundirle después de rescatarlo de su cruel familia—. No existe ninguna persona que no le tenga miedo a algo. Sí, y si cualquier persona hubiera tenido al cruel cabrón que tuviste por padre actuaría igual que tú. No te considero menos hombre por esto.

—Yo tampoco —musitó Kate—. Necesitas un poco de ungüento en las manos, pero estas vendas servirán por ahora.

Después de dirigir una tímida mirada a Kate, Jaime le preguntó a Ailis:

—¿Me van a dejar libre ahora, señora?

Alexander tuvo que reprimir una sonrisa cuando Ailis miró hacia él, retándolo con la mirada a decir no. Asintió.

Ailis le sonrió a Jaime.

—Sí. Vas a quedar libre. Vamos, amigo mío.

—Yo me ocuparé del muchachito —se ofreció Angus en voz baja, mientras Kate y Ailis conducían a Jaime fuera de la celda.

—¿Muchachito? —musitó Alexander, sonriendo sardónico y mirando a Jaime.

—No puede tener más de veinte años, por grande que sea —masculló Angus—. Tampoco va a hacer gran cosa con esas manos durante un tiempecito.

—Cierto —dijo Alexander y dando alcance a Ailis la cogió del brazo—. Nos has oído. Angus atenderá a Jaime. Tú vendrás conmigo.

Jaime se giró a mirarlos y agrandó los ojos al darse cuenta de repente de la poca ropa que la cubría.

—Señora, ¿dónde está tu ropa? —exclamó.

No podía decirle a su sobreprotector amigo que su ropa estaba hecha trizas en el suelo del dormitorio del señor, porque temía su reacción. Se decidió por una evasiva.

—Se me derramó vino encima.

Jaime miró a Alexander con los ojos entrecerrados y arrugó la nariz.

—Sé que estuviste bebiendo mucho.

—Vamos, muchacha —ladró Alexander cuando llegó a sus oídos el sonido de una risita mal sofocada.

Sin hacer caso de las miradas furiosas que le dirigieron Jaime, Ailis y nada menos que Kate, aunque disimuló la sorpresa ante esto, se la llevó con él.

Tan pronto como se alejó Alexander llevádose a Ailis, Barra se echó a reír.

—Por los dientes de Dios, es mal momento para reírse, lo sé, pero no lo puedo evitar. ¿Visteis a nuestro fino señor?

Se rió más fuerte aún cuando los demás se echaron a reír también.

Alexander oyó las risas que siguieron a su retirada. No le hacía ninguna gracia ser la causa de esa diversión para sus hombres, y mucho menos debido a una mujer menuda de ojos oscuros. De camino a su dormitorio llevando a Ailis, que iba juiciosamente callada, fue mascullando palabrotas en voz baja. Su acto de legítima venganza no debería provocar risas. Cuando entró en el dormitorio, cerró la puerta de un golpe, empujó a Ailis hacia la cama y fue a lavarse.

Ella continuó callada, medida que sabía era la más juiciosa y segura. Sigilosamente, rodeó la cama y llegó a la mesa donde estaba lo que quedaba del decantador y su copa. Bebió un largo trago. Mientras Alexander se lavaba el pelo rubio dorado manchado de vino, logró beberse dos copas llenas y llenarla otra vez. Entonces él vio lo que pretendía. Soltando una maldición, llegó hasta ella a largos pasos, le quitó el decantador y bebió un largo trago.

Con una calma que, sabía muy bien, le confería el vino, Ailis decidió que al muy apuesto señor de Rathmor no le irían nada mal unas cuantas y sencillas lecciones de buenos modales. Recuperada su actitud indiferente y relajada, se echó de espaldas en la cama, con la copa en la mano.

—Ve con cuidado con ese vino, señor. No quiero acostarme con un hombre insensible.

Alexander casi se atragantó con el último sorbo de vino, la miró furioso y vio que ella se estaba riendo para sus adentros.

—Tienes los pies sucios.

Ella lo miró ceñuda, desconcertada, porque aunque una rápida mirada a sus pies le confirmó que los tenía sucios, encontró raro su comentario, pues no tenía nada que ver con lo que ella le había dicho.

—No se me ocurrió que fueras a hacer uso de mis pies para lo que va a venir.

Él la miró pestañeando y luego se echó a reír. Aunque una vocecita interior le dijo que esa capacidad de ella para hacerlo reír era peligrosa, no le hizo caso, pues se le había desvanecido la rabia. Sin dejar de reírse le limpió diligentemente los pies con un paño mojado, lo tiró más o menos hacia la jofaina y se echó en la cama al lado de ella. Se puso de costado, se incorporó un poco sobre el codo y apoyó el mentón en la mano. Estuvo un rato mirándola atentamente, saboreando la tensión que se iba apoderando de su cuerpo por el deseo.

—Estás muy tranquila para ser una muchacha a la que van a violar. ¿O se debe al vino?

Sin duda se debía al vino, pero ella no tenía la menor intención de reconocer eso ante él.

—Si lloro, gimo y me encojo de miedo a tus pies, ¿eso te va a impedir llevar a cabo tus planes?

Se tensó levemente cuando él comenzó a desatarle el lazo de la camisa de él que llevaba puesta.

—No, nada de eso me importaría, sólo que entonces tendría que mostrarme violento contigo —dijo. Descubrió que no tenía el menor deseo de violentarse con ella, ni aun en el caso de que se resistiera, pero rogó que ella no percibiera esa debilidad en él—. Dime, ¿por qué tu amigo grande le tiene tanto miedo a esa celda? Habló de un hoyo. ¿Se quedó atrapado en uno alguna vez?

—Sí. Su padre y otro pariente lo encerraban en un ataúd y a veces lo enterraban. Ah, no para matarlo, ya que necesitaban su fuerza para hacer el trabajo que deberían haber hecho ellos. Pero lo hacían con bastante frecuencia y desde que era muy pequeño. Ahora el pobre Jaime le tiene un tremendo terror a estar en la oscuridad o encerrado.

—Sí, es comprensible. Lo puse ahí para salvarle la vida. Me pareció que no sería capaz de cumplir su palabra y nos veríamos obligados a matarlo. Ahora sé que preferiría que lo matáramos antes que volver a ponerlo en la mazmorra.

—Sí. Yo creo que Jaime cometería el pecado de quitarse la vida antes que entrar en un lugar oscuro y cerrado.

—Y mantendrá su palabra de tener las manos quietas.

—Sí.

Alexander le bajó suave y lentamente la mano por el pecho siguiendo la abertura de la camisa y observó que le subía el rubor a la cara y se le oscurecían los ojos hasta quedar casi negros. De repente esa indicación de que podía provocarle una reacción apasionada lo dejó sin aliento. Lo perturbó un poco, porque era un tipo de reacción que nunca había saboreado, pero lo entusiasmó. Aunque últimamente se mofaba de las historias sobre mujeres que, debido a la intensidad y plenitud con que practicaban el acto, conseguían convertir en una tarea vulgar, si no francamente desagradable, llevarse a otras a la cama, siempre había envidiado a los que aseguraban haber tenido esa experiencia. No pudo dejar de preguntarse si por fin iba a saborear algo parecido. Por primera vez desde hacía muchísimo tiempo consideró importante que la mujer que tenía en sus brazos reaccionara, intensa y sinceramente, y no actuara solamente como un instrumento para aliviar sus necesidades de modo superficial.

Ailis intentó, desesperada, atribuir a los nervios y miedo su reacción a esas caricias, pero no lo consiguió. Los nervios y el miedo la habrían impulsado a apartarlo de un empujón, pero estaba quieta, trataba de beber su vino y esperaba con ansiosa expectación lo que haría él después de cada movimiento de su mano. Sus ojos, que habían adquirido un cálido y vivo color azul la tenían hechizada. La forma como él deslizaba sus largos dedos suavemente callosos por entre sus pechos le producía un agradable calorcillo que le bajaba enroscándose hasta la entrepierna. Ese tentador calor se propagó como fuego por la hierba seca cuando él deslizó su elegante mano por sus esbeltas piernas desde los dedos de los pies hasta el muslo y volvió a bajarlas. Seguro que de eso no podía echarle la culpa al vino.

—Quítate la camisa, pequeña —ordenó él, con la voz ronca, espesa; ansiaba ver la totalidad de lo que poseería muy pronto.

Por un instante Ailis contempló la posibilidad de negarse, pero comprendió que simplemente se la quitaría él rasgándola, y no quería que se introdujera ni la forma más moderada de violencia. Se bebió lo que quedaba de vino, dejó en el suelo la pesada copa y, haciendo una inspiración profunda, se quitó la camisa. Sintió subir a la cara el calor del rubor mientras él la miraba. Ningún hombre la había visto jamás desnuda. Intentó cubrirse los pechos con los brazos para ocultarlos de su vista, pero él se los apartó, frustrando fácilmente ese intento de proteger su pudor. La avergonzó descubrir que su descarado examen la excitaba.

—Por las barbas de Dios, muchacha, qué hermosa eres —musitó él y bajó lentamente la mano por su costado y la dejó apoyada en su cadera—. Tu piel es como seda dorada. No tengas miedo.

La única respuesta que pudo dar ella fue un suave sonido que se le quedó atrapado en la garganta cuando él le rozó suavemente los labios con los suyos. Entonces le atormentó la boca pasándole la lengua por todo el contorno, tanto que ella estuvo tentada de pedirle un verdadero beso, más profundo. Alexander le concedió la silenciosa petición tan concienzudamente que le salió un ronco gemido desde el fondo de su ser. La tenía medio atrapada en la cama con su largo y delgado cuerpo pero esa suave restricción ya no era necesaria; la dulce seducción de su beso la tenía encadenada. Cuando él puso fin al beso y apartó la cara, deseó más. Entonces fue cuando comprendió que combatirlo era lo último que tenía en la mente, y eso la entristeció.

—Acaríciame, muchacha —susurró él con la voz ronca, siguiéndole con la lengua los delicados contornos de su pequeña oreja—. Deseo sentir tus manos en mi piel.

La vocecita que le hablaba en la cabeza le ordenó que no obedeciera, pero la voz más fuerte de su deseo la ahogó y le fue fácil no hacerle caso. Su intención había sido someterse a sus exigencias, para no convertirse en un instrumento de venganza, pero estaba claro que no sólo se sometía a sus caricias sino que además participaba en su propia deshonra. Cuando le pasó ese pensamiento por la cabeza descubrió que también era fácil desecharlo; pero salió volando en el instante en que deslizó las manos por la suave y tersa piel de su musculosa espalda. Lo único que le interesaba en ese momento era que continuaran esas deliciosas sensaciones que él le producía.

Comenzó a deslizarle las manos por la ancha espalda con entusiasmo, siguiendo con las yemas de los dedos los tensos músculos y la dura cresta del espinazo; después se las pasó por sus costados y le palpó el fuerte pecho. Tenía muy poco vello en el pecho, pero le encantó la textura del pequeño triángulo rubio. Pasó suavemente las palmas por sus tetillas y notó que se ponían duras. Cuando bajó lentamente la mano por la delgada línea de vello que continuaba por debajo de sus calzas, lo sintió estremecerse. Él le estaba dejando una estela de besos en el largo cuello, oyó y sintió en la piel su suave gemido, y comprendió que estaba atrapado en el mismo torbellino sensual que ella.

Alexander comenzaba a temer que no sería capaz de continuar con la lentitud que debía. Las tímidas pero diestras caricias de ella estaban acabando con su autodominio casi legendario. Sentirla encendida de excitación debajo de él lo embriagaba, le elevaba la excitación y la pasión a alturas que no había experimentado jamás. Eso le gustaba y lo alarmaba al mismo tiempo.

—Qué dulce, qué dulce —musitó, ahuecando las manos en sus pechos llenos y acariciándole los pezones con la lengua—. Di mi nombre, muchacha. Deseo oírte decir mi nombre.

—Alexander. —Emitió un gemido, mezcla de súplica y placer mientras él continuaba atormentándole los endurecidos pezones—. Ay, esto es una tortura.

—Sí, y sé por qué, Ailis.

Le cubrió con la boca el duro pezón que le había estado atormentando y comenzó a succionárselo suavemente.

A ella se le escapó un gemido suave y sensual al sentir pasar la sensación por todo el cuerpo. Se arqueó, intentando tocarle las caderas con las suyas. Entonces Alexander cambió de posición y ella se estremeció al sentir la presión de su miembro excitado. Lo rodeó con las piernas intentando desesperada apretarlo más. Le salió un grito, más de alivio que de conmoción cuando él pasó una mano por entre sus cuerpos y le acarició el excitado centro del deseo, a la vez calmándoselo e intensificándoselo.

Cuando él se incorporó para quitarse el resto de la ropa, ella no hizo ni el menor intento de escapar. La prisión en que la habían colocado sus caricias y besos se reforzó al ver su cuerpo delgado y fuerte. De todos modos, se estremeció un poco cuando tuvo conciencia de su pene totalmente erecto; una pizca de miedo se filtró por su pasión. Ávidamente lo aceptó de vuelta a sus brazos, porque el retorno de su calor le calmó rápidamente el miedo y la sumergió otra vez en el irreflexivo deseo. Sin duda alguna eso era mucho más placentero que resistirse a él o preocuparse por la vergüenza o sensación de deshonra que sentiría después.

—Ah, esto sí es maravilloso —musitó él, saboreando la fusión de sus cuerpos y texturas.

Deslizó las manos por su esbelto cuerpo, mientras la besaba devorándole la boca. Encontraba embriagador sentirla mover las caderas para apretarlas a las de él, en clara señal de sincero deseo. Finalmente el cuerpo le dijo que había llegado el momento de poseerla totalmente. Con la mirada fija en su cara arrebolada por el deseo, la observó por si veía alguna tensión o miedo, y se posicionó para poner fin a su doncellez: cualquiera de esos dos sentimientos podría disminuir la llama, y eso era algo que ansiaba evitar. También recordó su promesa a Barra de no causarle daño; si lograba darle placer a Ailis honraría esa promesa, sin duda.

Apretando los dientes por el esfuerzo necesario para refrenarse, comenzó a penetrarla, lentamente. Cuando le rompió la tela de su virginidad, ella dobló los dedos, enterrándole las uñas en las caderas y apretó la boca para ahogar un grito. Se quedó inmóvil, con la esperanza de que así se fuera desvaneciendo el dolor que ella intentaba disimular, pero también para saborear la sensación de estar dentro de ella y la extraña exultación que le producía saber que ningún otro hombre había encontrado ese puerto. Cayó en la cuenta de que esa era la primera vez para él, aun cuando algunas mujeres habían intentado hacerlo creer que les había quitado la virginidad. Pero aunque no movía el cuerpo, sí movía las manos, acariciándola, sin poder resistirse a tocarla, y con el deseo de reencender la llama que el dolor le había apagado. Necesitaba que se revitalizara totalmente ese fuego que había saboreado en ella.

—El dolor se pasará pronto, muchacha —le dijo en voz baja y amable, al tiempo que le acariciaba el muslo.

—No me ha dolido —mintió ella, notando que comenzaba a desaparecer la sensación de haber sido partida en dos.

Alexander sonrió levemente.

—¿No? Entonces, ¿por qué te has puesto blanca como un fantasma y casi te has arrancado la lengua?

Ella ahogó una exclamación cuando él le ahuecó la mano en el pecho y le atormentó el pezón hasta hacerla estremecerse de pasión.

—Ha sido por repugnancia —dijo.

Una ronca risa fue la única respuesta que obtuvo de él. Esa exquisita y seductora voz tenía que ser pecado, pensó. No podía estar bien que la voz de un hombre se pareciera tanto a una caricia íntima. También pensó que él era tremendamente arrogante, pero estaba tan inmersa en corresponderle la pasión que no le importó.

Se le escapó un gritito de deseo que no pudo reprimir cuando él se metió en la boca el duro pezón y comenzó a succionárselo, produciéndole una avidez tan intensa que le hizo trizas hasta el último vestigio de la resistencia a la que había intentado aferrarse. Al mismo tiempo él comenzó a moverse. Ella no necesitó que se lo pidiera para rodearle las caderas con las piernas y corresponderle embestida tras embestida. Salieron volando todos sus pensamientos, y se aferró a él, olvidada de todo lo que no fuera lo que le estaba ocurriendo a su cuerpo. Una persistente sensación le advirtió que él la estaba observando. Abrió los ojos y lo pilló mirándola. ¿Cómo era posible que unos ojos tan azules se pudieran ver tan fogosos?, pensó.

—Uy, Alexander, esto es una tortura —gimió, apretando el cuerpo al de él, intentando introducirlo más hasta el fondo—. ¿No puedes ponerle fin? Me voy a volver loca.

Lanzó un gritito cuando de repente acabó el tormento de las ansias y por todo su cuerpo pasó una sensación salvaje, cegadora.

Enmarcándole la cara con las manos él observó fascinado cuando la excitación de ella llegó a su cumbre y la culminación la arrojó más allá de todo pensamiento y razón. Los temblores que la sacudieron, por dentro y por fuera, se apoderaron de él también y lo llevaron a su liberación. Se desplomó sobre ella, tembloroso por la intensidad de esa liberación, y de sus labios salió el nombre de ella en un ronco grito. Oír como un eco su nombre con la voz de ella espesa por la pasión, lo deleitó también. Todo había sido como podría haber deseado, y más.

Ailis clavó la vista en el cielo raso. Se sentía desgarrada entre el horror y un espantoso asco de sí misma. Ser violada por el enemigo es una cosa, y otra muy distinta retorcerse y gritar de placer mientras ocurre. Le importaba muy poco lo de perder la virginidad, porque no había ningún hombre al que amara de verdad, para el que debería haberse reservado. La verdad, la alegraba que Donald MacCordy no fuera a tener el placer de quitársela. Pero el ardor con que había respondido a la pasión de Alexander MacDubh la preocupaba tremendamente.

Si quería ser sincera, no podía decir que Alexander la hubiera inducido a demostrar esa pasión con las dotes de seducción de que tenía fama, porque ella había participado muy fácilmente, con demasiada facilidad. En realidad, no deseaba creer que era tan tonta como para sucumbir a una seducción ingeniosa. Tampoco podía convencerse de que había sido por culpa del vino. Confundida y afligida por lo que acababa de ocurrir, le vino la idea de que el tío Colin MacFarlane tenía razón en su muy repetida creencia de que la sangre española de su madre la convertía en puta por naturaleza. Sí, esa parecía ser la única explicación posible de que hubiera acogido así el contacto de un desconocido, de un enemigo, de un hombre al que le habían enseñado a odiar.

Cuando se separó de sus brazos, Alexander la observó con inmenso recelo. Su silenciosa contemplación de la nada comenzó a preocuparlo. Bajó la mirada por la cama e hizo un mal gesto. Nunca antes había poseído a una virgen, pero sabía que tendían a sangrar. Sangre en él o en la sábana había sido siempre el truco empleado por las mujeres que intentaban engañarlo. Pero sabía que esa sangre era de verdad y, aunque no era un entendido, le pareció que había más sangre de la que debería haber, sobre todo en una muchacha de constitución tan delicada.

De repente Ailis tomó aguda conciencia de que él la estaba mirando y que ya no había nada que le cubriera el cuerpo. Haciendo una temblorosa inspiración se sentó con la intención de coger las mantas y cubrirse la desnudez. Al alargar las manos para coger las mantas miró hacia donde estaba mirando él. Lanzó un gritito de conmoción, segura de que había perdido demasiada sangre. Ni siquiera decirse que era normal que su reacción al ver tanta sangre fuera exagerada le sirvió para calmar su agitación.

—Me has matado —le dijo, en tono acusador, y gimiendo se echó de espaldas en la cama, con las mantas bien cogidas cubriéndose los pechos—. Lo supe de inmediato, pero tú me hiciste creer que estaba equivocada. Ahora sé que sí me partiste en dos, tal como supuse. —La voz se le había ido elevando a un triste y agudo lamento, y en ese tono continuó—: Bien podrías haberme atravesado con tu espada. Estoy acabada. Voy a sangrar hasta morir, en la cama de mi enemigo.

Ese dramatismo le alivió la preocupación a Alexander, aunque era consciente de que se vería en apuros si intentaba explicar por qué. Al menos, pensó, sonriendo, si de verdad estaba desangrándose, no habría tenido la fuerza para continuar el acto. Sin siquiera intentar reprimir la sonrisa, se bajó de la cama, fue a lavarse y volvió a meterse en ella con un paño mojado.

Ailis chilló horrorizada por la sorpresa cuando él cogió las mantas y las echó hacia atrás. Alargó las manos para volver a cogerlas pero al instante se encontró tendida en la cama sujeta por una firme mano plantada en su pecho. Se le escapó un largo gemido de vergüenza cuando él le limpió hasta el último rastro de la prueba de la pérdida de su virginidad. Ese hombre no tenía el más mínimo respeto por el pudor de una mujer; se negó a reconocer que cuando él terminó se sentía mucho mejor. Mirándolo furiosa volvió a coger las mantas, se cubrió y se tendió boca abajo, con la cara hundida en la almohada. Aunque hizo ímprobos esfuerzos, no logró impedir que le brotaran las lágrimas.

Exhalando un suspiro, Alexander fue a apagar todas las velas, a excepción de la que estaba cerca de la cama, y se metió debajo de las mantas. Estuvo un momento observándola llorar y se dijo que no debería importarle que una muchacha MacFarlane se ahogara en sus lágrimas. Cuando no consiguió que ni su odio por su clan ni el que sentía por todas las mujeres la abarcaran a ella del todo, y se sintió perturbado por su llanto, frunció el ceño y le arreó una brusca sacudida.

—Deja de llorar, muchacha —ladró—. Las lágrimas no te van a devolver lo que has perdido esta noche.

Ella le apartó la mano de su hombro con una palmada y le contestó con voz temblorosa:

—No lloro por eso, grandísimo idiota, sino por mí. Mi tío tenía razón.

Eso último lo dijo con tanta desesperación que él se sintió impelido a preguntar:

—¿Razón en qué?

—Mi sangre española.

Notó que su tono daba a entender que acababa de contraer la peste, pero no se le ocurrió qué más decir para suavizarlo.

—Ah —dijo él, comprendiendo de dónde le venía la coloración un tanto diferente—. ¿Y qué pasa con eso?

Poco a poco el tono de su voz se le filtró por su sufrimiento. En su tono de moderado interés detectó un sentimiento de condescendencia o superioridad que le despertó la rabia, y esta hizo a un lado su autocompasión. Todo era culpa de él después de todo, pensó furiosa. Ninguno de los hombres excesivamente ardientes que había rechazado en su vida había dejado al descubierto la lascivia que había en ella. Si Alexander MacDubh no hubiera posado en su persona sus bonitos y lujuriosos ojos, podría haber continuado en dichosa ignorancia de su defecto. Sin dejar de cubrirse los pechos con la sábana de lino, se sentó y lo miró furiosa, viendo en él la verdadera causa de todo su sufrimiento y problemas. No hizo caso de la vocecita de la razón que le susurró que su actitud era irracional. En ese momento, simplemente no quiso escucharla.

—Mi tío dice que los españoles son personas apasionadas, y que la sangre cuenta —explicó, extrañada de que Alexander no supiera eso, siendo un hombre cuyos conocimientos mundanos eran evidentes.

—¿Ah, sí? Nunca he creído que el cerdo de tu tío pudiera decir una palabra con la que yo estuviera de acuerdo. Me alegra comprobar que tenía razón.

En esa respuesta ella vio la prueba irrefutable de su total falta de comprensión. Además, su actitud demostraba una insensibilidad absoluta ante su deshonra, y eso la enfureció más aún. En el idioma de su abuela, de la que provenía su sangre española que tanto lamentaba su tío, le soltó una larga perorata recriminatoria. Se mofó de su buena apariencia, calumnió a sus antepasados, ridiculizó sus dotes como amante y dejó por el suelo su virilidad, en un lenguaje que habría hecho ruborizar al más tosco de los mozos de establo. Cuando vio que la única reacción de él fue ensanchar su descarada sonrisa, insultó a todos los hombres en general, y volvió a echarse de espaldas en la cama.

Alexander se inclinó sobre ella y colocó una mano a cada lado de su cabeza. Ya entendía bien qué era lo que la afligía. Además, gracias a que en su época en la corte había pasado bastante tiempo en compañía de dos nobles españoles que andaban en busca de mercenarios para contratar, también tenía una idea bastante clara del significado de las expresiones subidas de tono que empleó ella, pero decidió que le convenía guardarse para sí ese conocimiento, porque le sería útil en el futuro. Si ella lo creía ignorante del idioma era probable que lo empleara cuando tuviera necesidad de decir cosas que no deseaba que él oyera.

—No existe ninguna persona que sea más o menos apasionada que otra, sino sólo aquellas que no intentan ocultar su naturaleza —dijo—. No tienes por qué avergonzarte de eso.

—¿Cómo puedes decir eso?

—No podrías hacer nada para impedirlo. ¿Qué mal hay, entonces, en que encuentres placer en lo que no puedes cambiar?

Observándola mientras ella pensaba en sus palabras, aprovechó para desprenderle con suma delicadeza la sábana que tenía cogida entre las manos para poder acceder a su suave piel.

Ailis creyó en sus palabras, pero no se engañó; sabía que le creía principalmente porque le convenía. Finalmente asintió, manifestando su acuerdo, y luego lo miró ceñuda. Aunque su caricia ya le estaba excitando la sangre, le cogió la mano que él iba deslizando por su abdomen.

—Ahora que ya tienes lo que deseabas de mí, ¿dónde voy a dormir? Estoy cansada y deseo ir a buscar mi cama.

—Esta es tu cama —dijo él.

Eso era mentira, porque le habían preparado una cama en la habitación contigua, dado que había sido su costumbre hacer que las mujeres se marcharan una vez que había satisfecho su necesidad de ellas.

Ailis sintió pasar por ella un hilillo de alarma, porque presentía un verdadero peligro para sus emociones en esa obligada proximidad con él.

—Pero ya has obtenido tu venganza.

—Sí, he tomado lo que debería haber sido de MacCordy, pero le encuentro un sabor muy dulce a la venganza y quiero volver a saborearla.

Diciendo eso le cubrió la boca con la suya, silenciando con un beso profundo cualquier posible protesta.

Capítulo 6

*K*ate abrió la puerta y se detuvo en el umbral, ceñuda. Sabía que Ailis iba a dormir ahí, pero en la habitación no había ninguna señal de que hubiera sido ocupada. Y eso era imposible. Sabía que la chica no estaba con los niños porque Barra ya los había ayudado a vestirse y bajado con ellos a la sala grande. Tampoco estaba con Jaime, que seguía atendido atentamente por Angus. De todos modos, fue a mirar las habitaciones de los niños y no la encontró. Con el corazón acelerado por una creciente preocupación, intentando encontrarle una explicación a la desaparición de la chica, se dirigió rápidamente a la escalera para volver a la sala grande, y se encontró con Barra, que iba en dirección a la habitación de Alexander.

—¿Cómo está la muchacha? —preguntó él con sincera preocupación al ver que ella estaba alarmada—. No habrá sufrido algún daño, ¿verdad? ¿O está muy abatida?

—No lo sé —contestó Kate, sin poder creer que Ailis hubiera escapado, sobre todo sin los niños ni Jaime.

—¿Qué quieres decir con que no lo sabes? —preguntó Barra, dándole una suave sacudida—. Vamos, Kate, explícate.

Kate se retorció las manos, más y más inquieta.

—No sé cómo está porque no la encuentro.

—¿Que no la encuentras?

—No, la cama que prepararon para ella está intacta, no la ha usado, y no está en las habitaciones de los críos.

—Dientes de Dios, ¿crees que se las ha arreglado para escapar?

—¿Sin llevarse ni siquiera a Jaime? —preguntó ella, con la duda clarísima en los ojos.

—No —dijo él, ceñudo, y entonces agrandó los ojos, pensando si habrían sido unos tontos al no suponer que ese brío que habían admirado en Ailis podría haberla impulsado a luchar por su honor, a luchar contra su hermano—. Alexander —dijo.

Kate lo siguió a toda prisa hacia la habitación de Alexander. Ella también comprendió que si la chica había huido, bien podría haberle hecho algo al señor. La exclamación ahogada de Barra y su ancha espalda le impidieron entrar en la habitación. Vio que Barra parecía clavado en el lugar donde estaba, poco más allá de la puerta, así que miró por un lado de él, y también ahogó una exclamación de asombro.

Al observar a su hermano, Barra tuvo que hacer un esfuerzo para desentenderse de una punzada de envidia. Era fácil ver la cabeza coronada de oro de Alexander por el contraste que formaba con los cabellos negros y la piel trigueña que le servía de almohada. Tenía la mejilla apoyada en la curva del largo cuello de Ailis y una mano suavemente ahuecada en el pecho que no estaba cubierto por su cuerpo. Un esbelto brazo de ella le rodeaba sus anchos hombros, y no costaba nada ver que tenían las piernas entrelazadas bajo la sábana. La expresión de la cara de Alexander era una que Barra no había visto desde hacía muchos años, desaparecida absolutamente toda la tensión. Eso era tan sorprendente como la evidente prueba de que había retenido a Ailis en su cama toda la noche. Empezaban a curvársele los labios en una sonrisa cuando vio que su hermano comenzaba a despertar.

En el instante mismo en que abrió los ojos, Alexander ya sabía a quién tenía envuelta en sus brazos. Se deslizó hacia un lado con la mirada fija en sus pechos llenos que le habían ofrecido tan delicioso apoyo. Aunque durante la noche había gozado varias veces de la pasión que compartían, sintió la tensión en las ingles. No podía negar que lo que había experimentado con Ailis era lo más exquisito y pleno que había experimentado en su vida y deseaba más. Tampoco podía negar que sencillamente sentía un inmenso agrado al despertar junto a ella.

Con un largo dedo siguió el contorno del pezón de su redondo pecho, y lo vio endurecerse, al tiempo que comenzaba a movérsele el cuerpo. Repitió la caricia en el otro pezón, observó la misma reacción y entonces ella le apartó la mano con un movimiento de su esbelto brazo y se puso de costado, dándole la espalda, y hundió la cara en la almohada diciendo:

—Basta, pícaro rapaz. Por todos los santos, ¿es que no me vas a dar un momento de descanso?

El sonido de risitas ahogadas provenientes de la puerta, lo impulsó a girar la cabeza para mirar. Su sonrisa se convirtió en una expresión enfurruñada, aunque no pudo ocultar la risa que expresaban sus ojos. Un solo movimiento del pulgar bastó para que Barra y Kate salieran silenciosamente de la habitación; no deseaba público para lo que tenía pensado hacer.

La diversión de Barra se evaporó mientras iba caminando hacia la sala grande, seguido por Kate.

—Esto no está bien —dijo.

—No —contestó ella, con una familiaridad debida a que se había criado en el castillo, pues sus padres ya habían sido viejos criados de confianza—. Es muy bueno que la muchacha MacFarlane no sufriera ningún daño, pero no es bueno que su señoría encuentre tanto placer con ella. No, siendo la primera vez que yace con él. Es una MacFarlane. Necesitamos pedir un rescate por ella y enviarla lejos.

Observándola dormir, Alexander pensó cuánto tiempo estaría Ailis en Rathmor. La cogió en los brazos suavemente pero con firmeza y la giró hasta dejarla de espaldas. Respondió a su furiosa mirada adormilada con una sonrisa. Y la ensanchó al oírla mascullar algo sobre que la dejara en paz para dormir y volver a cerrar los ojos. El endurecimiento de sus pezones le dijo a ella que no estaba tan desinteresada como aparentaba estar.

—Tú duerme, entonces —dijo él, instalándose entre sus piernas y apoyándose en los codos—. Yo proseguiré.

Ailis seguía adormilada, pero eso no le impidió sentir las sensaciones que le causaba su cuerpo apretado al de ella. Pero eso no lo iba a reconocer, naturalmente, de ninguna manera. Toda esa noche su resistencia sólo había sido de boca, e incluso así, había sido muy poca, porque tenía muy claro que después de Alexander vendría Donald MacCordy. La sola idea de Donald haciéndole lo que le hacía Alexander le había revuelto el estómago y comprendió que sería una tonta si no disfrutaba lo que pudiera mientras le fuera posible; además, reflexionó, no disfrutarlo sólo la haría sufrir, porque eso no habría refrenado a Alexander y, claro, tampoco le serviría de nada para eludir la furia de Donald después.

—¿Proseguir mientras yo duermo? —masculló con la voz todavía adormilada y ronca por el creciente deseo que él le producía acariciándole un pecho—. Eso es repugnante.

—Si te duermes a mí no me importará —dijo él en tono alegre y acto seguido se metió el pezón en la boca.

Ailis no encontró ninguna manera de ocultar lo mucho que eso le excitaba el deseo. Se le escapó un gritito y hundió las manos en sus abundantes y largos cabellos. Su mente pasó de los nebulosos dominios del sueño parcial a los de la pasión. Él era su enemigo, el ladrón de su virtud y su honor, pero sus caricias la encendían. Por mucho que le hubieran enseñado a odiar a los MacDubh desde que era pequeña, ansiaba las caricias de Alexander. Cuando él la penetró lentamente suspiró de placer, un placer que no pudo disimular, a pesar de lo que le dolía el cuerpo a consecuencia de esa nueva experiencia.

—Parece que has despertado bastante bien, muchacha —dijo él, dejándole una estela de suaves besos en la cara.

Ella le cogió las delgadas caderas apretándolas contra las suyas, al tiempo que lo rodeaba con las piernas, instándolo a continuar.

—Me cuesta dormir cuando un sinvergüenza me está zarandeando —dijo.

A él se le escapó una risa ronca y, mirándola a los ojos, deslizó la mano por todo su cuerpo en una amplia caricia. Comprobó que era intensamente excitante observarla mientras ella iba llegando a la liberación; encontraba satisfactorio saber que era él quien le producía esa expresión de deslumbrante éxtasis en la cara, que él era el primer hombre que le producía eso. Aunque esta vez fue breve su contemplación porque se vio arrastrado con ella a ese éxtasis ya que llegaron al mismo tiempo al pináculo que ansiaban sus cuerpos. Continuaron estrechamente abrazados, con los cuerpos temblorosos por la intensidad de la liberación y sus reverberaciones. Ya había transcurrido un largo rato cuando él tuvo la fuerza y la inclinación para liberarse del enredo en que se encontraban sus cuerpos.

Suavemente se desprendió de los lánguidos brazos de Ailis y rodó hacia un lado hasta quedar de espaldas, y subió las mantas cubriéndolos a los dos. Habiendo pasado ya el placer, descubrió que estaba terriblemente preocupado. Esta vez no veía la más mínima posibilidad de ignorar o negar la exquisita sensación de unión que sentía con ella. Había sido tan intensa y plena la relación sexual con esa mujer, que se vio en apuros para traer a la mente aunque fuera el vago recuerdo de otra que hubiera experimentado antes. Comprendió que le iba a resultar muy difícil renunciar a eso, pero la chica era una MacFarlane y en Rathmor no había lugar para ella. En las manos de sus familiares había sangre MacFarlane y una grave traición, que era necesario vengar.

Esas eran realidades que tendría que recordarse constantemente, comprendió. Intentaría consolarse con la teoría de que si existía una mujer capaz de excitarlo y saciarlo tan completamente, tenía que haber otra. Cuando Ailis se marchara, comenzaría a buscarla.

Cuando Alexander se bajó de la cama y comenzó a vestirse, Ailis empezó a observarlo. Su repentino silencio la preocupó, como también la expresión remota que tenía en la cara. En sus ojos azules no logró discernir ninguna emoción, ninguna expresión. Era imposible captar algo que le diera una idea de sus pensamientos o sentimientos. Dado que no había actuado así antes que hicieran el amor, sólo podía suponer que había algo que lo había hecho cambiar. Le dolió pensar que aquello que ella había encontrado tan hermoso pudiera ser causa de preocupación o problemas para él, y no quiso preguntarse por qué le dolía.

Agrandó los ojos cuando se le instaló en la mente una posible explicación, explicación que le fue imposible menospreciar, aunque mereciera desprecio. Ella era la sobrina y heredera del hombre que mató a su padre y le robó su tierra. También era la prometida de un hombre al que él detestaba. Por lo tanto, el acto sexual no debería haber sido hermoso, no debería haberlo dejado tembloroso y aferrado a ella; no debería haber sido otra cosa que un acto de venganza con una pizca de lujuria. Ella sabía que no era la vanidad la que le daba la seguridad de que él había disfrutado con ella, que la deseaba tremendamente. Lo que preocupaba a su captor era que un Mac-Dubh pudiera sentir eso por una MacFarlane. Rogó que eso no lo impulsara a tratarla con dureza.

Le pasó por la cabeza la insidiosa idea de que todavía era posible que Alexander la entregara a sus hombres, y por toda ella pasó un escalofriante miedo que la hizo tiritar. No quería creer que él pudiera ser tan cruel, pero tuvo que reconocer que a pesar de la intimidad que habían compartido, él era un desconocido para ella. Al fin y al cabo, el objetivo era golpear a su tío y a Donald, y sin duda convertirla en la puta de sus hombres haría eso. También lo libraría de algo que ya encontraba preocupante. Podría hacerlo para demostrarse a sí mismo y demostrarle a ella que no había habido nada extraordinario en lo que habían compartido. Además, con ese abuso también podría extinguir el deseo que sentía por ella.

Cuando él se dirigía a la puerta para marcharse, dejó a un lado sus temores y le preguntó:

—¿Me vas a dejar encerrada en esta habitación?

Él se giró y pestañeó, como si sólo entonces volviera la atención al lugar donde estaba, y ella tuvo que desentenderse del dolor que le causó esa prueba de que ya se había olvidado de su presencia.

—No podrías poner un pie fuera de estas murallas si intentaras huir —dijo él—. No hay ninguna necesidad de tenerte encerrada. Es hora de bajar a tomar nuestro desayuno. Vístete.

Ella alargó la mano por el lado de la cama, cogió su ropa destrozada y la levantó para enseñársela.

—¿Me visto con qué, milaird?

Él masculló una maldición que la hizo agrandar los ojos y luego ladró:

—Eso no habría ocurrido si te hubieras desvestido como te pedí.

—Claro que no —masculló ella.

A Alexander no le resultó difícil ver en su expresión la mala opinión que ella tenía de su razonamiento cuando dejó caer al suelo la ropa rota. El problema era que ya no sabía qué tipo de ropa llevaban las señoras, y en Rathmor era raro ver ropa femenina aunque fuera pasada de moda. Ella necesitaba ponerse algo, eso no se podía negar, pero ¿qué?

Comenzó a pasearse inquieto por el dormitorio expresando en voz alta sus pensamientos.

—No sé de ninguna muchacha de Rathmor que tenga tu talla; eres una muchachita muy menuda. Por todos los santos, y aunque hubiera una muchacha de tu talla, no tendría un vestido de sobra. ¿No se puede reparar tu ropa, coser los rotos?

Una sola mirada le bastó a Ailis para saber la respuesta. Negó con la cabeza:

—No tengo mucha habilidad con la aguja, pero ni aunque tu mejor costurera se encargara del trabajo, me quedarían bien. Estas prendas ya me quedaban muy ceñidas antes de que me las rompieras. ¿Y las cosas de la mujer de Barra?

—Ya no están. Cuando murió la pazpuerca arrojamos lejos todas las señales de ella. Lo mismo hicimos con las cosas de mi traidora madrastra y de mi difunta mujer. De todos modos todas ellas eran más grandes que tú. —Mientras hablaba la miraba atentamente, y de pronto sonrió—: Sí, sí, podría servir, aunque sin duda va a sorprender a muchos.

Confundida ella lo observó ir a abrir un macizo arcón en el que se veían claras señales de que llevaba muchísimo tiempo cerrado. Le aumentó la confusión al ver que el arcón contenía ropas que, si eran de Alexander, no las había usado desde hacía muchos años. Se le antojaba muy raro que hubieran tirado la ropa de todas esas mujeres y sin embargo él conservara prendas que sólo podría haber usado de pequeño o muy joven. Dejó de lado ese pensamiento cuando él extendió sobre la cama un conjunto de esas ropas, con los ojos brillantes de risa. Comprendió que quería que se las pusiera.

—¿No es bastante venganza haberme hecho tu puta? —le preguntó, herida por lo que le parecía otro intento de causarle vergüenza y humillación.

Al instante él se puso serio.

—No, no hago esto para humillarte. Esto es lo único que tengo, a no ser que prefieras quedarte desnuda en esta habitación hasta que se pueda confeccionar algo para ti.

Ella lo miró a los ojos un largo rato, y no vio en ellos ninguna señal de que estuviera mintiendo. Podría llevar un buen tiempo que le hicieran un conjunto de ropa adecuada. Siendo la única otra alternativa quedarse en ese dormitorio encadenada por su desnudez, de repente esa ropa de niño no le pareció tan aborrecible. Además, estaba segura de que todos comprenderían por qué se encontraba en esa situación. Eso sería vergonzoso, pero le pareció que podría soportarlo aunque sólo fuera porque sin duda duraría poco.

Exhalando un suspiro, alargó las manos para coger la ropa.

—¿Tendrías la amabilidad de salir o volverte hacia el otro lado mientras me visto?

A él se le curvaron los labios en una sonrisa que tenía bastante de lasciva.

—Conozco muy bien tus encantos, milady.

Ella sintió arder de rubor las mejillas y le vinieron a la punta de la lengua varias réplicas mordaces, pero, juiciosamente, prefirió tragárselas.

—Por favor.

Pasado un momento de vacilación, él se giró, dándole la espalda. Si no otra cosa, al menos le debía una cierta medida de cortesía por el placer que le había dado. El único motivo de que se quedara ahí era para acompañarla hasta la sala grande, porque sin duda necesitaría cierto apoyo al principio. Se dijo que se mostraba amable sólo para apaciguar la escrupulosa conciencia de Barra, pues serían necesarios unos cuantos actos de cortesía para prevenir una riña entre él y su hermano.

Ailis hizo una honda inspiración para serenarse y luego se bajó de la cama y comenzó a vestirse. Al ponerse las prendas notó que las sentía raras, aunque no de modo desagradable. Notó también que no olían a humedad ni a rancio. Se le ocurrió que tal vez él había cuidado bien de esa ropa con la esperanza de que algún día las usara un heredero. Era evidente que él no las había usado desde hacía muchísimo tiempo, porque le quedaban bastante bien a ella. Le resultó algo difícil imaginárselo como un muchacho de su estatura.

Dándose un nervioso tirón al jubón gris, se dirigió a la mesa donde él había dejado su cepillo, porque necesitaba peinarse. Esas prendas la hacían sentirse muy consciente de la forma de su cuerpo también, así que intentó olvidarse de eso. Un suave sonido semejante al de una brusca inspiración la impulsó a girarse a mirarlo, con el cepillo firmemente cogido en la mano.

Impaciente, Alexander se había girado para decirle que se diera prisa y casi se atragantó con la brusca inspiración que hizo al verla.

Si Ailis era un ejemplo, había muy buenos motivos para no permitir que las mujeres se vistieran con ropa de hombre. Todos los hombres de Rathmor se excitarían al verla. Él lo estaba, y tendría que haber saciado bastante su lujuria durante esa larga noche de pasión. Con un sombrío ceño pensó que un hombre que le permitiera a su mujer vestirse así sin duda sería llevado a la tumba muy pronto por la inacabable necesidad de protegerla de hombres locos de lujuria.

—¿Pasa algo? —preguntó ella.

—No —logró gruñir él.

—¿Qué puedo hacer con mi pelo? —masculló ella, hablando consigo misma.

Eso lo sacó a él de su estupor.

—Trénzatelo. Eso será lo mejor. ¿No puedes darte un poquito de prisa?

Ella se tragó el fastidio e intentó darse prisa. Trató de entender su extraño humor. Parecía crispado, y aún no lograba entender por qué. Esa placentera noche de lujuria que acababan de pasar debería haberlo puesto en un estado mucho más afable. Comenzó a dudar de que ese hombre tuviera aunque fuera un poquito de buen humor.

Entonces, mascullando una maldición, se le acercó y comenzó a trenzarle el pelo, y ella se quedó quieta y callada, decidiendo que era mejor no provocar su ira. Si lo provocaba, podría decidir que haberle quitado la castidad no era suficiente castigo para la sobrina de Colin MacFarlane.

Pero se le evaporaron las buenas intenciones cuando él la cogió por el brazo y echó a andar a toda prisa en dirección a la sala grande.

—¿Harás el favor de caminar más lento? Cierto que encuentro más libertad con esta ropa, pero no tengo el menor deseo de echar una carrera. Tampoco quiero entrar corriendo en la sala. Estaré tan cansada que no podré comer.

Él aminoró un poco la marcha, pero gruñó:

—Tú tienes la culpa de que lleguemos tarde. Es posible que sólo encontremos sobras.

—Si una comida en el vientre te va a mejorar el humor, tal vez deberíamos correr.

Él guardó silencio, aunque pensó que era una descarada, sobre todo para ser una mujer en su precaria situación. Cuando entraron en la sala grande entrecerró los ojos mostrando una peligrosa expresión al observar a los hombres que estaban sentados ahí. Su reacción ante Ailis estaba siendo exactamente la que había supuesto, y más. Su gesto ceñudo no tardó en hacer desaparecer sus miradas lujuriosas, pero sabía que la lujuria continuaba ahí. Bruscamente llevó a Ailis hasta la mesa principal, la sentó en el lugar contiguo a él con clara falta de cortesía, y se dejó caer en su sillón. Con severidad se dijo que no debería importarle cómo miraran sus hombres a una de los odiados MacFarlane, y al instante hizo bajar los ojos a otro de los suyos con una furiosa mirada.

—Te ves bien —comentó Rath, que estaba sentado a la izquierda de Ailis—. Ahora podrás trepar a los árboles sin maldecir por llevar faldas.

—Jamás maldigo —mintió ella, por costumbre, pensando ociosamente que su extraño atuendo era aceptado con bastante tranquilidad.

Rath se rió, junto con sus hermanos.

—No, debo de haber oído mal. ¿Qué vamos a hacer hoy, tía?

—Eso debe decidirlo nuestro... esto, anfitrión. —Miró de reojo a Alexander, que continuaba ceñudo—. ¿Qué podemos y no podemos hacer, señor?

Contento de tener algo que lo distrajera de sus pensamientos, con los que corría el peligro de llevarla de vuelta a la cama, Alexander dio sus respuestas. En su breve letanía de instrucciones no dijo, pero lo dejó totalmente claro que ella y Jaime estarían bien vigilados. Que la libertad de movimientos que aparentemente le daría era pura ilusión. Él se encargaría de asegurarse de que no tuviera posibilidades de escapar.

A Ailis la consternó que no cayera en la cuenta de que no había pensado mucho en lo de escapar.

Cuando terminó la comida salió de la sala grande para ir a recorrer los terrenos de Rathmor. Jaime y los niños la siguieron, aunque no muy de cerca. Tenía plena conciencia de la vigilancia constante, a pesar de la sutileza de los hombres al hacerla. Resolvió desentenderse de ellos. En esa fortaleza no había verdaderas posibilidades de escapar, así que sería tonto pensarlo. Si se le presentaba una oportunidad la cogería con las dos manos, pero no se inquietaría por su cautividad. Sabía muy bien que podría ser muchísimo peor de lo que era.

—¿Te sientes bien, señora? —le preguntó Jaime cuando finalmente se puso a su lado.

—Sí. No me hizo daño, a no ser tal vez a mi espíritu. —Pasado un momento, al comprender que si había una persona con la que podía ser totalmente sincera era Jaime, continuó—: No tenía la menor posibilidad de impedir lo que ha ocurrido. Ninguna en absoluto. Sabiendo eso, no presenté batalla, amigo mío. Luchar sólo me habría producido dolor. En realidad, lo disfruté, porque es un hombre muy hermoso, y lo único que podía pensar era que después de eso vendría Donald MacCordy.

—Sí, hiciste lo mejor, creo —dijo Jaime, asintiendo.

—Bueno, eso me hace sentir muchísimo mejor —dijo ella, cogiéndole la mano.

—Es posible que ahora MacCordy no se case contigo.

—No, seguro que lo enfurecerá que yo haya perdido la virginidad que tanto valoraba. Sí, y más aún sabiendo quién me la quitó. Pero se casará conmigo de todos modos. MacCordy codicia mi dote y la firme alianza que le conseguirá ese matrimonio. —Se encogió de hombros—. Me he resignado a estas realidades. Es un destino que no puedo cambiar.

De todo corazón deseaba que no fuera así, pero aún estaba por verse cómo podría cambiar su destino.

—Entonces, disfrútalo, señora, y no pienses mal de ti mientras lo haces. Te mereces un poco de jolgorio antes de tu día de bodas. Creo que no habrá causa ni ánimo para la diversión después que te hayas entregado a Donald MacCordy.

—Eso es lo que pienso yo, amigo mío. —Vio cómo corrían los niños a encontrarse con Barra, que acababa de salir de la torre del homenaje e iba caminando hacia ellos—. Por lo menos he conseguido que los MacCordy no tengan a los niños.

A pesar de la pena que le causaba perderlos, eso la alegraba.

—¿Crees que tenían la intención de utilizarlos?

—Sí, Jaime, estoy muy segura. Creí que Donald me concedía un favor cuando me dijo que podía conservar a los críos de Mairi a mi lado. Pero MacCordy no le hace un favor a nadie. Debería haber sabido eso desde el principio. MacCordy sabía quién era el amante de Mairi y de quién son esos niños, y quería hacerse con ellos a través del matrimonio. Su intención era utilizarlos para herir a los Mac-Dubh y para conseguir riquezas o tierras. Ahora no podrá hacer eso. —Suspiró—. Me duele terriblemente perderlos, pero están mejor aquí con su verdadero padre, que es evidente que los adora. Aquí los críos no conocerán otra cosa que amabilidad, cariño y orientación. Conmigo, adonde debo ir, no tendrán nada de eso.

Ese pensamiento le alivió un tanto la pena.

—Sí, los críos serán más felices aquí. Ah, mira, su padre va a jugar a la pelota con ellos.

—Será mejor que yo vaya a jugar también, para que la pobre Sibeal no se sienta tan sola.

Jaime sonrió de oreja a oreja cuando ella echó a correr para unirse a Barra y los niños en un juego de pelota; sabía ser tan peleadora como los críos. Se rió al ver a Barra reprendiendo amablemente a los niños por haber tirado al suelo a su tía, porque no bien había acabado su sermón cuando Ailis lo tiró al suelo y echó a correr con la pelota. La pequeña Sibeal corría haciendo todo lo posible para ayudar a Ailis a retener la pelota mientras los gemelos y Barra intentaban recuperarla.

A Barra no le llevó mucho rato comprender que tratar a Ailis como a una señora sólo le daba una ventaja que ella aprovechaba al vuelo. Jaime rugía de risa cada vez que Barra sucumbía a sus instintos caballerosos y su educación, porque eso nunca dejaba de costarle caro.

El juego se animó al aumentar el número de jugadores, ya que entraron a participar otros niños, jóvenes e incluso algunos hombres. Jaime no tardó en encontrarse en medio de una numerosa muchedumbre en que nadie se refrenaba en lanzar gritos, ya fuera de aliento o de burla. Aunque el juego parecía una refriega confusa, él sabía que tenía sus reglas, y veía cómo iban cobrando forma dos equipos. De todos modos comenzó a parecerle que se estaba poniendo demasiado violento para Ailis y Sibeal. En eso vio entrar a Alexander en el patio y pensó que sería mejor que eso lo decidiera el señor de Rathmor.

Alexander iba de camino al establo, con la intención de salir a cabalgar por sus campos, cuando se detuvo, boquiabierto. La causa de su asombro no era el juego ni que la gente no estuviera haciendo sus trabajos; estaba pasmado por la visión de una figura pequeña y ágil con una larga trenza de pelo negro azabache que desapareció debajo de un montón de chicos. Todavía iba caminando hacia el grupo que rodeaba a los jugadores, con Angus pegado a sus talones, cuando Ailis ya estaba de pie, nuevamente en posesión de la pelota y corriendo con ella. Por su cabeza pasó el fugaz pensamiento de si no sería el atuendo de chico que la hizo ponerse el que la había impulsado a esa actividad.

Cuando llegó al lado de Jaime preguntó:

—¿Qué diablos hace la muchacha?

—Jugar a la pelota —contestó Jaime, y al instante gritó—: ¡Corre, Ailis, corre! Eso, muchacha, muy bien.

—Es muy buena —musitó Angus, por lo que se ganó una mirada furiosa de Alexander—. Bueno, lo es. El mal humor no cambia eso.

—Angus, que esté vestida como muchacho no significa que deba actuar como uno —lo reprendió Alexander.

—Le gusta jugar a la pelota —protestó Jaime—. Le gusta jugar con los niños. Ellos necesitan a alguien con quién jugar y sólo tenían a Ailis.

Alexander sintió el fuerte deseo de sacar inmediatamente a Ailis de ese violento juego, así que apretó los dientes para dominarse. Se quedó un momento formando parte del público y no tardó en conceder, aunque a regañadientes, que realmente era buena. Su pequeña estatura, combinada con una admirable velocidad, la hacía una jugadora respetable. Estaba claro que ese no era un juego nuevo para ella. Lo que lo hacía encogerse eran todos los golpes que estaba soportando su delicado cuerpo. No podía creer que esa mujer menudita pudiera aguantar un juego tan duro. Fácilmente podría quedar gravemente lesionada.

Un instante después vio hacerse realidad su miedo. El juego paró bruscamente cuando Ailis cayó al suelo y no se levantó como había hecho antes. Echó a correr hacia ella a la mayor velocidad posible, diciéndose que su terror se debía a la posibilidad de perder sus servicios en la cama; no quería renunciar a eso mientras no se viera obligado.

Se arrodilló a su lado y se apresuró a palparla por si había algún hueso roto. Al no encontrar ninguno, la levantó un poco en sus brazos. Aunque no palpó ninguna herida en su cabeza, eso sólo le calmó un poco.

—Debería despertar dentro de un momento, señor —dijo Jaime, inclinándose sobre ella, aunque en su cara había un asomo de miedo.

Sibeal se abrió paso hasta situarse a un lado de Jaime y le dio una palmadita en el brazo.

—No te preocupes. La tía estará bien —dijo, con voz segura, convencida.

Jaime suspiró y sonrió.

—Estupendo.

Alexander estuvo a punto de decirle a Jaime que no fuera tonto, que una niña no podría adivinar cómo estaba Ailis, pero se tragó las palabras. Probablemente no tenía ningún sentido intentar explicarle eso a aquel hombre. En todo caso, tenía un problema más inmediato.

—Traedme un poco de agua para echársela en la cara —ordenó, con la esperanza de que eso sirviera para despertarla.

Manus y Rath no vacilaron; se alejaron corriendo y pasado un momento volvieron con un balde a rebosar de agua, y los dos mojados por haberlo traído. Antes que Alexander comprendiera lo que iban a hacer los gemelos y pudiera impedirlo, ellos vaciaron todo el balde encima de Ailis, mojándolo a él también. Y ahí se quedó sentado en el charco, mudo y chorreando, mientras todos los que lo rodeaban hacían valientes esfuerzos por contener la risa.

—Quería echarle un poquito de agua en la cara, no ahogarla —ladró a sus sobrinos cuando por fin recuperó el habla.

—Ah, pero ha dado resultado, señor —dijo Manus apuntando a Ailis—. ¿Lo ves?, ya despierta.

Ailis farfulló algo y abrió los ojos. Todavía grogui miró alrededor. Su primer pensamiento claro fue preguntarse por qué estaba empapada y en los brazos de Alexander, que se encontraba igualmente mojado. Sentía pasar el agua a través de las ceñidas calzas, mojándole el trasero, y no entendió por qué estaban sentados en un charco. De repente recordó el juego y enderezó un poco la espalda.

—¿Ganamos? —preguntó.

Después de mirar a la embarrada mujer que tenía en los brazos, Alexander contestó con la voz ahogada:

—Yo diría que es un empate.

Y entonces se echó a reír y los demás se apresuraron a unírsele.

Capítulo 7

*A*sí es como piensas jugar tu juego?

Alexander masculló una maldición y se giró a mirar a Barra, deseando terriblemente que no lo hubiera seguido hasta las almenas. Lo fastidiaba, pero también lo avergonzaba. Había subido hasta allí con la intención de observar a escondidas a Ailis, que estaba trabajando en la huerta con los niños; suponía que eso era bastante obvio, después de que Barra lo hubiera sorprendido espiándola varias veces en las dos semanas transcurridas desde que trajeron a Ailis a Rathmor.

—¿Y qué debo entender con eso? —preguntó, sosteniendo la mirada sardónica de Barra con una calma que no sentía.

—Puede que no te hayas fijado, hermano, pero ya no soy ese borracho bobo.

—Me he fijado. Eso es una de las pocas cosas buenas que nos han ocurrido en los últimos años.

Moviendo la cabeza, Barra apoyó los brazos sobre el parapeto y miró hacia Ailis y los niños.

—Has hablado como un niño malhumorado. Estamos vivos, Alexander. Eso es bueno.

—Tú no lo encontrabas tan bueno durante los dos últimos años.

—Muy cierto. Por eso veo con tanta claridad lo equivocado que estás y lo temo. He tocado fondo en la aflicción y conozco la desesperanza a que esta puede llevar a un hombre. He visto con qué facilidad puede robarle a un hombre la fuerza y la razón. En ti veo cómo te ha robado todo lo que te hacía ser un hombre tan bueno. Has perdido el don de la comprensión, del perdón.

—¿Perdón? —exclamó Alexander, escupiendo la palabra y mirándolo furioso—. ¿Me pides que perdone a Colin MacFarlane por habernos deshonrado poniéndole los cuernos a nuestro padre sólo meses después de su matrimonio? ¿O su cobarde asesinato de nuestro padre y el robo de nuestras tierras? ¿Esperas que perdone a la víbora de nuestra madrastra por llevar a nuestro desventurado padre a esa trampa de los MacFarlane? Bien podría haberle cortado el cuello ella. ¿Debo perdonarle que haya ayudado a los MacFarlane a obtener todo lo que codiciaba? Incluso empleó sus ardides y el poder de sus muchos amantes para obtener del rey la concesión de lo que él reivindicaba fraudulentamente, quitándonos así nuestro derecho a vengarnos. Si no hubiera muerto ya, la mataría con mis propias manos. Y a pesar de los crímenes cometidos contra nosotros, nos arriesgamos a que nos tomen por bandoleros cada vez que actuamos en contra de Colin o de los pocos aliados a los que se aferra. ¿Tengo que perdonar todo eso?

—No, y sabes que no te pido eso.

—¿A quién debo perdonar, entonces? —continuó Alexander, antes que Barra pudiera decir algo más—. ¿A mis esposas? A la primera, tal vez; sólo era una puta, una vergüenza y poco más. Eso deja a mi segunda mujer, la loca Frances. ¿Debo perdonarla? ¿A ella, que mató a mi Elizbet, mi única hija? —terminó en un susurro.

—No. Deja de intentar silenciarme con la letanía de los delitos cometidos contra nosotros. Sabes que nunca te pediría que perdonaras esas cosas, cosas que si las pudieras perdonar te consideraría un santo. Lo que te pido es que perdones al sexo femenino, que dejes de culpar a mujeres inocentes de unos pocos crímenes cometidos por algunos de sus parientes.

Alexander soltó una risita nada agradable.

—¿Unos pocos? Mi vida ha estado plagada de putas, embusteras y adúlteras. Yo perdonaba con demasiada frecuencia. Por eso hemos perdido tanto. Ellas percibían mi debilidad. Nunca más. Finalmente he visto la podredumbre que acecha debajo de una piel suave y una cara bonita. No me van a volver a engañar.

—No es posible que creas todo lo que acabas de decir. ¿Y las esposas de tus más íntimos amigos? ¿Y las mujeres MacLagan?

—Ellas son pruebas de lo que digo. También nos han traído problemas.

—Y cosas buenas, pero veo que te has cegado. Eso explica a su vez por qué te has vuelto frío con tus viejos amigos y rechazas su ayuda en esta lucha.

—Es nuestra lucha no la de ellos. No voy a arriesgar su vida en beneficio nuestro.

—No, y tampoco te arriesgas a conocer a mujeres que sabes que demostrarán que estás totalmente equivocado en tus acusaciones y creencias, todas nacidas del sufrimiento. Ailis...

—Ailis es una MacFarlane.

—Una mala pasada de su nacimiento, sólo es eso y lo sabes. —Agitó el puño ante él—. Ailis no se merece lo que le estás haciendo. Te acuestas con ella todas las noches, y no necesito verlo para saber que lo haces con ternura y deseo. Eso se nota brevemente en vuestras caras cada mañana. Ah, pero entonces recuerdas que es mujer, que es una MacFarlane, y te vuelves frío con ella. Andas al acecho para verla, deseándola, hambriento de su cuerpo, pero rara vez le hablas o la tratas con amabilidad.

—¡Es una MacFarlane!

—¡Sí, y tú eres un idiota!

Antes que Alexander pudiera golpearlo, como ansiaba hacer, oyó la voz de la pequeña Sibeal:

—Papá, tío, necesito que me ayudéis.

Al instante Barra se giró hacia su hija y Alexander hizo un esfuerzo por dominarse.

Barra cogió en brazos a la niña, le dio un beso en la mejilla y luego la reprendió con afecto:

—Sabes que no debes subir hasta aquí, cariño. Es peligroso. ¿Por qué no estás con Ailis? Me pareció que lo estabas pasando muy bien en la huerta.

—Estaba —dijo la niña. Se mordió ligeramente el labio inferior y se enrolló un grueso mechón de pelo rojizo en un sucio dedo—. Te necesitaba.

—Bueno, me alegra serte de ayuda, pero ¿qué puedo hacer yo que no puedas hacer tú? ¿O tu tía Ailis?

—Debes salvar a los cachorritos.

—¿Qué cachorritos?

—Los cachorritos que van a caer en el agua. —Le tironeó la delantera del jubón—. Vamos, papá, tienes que salvar a los cachorritos.

Se echó a llorar y ya no se le entendieron las palabras.

Barra le dio una palmadita en la cabeza, en un gesto de embarazosa impotencia.

—¿Sabes algo de cachorritos, Alexander?

Este se desentendió de la indeseada punzada de envidia que sintió al ver a Barra con Sibeal.

—No —dijo—. Unas cuantas de nuestras perras no tardarán mucho en chillar de parto, pero creo que ninguna ha tenido a sus cachorros todavía. Los anteriores ya están muy crecidos para llamarlos cachorritos.

—¡Pero son cachorritos! —gritó Sibeal—. ¡Son cachorritos! Tienes que sacarlos del agua. ¡Debes!

—Creo que será mejor que vayamos a hablar con Ailis —dijo Barra, al ver que nada que hiciera calmaba a la niña.

Mascullando una maldición, Alexander siguió a Barra por la escalera. En realidad no quería ver a Ailis. Barra estaba dolorosamente cerca de la verdad cuando los interrumpió Sibeal. No podía resistirse a la tierna pasión que compartía con ella por la noche, pero le negaba todo lo demás. Era la única manera que se le ocurría de mantener la distancia entre ellos, aunque se sentía el peor de los hipócritas, porque una vez sermoneó a un amigo sobre el mal que hacía con ese juego. De todos modos, por la noche satisfacía las necesidades de su cuerpo con ella y la evitaba durante la mayor parte del día, con la esperanza de que así evitaría también sentirse atraído emocionalmente por su persona.

Era un plan que no le estaba saliendo nada bien. Ya había descubierto que ansiaba verla, deseaba hablar con ella, oírla reír. Por eso había tomado la costumbre de espiarla. Pero esa debilidad en su plan no lo impulsaba a descartarlo. Era el único plan que tenía; era la única defensa que había hallado contra ella, la mujer que con toda seguridad era un enorme peligro para el muro de amargura en que se había encerrado. Su instinto le decía que Ailis MacFarlane podría afectarlo, y por eso debía mantenerse fuera de su alcance.

Cuando se acercaban a Ailis, Barra todavía con Sibeal en brazos, intentó endurecerse. Ella estaba encantadoramente embadurnada. Seguía vistiendo una de sus camisas de muchacho, pero las calzas ya habían sido reemplazadas por faldas y enaguas. Después de verla vestida como un muchacho las mujeres de Rathmor se apresuraron a coserle ropa. Su exquisito pelo negro le caía a la espalda en una gruesa trenza. Tenía la camisa arremangada, los brazos embarrados hasta los codos, y hasta en la cara se le veían varias manchas marrones. No estaba más limpia que los gemelos, que habían estado ayudándola. Le resultó muy difícil no sonreír, y eso lo irritó.

A Ailis le bastó una mirada a la cara llena de lágrimas de Sibeal para olvidar su interés por Alexander. Se limpió las manos en la falda y se apresuró a cogerla en brazos.

—Tranquila, cariño. —Le besó la frente y luego los miró a los dos con ojos acusadores—. ¿Qué le habéis hecho?

—Nada —ladró Alexander—. No para de llorar por unos cachorritos.

Barra se apresuró a explicarle cómo la niña había venido a buscarlo y lo que le había dicho.

—Cuando se echó a llorar ya me resultó imposible entenderle. Sólo insiste en que desea que la ayudemos a salvar a los cachorritos.

—Al ver aparecer una expresión rara en su cara y también en las sucias caras de los gemelos, frunció el ceño—. ¿Qué pasa? ¿Pasa algo malo?

—La niña sólo está alterada, nada más —contestó Ailis—. No es necesario que os quedéis aquí. Nosotros nos ocuparemos de ella.

—No —lloriqueó Sibeal, y le tendió los brazos a Barra, que se apresuró a cogerla—. Tenemos que salir fuera, fuera de las murallas. Yo no puedo ir, tía, pero mi papá sí puede. Mi papá puede.

Ailis le friccionó la pequeña espalda.

—De acuerdo, Sibeal. Cálmate, cariño. Sabes muy bien que debes tranquilizarte, que debes pensar con cuidado las palabras y decirlas bien.

—Sí, y que también debías mantener la boca cerrada —gruñó Manus, consiguiéndose un ligero codazo de castigo de su tía.

—¿Silencio acerca de qué? —preguntó Alexander—. ¿Es que tenéis algún secreto, Ailis?

Ailis soltó una risa agria.

—Ah, sí, uno pequeñito. Pero este no es el momento para hablarlo.

—Este es el momento perfecto —dijo Alexander, alargando la mano hacia ella.

Ella se la apartó de una palmada.

—No lo es. —No hizo caso de la mirada de asombro de él ante su descarada insolencia—. En este momento debemos tranquilizar a Sibeal, descubrir lo que necesita y conseguirlo. Después podremos hacer la corte a tus mezquinas sospechas y animosidades. —Al instante volvió toda su atención a la niña—. Haz unas cuantas respiraciones y deja de llorar, muchachita. Si tenemos que salvar a esos cachorritos de que hablas, necesitamos saber unas cuantas cosas, por ejemplo, dónde.

—Están en el agua —contestó Sibeal, más calmada pero con su vocecita aguda todavía trémula.

—¿Están de pie en el agua?

—No, están dentro de un saco. Un hombre los arroja en el saco desde lo alto de un acantilado.

—Un momento —interrumpió Alexander, desentendiéndose de la mirada de fastidio de Ailis—. No hay ningún acantilado en Rathmor ni ningún riachuelo atraviesa el patio. La niña sólo ha tenido un mal sueño. Algún viejo recuerdo que la atormenta.

—¡Los vi, los vi! —protestó Sibeal, echándose a llorar otra vez.

—Ahora lo has arreglado —dijo Ailis, y al ver que Barra intentaba calmar a su hija tan bien como podría hacerlo ella, pasó la atención a Alexander—. No quería revelarte esto tan pronto, pues deseaba que llegaras a conocer mejor a Sibeal. Tiene la visión.

No la sorprendió ver la expresión de horror en la cara de Alexander, expresión que enseguida cambió a una de incredulidad teñida de miedo y rabia. La expresión de Barra era bastante similar, pero no dijo nada, simplemente continuó calmando a Sibeal y tratando de obtener algunas respuestas.

—Ahora intentas tomarme el pelo —ladró Alexander, y cogiéndole el brazo le dio una leve sacudida.

—No, pero creo que nada de lo que yo pueda decir te hará cambiar de opinión —dijo ella, sin intentar ocultar su indignación por esa desconfianza, porque después de dos semanas de sufrirla ya estaba francamente harta—. La única solución para ti es hacer lo que ella pide, y así verás la verdad con tus propios ojos. A no ser que tengas otra cosa que hacer.

—No en este momento. Así que, venga, adelante, haz la idiota.

Ailis ardió de deseos de decirle quién era el idiota de ellos dos, pero se tragó las palabras.

—¿Hay algún lugar por aquí cerca donde un hombre podría arrojar algo a un río desde lo alto de un acantilado?

—Sí —contestó Barra, al ver que Alexander se limitaba a mascullar una grosería—. Más o menos a una milla de aquí. La Punta de los Paganos.

—¿Punta de los Paganos?

—Cuando muchas personas de esta región aceptaron la fe cristiana, se mostraron tolerantes con aquellos que se resistieron. Pero después llegó nuestro sacerdote y los convenció a todos de que los que no aceptaban a Dios es porque aceptaban al diablo. Así pues, la gente buscó a todos lo que se aferraban a las antiguas tradiciones y los arrojaron al río desde la Punta de los Paganos.

Ailis movió la cabeza.

—Una buena caída en picado a la muerte les facilitaría encontrar a Dios, supongo —comentó—. Bueno vamos a esa Punta de los Paganos, entonces. Si ese es el lugar, Sibeal lo sabrá cuando nos vayamos acercando.

—Tú cabalgarás conmigo —dijo Alexander, cogiéndole la mano.

Se dirigieron al establo y Ailis aprovechó ese tiempo para serenarse. Era inquietante que Sibeal hubiera revelado tan repentinamente su extraño talento, pero Alexander la inquietaba más aún. La tenía abrazada toda la noche, le hacía el amor apasionada y tiernamente y le decía las palabras más bonitas que había oído en su vida. Y al llegar el alba se transformaba en el hombre que era en ese momento, frío y distante, con ocasionales rachas de furia cuando se dignaba hablarle.

En cuanto estuvieron preparados los caballos sintió la tensión en él al montarla de un brusco tirón detrás suyo. Sibeal cabalgaría con su padre, los gemelos compartirían un poni y los acompañarían dos de los hombres armados. Alexander gruñó las pocas órdenes que dio y ella llegó a la conclusión de que era un hombre de extraordinario mal genio. Apenas alcanzó a decirle al chico del establo que le comunicara a Jaime que habían salido para que no se preocupara cuando Alexander puso en marcha el caballo instándolos a todos a partir. Su único consuelo era que él pretendía demostrar que ella era una intrigante que con engaños conseguía que una niñita mintiera por ella, pero estaba a punto de experimentar una sorprendente dosis de dura y fría realidad. Sólo rogaba que Sibeal no sufriera.

Le dolía el corazón y estaba harta de ese dolor. Ya sabía que lo que sentía por él era mucho más que pasión, pero Alexander pisoteaba sus sentimientos más tiernos con el tacón de su bota todas y cada una de las mañanas. Cada noche había belleza y cada mañana, fealdad. Se sentía utilizada, pero no podía resistirse a la apasionada dulzura de otra noche en sus brazos. Lo deseaba, incluso en ese momento, rodeándole con los brazos el delgado talle y con la mejilla apoyada en su ancha espalda, pero él iba tan rígido como una vieja solterona ofendida. Si continuaba compartiendo su cama se arriesgaba a que la señalaran como una puta y a perder toda su dignidad. Para mitigar esa vergüenza necesitaba de él algo más que avidez por la noche y cruel indiferencia durante todo el día, pero él no se lo daba. Muy pronto tendría que aceptar que no siempre se obtiene lo que se desea.

De repente Alexander tiró de las riendas deteniendo al caballo y sacándola bruscamente de sus negros pensamientos sobre dejar de irse a la cama de él. Vio que Barra desmontaba y bajaba a Sibeal. Estaban detenidos no muy lejos del borde de un peligroso precipicio. Abajo discurría un riachuelo y en el borde del acantilado de enfrente había un trozo de terreno que sobresalía hacia el cañón. Sin duda esa era la Punta de los Paganos. Sin esperar la ayuda de Alexander, se apresuró a desmontar y corrió a ayudar a Barra con Sibeal. El pobre parecía muy inseguro y desanimado. Ni siquiera los gemelos, que corrieron a ponerse a su lado, le animaron la expresión.

—Dice que este es el lugar —musitó Barra y miró a Ailis a los ojos—. Me gustaría que ahora me dijeras que esto es sólo un juego para tomarme el pelo.

—No, Barra, no puedo decirte eso. Créeme, comprendo cómo te sientes. A mí no me gustó saberlo.

En ese instante llegó Alexander hasta ellos.

—Lo que sabes son puras tonterías —dijo, en tono duro y enfadado. Mientras tanto los dos hombres armados estaban amarrando a los caballos y mirándolos con recelo—. Creo que este juego ya ha durado bastante. Esto no es otra cosa que un ardid para intentar escapar.

—¿Sin traer a Jaime? —dijo ella, y después de mirarlo fastidiada pasó la atención a Sibeal—. ¿Este es el lugar donde viste a los cachorritos?

—¿Cómo podría haberlos visto, si nunca ha estado aquí? —bramó Alexander, y agrandó los ojos al ver su forma de girar la cabeza para mirarlo furiosa—. Me estoy cansando de esta tontería.

—Entonces márchate. Nosotros podemos hacerlo muy bien sin ti. Creo que lo más importante ahora es tranquilizar a Sibeal. Y hacer lo que dice es la única manera. Cuando se demuestre que tiene razón o que está equivocada, ya habrá acabado y podremos volvernos todos a casa. —Volvió a mirar a Sibeal—. ¿Están aquí ahora, cariño?

—Sí, allá abajo —contestó la niña. Se acercó al borde y apuntó hacia un lugar del riachuelo a unas cuantas yardas más allá de la Punta de los Paganos. Ahí van a estar los cachorritos. Tenemos que bajar hasta allí para cogerlos.

—Aquí hay un sendero que baja por la pendiente, tía —gritó Manus, que con Rath había estado buscando un camino para bajar.

—¿Estás segura de que tenemos que bajar ahí, hija? —preguntó Ailis a Sibeal, aun cuando la niña le estaba tironeando la mano llevándola al sendero por donde ya iban bajando los gemelos.

—Sí. No podemos cogerlos desde aquí. Perdona que se lo haya dicho a mi papá, tía Ailis, pero tenía que salvar a los cachorritos.

—Claro que sí, por supuesto. —Cuando ya estaban bajando oyó a Alexander ordenar a sus hombres que vigilaran los caballos; miró brevemente hacia atrás y vio al señor de Rathmor bajando ágilmente detrás de ellas—. Creo que al que más hemos inquietado es a tu tío.

Sibeal asintió.

—Es un hombre muy triste.

—Sí que lo es, cariño.

Y yo me estoy hartando de ser vapuleada por esa tristeza, pensó, poniendo más atención en el accidentado sendero.

Siguiendo con la mayor rapidez posible a Barra, los niños y Ailis,

Alexander masculló una maldición. No veía nada en ninguno de los dos lados del cañón, y sin embargo todos estaban arriesgando sus cuellos bajando por ese traicionero sendero, sólo porque una niñita decía que ahí había unos cachorritos. Era tentador ordenar que pusieran fin a eso, pero sabía que Ailis tenía razón. La niñita necesitaba ver si tenía o no la razón en sus sueños. Esa era la única manera de ponerle fin al asunto.

Ailis se sacudió las faldas cuando por fin llegaron a la orilla del río, que era casi tan rocosa como el sendero.

—¿Dónde están los cachorritos, Sibeal?

Sibeal estaba mirando hacia la Punta de los Paganos, mientras Barra le limpiaba la ropa.

—Pronto llegarán, tía.

De repente Ailis recordó que no le había hecho las preguntas adecuadas a la niña para saber el momento del incidente. La llegada de los cachorritos bien podría ser en ese momento o dentro de unos meses. La pobre Sibeal era aún muy novata para saber explicar sus sueños. Estaba a punto de preguntárselo cuando Alexander le dio un fuerte codazo en la espalda. Ceñuda, vio que él estaba apuntando hacia la Punta de los Paganos, y al mirar vio a un hombre que se estaba acercando al extremo a caballo.

Al principio no supo qué mirar, si la punta donde estaba a punto de hacerse realidad el sueño de Sibeal o la reacción de Alexander. Después de una segunda mirada a este, decidió que era él al que valía la pena mirar; se le había puesto la cara blanca como el pergamino, y comprendió que no iba a aceptar muy bien el don de Sibeal.

—¡Ahí están los cachorritos! —gritó Sibeal, y cuando el hombre arrojó un saco al riachuelo se echó a llorar.

Mientras Alexander y Barra pasaban por las rocas para sacar el saco del agua torrentosa aunque poco profunda, Ailis se las arregló para retener con ella a la niña y a los gemelos. En el instante en que los MacDubh dejaron el saco en la orilla y Alexander cortó limpiamente la amarra y lo abrió, soltó a los niños y corrió detrás de ellos, curiosa a su pesar.

—Date prisa, tía —gritó Sibeal—. Tienen mucho miedo y están sufriendo.

—¿Qué quiere decir? —le preguntó Alexander cuando ella llegó a su lado.

Ailis miró a los seis cachorritos que Barra y los gemelos acababan de sacar del saco. Estaban mojados y temblorosos, pero vivos.

—Siente las cosas —explicó.

—¿Siente las cosas?

—Sí, milaird, siente las cosas. Cualquiera puede suponer cómo se habrán sentido esos pobres cachorros encerrados en un saco y arrojados por un acantilado, pero Sibeal lo siente.

—¿Y esperas que me crea todo eso?

—Cree lo que quieras, milaird, pero te aconsejaría que aprendieras a hacer caso cuando Sibeal te diga algo acerca de una persona. Podría significar la diferencia entre la vida y la muerte.

Él simplemente soltó una maldición y se alejó a toda prisa subiendo por el sendero. Ella lo observó, suspirando. No se sorprendió cuando un momento después oyó los sonidos de los cascos de un caballo alejándose. Entonces volvió la atención al muy conmocionado Barra.

—Te vuelvo a pedir que me digas que esto ha sido una especie de juego, Ailis —dijo él, sentándose en una roca a contemplar a los niños, que estaban examinando a los cachorros.

Ella se sentó a su lado y le dio una palmadita en el brazo.

—Ojalá pudiera, de verdad. Esto es difícil de aceptar. Vivo con la esperanza de que le desaparezca. —Le sonrió tenuemente cuando él se rió—. A la gente no le gusta. Les inspira miedo, y encuentro peligroso ese miedo.

Él hizo un mal gesto y asintió.

—Tendremos que enseñarle a mantenerlo en secreto.

—Sí, y creo que eso es algo que puede aprender. Lo que pasa es que sólo está comenzando a hablar de lo que ve y siente, y tal como lo dice, me ha convencido de que tiene un don. He estado tan ocupada intentando enseñarle a hablar más claro sobre esas cosas y a aceptar que tiene un don, que no he insistido como hubiera debido en lo de la precaución, pero es difícil que una niña lo entienda. —Miró hacia lo alto del acantilado, donde estaban los caballos, y pensó en la brusca partida de Alexander—. La visión es algo que a muchas personas no les gusta ni desean.

Barra estuvo un momento mirando hacia el sendero y finalmente asintió.

—Alexander siempre ha detestado esas cosas. Pero no va a odiar a Sibeal por eso. Puede que haya cambiado muchísimo estos últimos años, se ha endurecido y amargado, pero quiere a los críos. Es una pena que perdiera a su hija, porque habría sido un buen padre. Lo fue durante el corto tiempo que ella vivió.

—¿Alexander tenía una hija? —preguntó ella, asombrada y, algo herida, comprendió.

—Sí. Era una niñita muy dulce, muy parecida a Sibeal. Se llamaba Elizbet. Era la hija de su primera esposa, una mujer con muy poca moral. Entonces ella murió, y Alex tardó un tiempo en volver a casarse. Puede que su primera mujer fuera una puta, pero la segunda era mala, cruel, y una demente. Tenía una enfermedad en la cabeza. Cuando murió no lo hizo sola, se llevó consigo a la pobre Elizbet. La niña está enterrada en el camposanto de la iglesia que está más allá de Rathmor. Creo que Alexander no se ha recuperado nunca.

—No, eso no es algo de lo que uno se pueda recuperar totalmente —musitó ella, consciente de repente de que lo comprendía mejor, e incluso le tenía compasión—. Lleva muchísima rabia en su corazón.

—Sí, pero ya es hora de que deje de escupirla a todo el mundo. Hasta sus amigos pierden la paciencia.

—¿Alexander tiene amigos? —Sonrió al verlo reírse, contenta de que la conmoción por el descubrimiento de la verdad sobre Sibeal hubiera comenzado a desvanecerse—. Será mejor que volvamos. Siento olor a lluvia en el aire.

Barra asintió, se levantó y la ayudó a ponerse de pie.

—Así que tengo seis cachorritos nuevos, ¿eh?

—Eso parece —convino ella, sonriéndole a los niños, que estaban cogiendo en brazos a los nerviosos perritos—. Sibeal tiene un corazón muy grande para ser tan pequeña. Podrías encontrarte hundido hasta las rodillas en medio de animales o personas abandonados o heridos.

—Pues tendré que enseñarle a ser selectiva, además de reservada.

Acto seguido, entre los dos instaron a los niños a subir para volver a Rathmor.

Cuando Ailis entró en el dormitorio, Alexander continuaba repantigado en su sillón. Desde que habían vuelto de la Punta de los Paganos se las había arreglado para eludirlos a ella, a Barra y a los niños. Incluso evitó comer con ellos en la sala grande. Pero ya era la hora de acostarse. Había tenido la tentación de mantenerse apartado más tiempo, encerrarse en su pequeño cuarto soleado y beber hasta estar seguro de que Ailis estaría durmiendo, pero el deseo de estar con ella era más fuerte que nunca.

Una sobrina vidente, pensó, y casi se rió. Si hubiera algo que pudiera considerar peor que una sobrina con sangre MacFarlane, sería una con el don de la visión. Un motivo para evitar la compañía de todos desde que había descubierto el don de la niña fue que pensó que así podría convencerse mejor de que todo había sido una especie de truco, o incluso un caso de suerte inexplicable. Casi lo había conseguido, aunque le quedaba una cierta inquietud. Esperaba que Ailis no le hablara de ese extraño don de Sibeal, pero la forma como lo miró cuando se dirigió a la jofaina para lavarse le dijo que tal vez no le haría ese muy deseado favor. Cómo último intento para evitar la conversación, se levantó, se quitó la ropa y se metió en la cama. Era una cobardía, pensó, pero igual podría dar resultado.

Ailis se sobresaltó al ver que de repente Alexander se desvestía y se metía en la cama. Entonces estuvo un momento fastidiada al ver cómo había tirado de cualquier manera sus prendas, que ahora estaban todas desperdigadas por el suelo. *El gran señor,* masculló para su coleto, *complaciéndose en un buen enfurruñamiento.* Movió la cabeza y comenzó a lavarse. Si bien seguía sintiendo una inmensa compasión por él, no tenía la menor intención de consentirle esa tontería.

Se desvistió hasta quedarse sólo con una sencilla camisola corta y fue hasta la cama por el lado de él. Él estaba acostado boca abajo de una manera casi encantadora, pero claro, esa belleza masculina tendía a distraerla. Sabía que su situación en Rathmor era precaria, pero también era la tía de Sibeal. Tenía que saber cómo trataría en adelante a la niña.

—¿Qué vas a hacer respecto a Sibeal? —preguntó.

Él abrió un ojo y deseó de todo corazón que ella no estuviera tan adorable.

—No lo he pensado.

—¡Vaya! Pero si no has hecho otra cosa que pensarlo desde que huiste de la Punta de los Paganos.

Él se sentó bruscamente y la miró indignado.

—¡No hui de la Punta de los Paganos!

—Ah, pues sí que huiste. Te alejaste corriendo como si te persiguieran todos los perros del infierno aullándote en los talones.

—Creo que olvidas quién eres, cuál es tu lugar aquí, ¡y a quién le hablas!

Ella no había supuesto que se pondría tan furioso, pero se mantuvo firme, por Sibeal.

—No he olvidado nada de eso. Soy una MacFarlane, soy tu prisionera y tú eres el laird de Rathmor constantemente irritado. También soy la tía de Sibeal, la mujer que ha estado a cargo de criarla. Es de Sibeal de quien quiero hablar, y espero ser oída.

—Conque quieres ser oída, ¿eh? —dijo él, sin poder dejar de admirarla, firme ahí y preparada para defender o proteger a su sobrina.

—Sí. ¿Acaso crees que ella no te vio huir y no ha notado que te has mantenido apartado?

Alexander sintió arder las mejillas con el rubor del sentimiento de culpa. No se le había ni ocurrido pensar en los sentimientos de la niña, al estar tan totalmente atrapado en sus enredadas emociones. No le cabía duda de que la niña había visto su retirada y entendió el porqué. Y ya era tarde para corregir eso, porque hacía rato que los niños se habían ido a acostar. Pero no reconocería eso ante Ailis, decidió, mirándola.

—Necesitaba pensar en lo que había visto —contestó al final.

—¿Y a qué gran decisión has llegado?

—Creo que le das demasiada importancia a un simple caso de suerte y coincidencia.

—Hubo un tiempo en que yo también estaba ciega a la verdad.

—La verdad es esa. —Al ver que estaba tiritando levantó las mantas del lado de ella—. Métete aquí, no vayas a coger un enfriamiento.

Ella subió a la cama y se metió bajo las mantas, pero sin dejar de mirarlo.

—La verdad es que Sibeal tiene la visión. Yo creo que eso le viene del lado de su madre. Nuestra abuela, la madre de nuestra madre, tenía la visión. Aseguraba que siempre la había tenido.

Él se puso de costado para mirarla.

—¿Tú lo viste?

—Murió antes que yo tuviera edad para discernir la verdad de lo que afirmaba.

—O sea, que no tienes ninguna, y nada con qué comparar a Sibeal. Sólo puedes apoyarte en supersticiones y mitos.

Ailis se rió y movió la cabeza, asombrada por esa tozudez.

—¿Llamas superstición y mito a lo que ha ocurrido hoy? ¿Cómo puedes negar lo que viste y oíste?

—Sólo vi que sacamos del agua a unos cachorros de perro abandonados. Todo el resto sólo fue producto del corazón tierno de una niña.

Ailis se sintió tan frustrada que le resultó difícil no golpear la cama con los talones.

—Muy bien, no vamos a discutir sobre la verdad de su visión. De ti depende creer o no. Pero ¿cómo piensas tratar a la pobre Sibeal mientras debates este asunto? —Al ver que él se limitaba a mirarla, insistió—. Bueno, quiero una respuesta.

—Actúas con mucha arrogancia para ser una muchacha que no es otra cosa que un instrumento de venganza —dijo él arrastrando la voz, burlón.

Eso sí que ha sido cruel, pensó ella. Se esforzó en ocultar lo mucho que le había dolido oírle esa verdad. Al saber más acerca de él ya comenzaba a entenderlo, e incluso a distinguir las ocasionales muestras de crueldad cuando lo golpeaban su sufrimiento y amargura. Solamente ella tenía la culpa de que sus emociones estuvieran tan enredadas como para que le dolieran las manifestaciones de su furia. Simplemente tenía que recordar una y otra vez que no era ella la causa de su furia, que no se merecía el dolor que le causaban sus amargas palabras y por lo tanto que no debía hacerles caso. Tampoco debía dejarse intimidar por ese Alexander frío y furioso.

—Soy tan pariente consanguínea de Sibeal como tú —dijo en tono frío y vio pasar una fugaz expresión de malestar por su cara—. No permitiré que hagas sufrir a la niña.

Él soltó una maldición, ofendido.

—Jamás haría sufrir a una niña.

—No intencionadamente, pero eso fue lo que hiciste al alejarte de ella cuando se reveló su don. Tienes que hacerle ver que sigues queriéndola. Eres frío, Alexander MacDubh pero...

Él se giró bruscamente y quedó medio encima de ella.

—¿Frío? No me siento muy frío en este momento.

A Ailis le resultó imposible desentenderse de cómo su contacto le calentaba la sangre, pero no se dejó distraer.

—Te he preguntado qué piensas hacer respecto a Sibeal. Y quiero una respuesta.

Las últimas palabras se las ahogó la camisola al sacársela él.

—Por la mañana hablaré con ella.

Diciendo eso comenzó a bañarle con besos la cara al tiempo que le acariciaba el cuerpo con las dos manos, disfrutando al ver cobrar vida a sus deseos con una rapidez igual que la suya.

Ailis descubrió que la asustaba un poco la rapidez con que él la hacía desear olvidar todo lo que no fueran sus caricias.

—¿Y le dirás qué?

—Que es mi sobrina aun en el caso de que le brote barba y una segunda cabeza, y le aseguraré que no fue de ella de quien huí. Le dejaré claro que aunque tal vez no me gusta o no creo en su don, no extiendo esos sentimientos hacia ella. ¿Te hace feliz eso?

—Por lo menos me da la seguridad de que tratarás de no herir sus sentimientos.

Alexander le miró la cara observando cómo la excitación del deseo le iba arrebolando la piel casi dorada y se le oscurecían los ojos hasta quedar casi negros. En el fondo de sus hermosos ojos vio tristeza, y cayó en la cuenta de que deseaba hacer desaparecer esa pena, aunque dudaba ser capaz de hacerlo.

—Nunca has sido realmente feliz, ¿verdad?

A ella no le gustó nada esa repentina percepción de él.

—Bastante feliz, tan feliz como la mayoría de las personas.

Él la penetró lentamente, uniendo sus cuerpos, y disfrutó de la expresión de placer que ella no pudo ocultar.

—¿Esto te hace feliz?

—Sí, durante un rato. El tiempo que dura.

—Entonces será mejor que intentemos que dure todo lo posible —susurró él y la besó.

Mientras ella se dejaba llevar por él a ese agradable dominio del ciego deseo, deseó poder conseguir que dijera esas cosas por algo más, no sólo por la pasión que compartían.

Capítulo 8

Y les ha llevado seis semanas decir «no»? —masculló Ailis—. Yo sabía que son lerdos, pero esto desafía todo entendimiento.

Volvió a leer la misiva en el arrugado pergamino enviado por su tío y que llevaba también la borrosa firma de su prometido.

Alexander la había llamado a su cuarto soleado y casi sin darle tiempo para apreciar las grandes ventanas y la abundante luz que entraba por ellas le leyó la carta de su tío. Su mordaz afirmación de que sabía leer sólo produjo en él una moderada reacción de educada sorpresa y le entregó la carta para que la leyera. Esa carta no cambiaba nada; simplemente la hacía ver la verdad un tanto dolorosa para ella. Incluso su pariente deseaba utilizarla como peón. En realidad eso no la sorprendía, pero le dolía de todos modos. Suspirando fue a sentarse en un banco tapizado y acolchado ante una de las ventanas.

—Hay poco que entender —dijo Alexander—. Dicen claramente que no tienen el menor deseo de pagar por ti ni por los críos.

Ella sintió un intenso deseo de abofetearle la hermosa cara, pero en lugar de eso arrugó el mensaje con la mano hasta convertirlo en una bola.

—Sí, pero se han tomado muchísimo tiempo para decirlo, y mientras tanto no han hecho nada contra ti. Ah, a mí podrían descartarme con tanta crueldad, pero no a los críos. Los niños son muy útiles. Y han dejado pasar el momento idóneo. Bueno, casi. Estamos cerca de que finalice el mes de agosto. No tardarán en caer las lluvias de otoño y luego las nieves de invierno.

—Y luego las lluvias de primavera, el deshielo y el lodo —añadió él, moviendo la cabeza—. Podríamos tener que mantenerte durante un año.

Eso sí fue un comentario cruel, como tantos otros, por lo que ella se levantó de un salto.

—No necesitas cargar con mi manutención ni un solo instante más. Puedo dejar de estorbarte inmediatamente.

Alexander soltó una maldición. También se levantó de un salto y corriendo alcanzó a impedir que saliera de la sala. Se puso entre ella y la puerta en el instante en que Ailis alargaba la mano hacia el pestillo. Simplemente haber recibido el mensaje de los MacFarlane y los Mac-Cordy lo había puesto de mal humor. Pero ver la pena en sus ojos, pena causada por el frío rechazo de sus parientes lo ablandó y deseó aliviarla; pero ese deseo le revivió el miedo, el miedo que sentía constantemente a que ella pudiera y quisiera despertarle emociones; por lo tanto, reaccionó como siempre, golpeándola con palabras crueles, para alejarla. Pero sabía que no deseaba que se marchara de Rathmor.

—Siéntate, Ailis —le ordenó.

—¿Para qué? ¿De qué servirá? Mi tío y mi prometido me han rechazado, y está claro que tú no me deseas aquí.

—Ah, pues sí que te deseo —dijo él, alargando las manos hacia ella.

Ella se las apartó de una palmada. De ninguna manera iba a permitir que la convenciera atontándola con besos.

—No me refiero a esa manera.

—Vuelve a sentarte.

Le echó el cerrojo a la puerta y casi sonrió al ver cómo lo miró antes de volver al banco. El cerrojo estaba bastante más arriba de la cabeza de ella y comprendió que esa desventaja la fastidiaba.

Fue a sentarse ante su escritorio, donde había estado antes, diciendo:

—Vamos a hablar de esto como adultos, sin rencor ni rabia.

—No soy yo la que tiene dificultades en eso —masculló ella, y le aumentó el fastidio cuando él hizo como si no la hubiera oído—. ¿A qué fin sirve que yo continúe aquí más tiempo?

—Como mínimo ayudas a cuidar de los niños. A ellos les gusta mucho tenerte cerca.

¿Y a ti?, pensó ella, y por un instante temió haberlo dicho en voz alta. Desde que se enteró de su difícil pasado había intentado tener paciencia con él, entender cuánta historia se interponía entre ellos. Pero a veces eso le resultaba dolorosamente difícil. En un instante se mostraba frío con ella y al siguiente amable y apasionado. Por la noche sabía susurrarle tiernas palabras y al salir el sol la insultaba. La iba a volver loca. Sospechaba que lo amaba, que por eso le importaba lo que él sentía y la herían tanto sus palabras, pero no quería enfrentar esa emoción, porque entonces ya no podría negarla.

—Lo que necesitamos decidir es... qué quiere decir Colin MacFarlane con esto —dijo él, como si estuviera pensando en voz alta.

—Que no nos desea de vuelta. ¿Qué más va a querer decir?

—Muchísimas cosas, muchacha, y creo que las sabes. Sabes la clase de hombre que es tu tío. ¿Cuál es su jugada?

—¿La jugada «arrojo mis cargas en la falda de otro»? —Suspiró y se encogió de hombros ante la mirada levemente disgustada que le dirigió él—. Desea que creas que nos rechaza para que bajes la guardia con nosotros, o tal vez incluso me eches de aquí para poder cogerme y tenerme de vuelta sin pagar nada.

—Eso es lo que yo creo —convino él—. Sé de buena tinta que tu tío solicitó al rey que me declarara un bandido.

Comprobó que la horrorizada reacción de ella le producía dos sentimientos opuestos: una parte de él se sintió complacida, y la otra dudó de su sinceridad.

—¿Bandido? —musitó ella, estremeciéndose—. Eso habría permitido que cualquiera te matara.

—Exactamente. El rey se negó. Al fin y al cabo los niños son de mi sangre. Ya había enviado a uno de mis hombres allí a exponer este parentesco, y eso bastó para darme el derecho a hacer lo que hice. Además, unos cuantos amigos hicieron valer su influencia en beneficio mío.

—¿Y te ayudarán si se desata una batalla?

—No, no podría pedirles eso. Esta es mi batalla, es una batalla particular. No quiero que arriesguen sus vidas por mi bolsa ni mi orgullo. Esta es mi venganza y debo ejecutarla yo.

—Ah, sí, y que asesinen a la familia que te queda.

Veía que bajo la capa de sufrimiento y amargura Alexander era un hombre bueno, y la irritaba que ese hombre bueno pudiera quedar tan atrapado en un asunto de venganza.

—¿Crees que tu tío y tu novio se van a echar atrás y pasar por alto el insulto que les he hecho? Ah, ¿o ante la posibilidad de apoderarse de más de lo que es mío?

—No, pero había esperado que tú no estuvieras tan entusiasmado por lanzarte a la batalla. —Se levantó y comenzó a pasearse por la sala—. Mi tío quiere que creas que está derrotado. Eso podría significar una de estas dos cosas: que tiene un plan para atacarte o que espera engañarte para que te descuides. En los dos casos necesita que tú bajes la guardia, que creas que él se ha retirado del juego. —Se giró hacia él y frunció el ceño al ver cómo le estaba mirando la falda—. Si sacaras tu mente lasciva de debajo de mis enaguas podríamos llegar a alguna decisión sobre esta última jugada de mi tío.

Alexander no sintió la menor vergüenza al ser sorprendido entregado a un pensamiento placenteramente salaz. Ver el movimiento de sus esbeltas caderas al pasearse lo había excitado agradablemente. Aunque llevaba seis semanas compartiendo la cama con ella, seguía encontrando interesantes todos sus movimientos, e invitadores todos sus gestos. Correspondió su mirada disgustada con una sonrisa.

—Sí, tu tío pretende engañarme para que yo baje la guardia, pero va a descubrir que no me dejo engañar tan fácilmente.

—Encuentro raro que haya esperado tanto tiempo para intentar esta estretagema. Si fracasa no tendrá más alternativa que esperar hasta la primavera. No es fácil que alguien pueda atacarnos con éxito en invierno.

—Tendrá que actuar ahora y conseguir el éxito rápido si quiere que esto acabe antes del invierno.

—Y no crees que vaya a actuar ahora ni tener éxito.

—No. Desea obligarme a dar el primer paso, un mal paso, lógicamente. Cuando llegue a la conclusión de que yo no haré lo que desea, ya será demasiado tarde para hacer algo y tendrá que esperar hasta finales de la primavera o comienzos del verano. Pronto estaremos en la época del año en que si la nieve y el frío no nos impiden movernos, nos quedaremos atrapados por la lluvia y el lodo.

—Entonces será mejor que me ponga en camino, si no muy pronto estaré atrapada aquí.

Por la rápida y penetrante mirada que él le dirigió vio que se opondría a que se marchara de Rathmor, y eso a la vez la alivió y la irritó.

Alexander comprendió que sería juicioso dejarla marchar, pero también que no se lo permitiría.

—¿Y adónde crees que irás? Sigues siendo mi prisionera.

—¿Por qué? ¿Qué motivo podrías tener? Mi tío no va a pagar rescate, así que no ganas nada teniéndome aquí. Puesto que en toda Escocia no hay ningún hombre que pueda creer que soy doncella después de haber estado seis semanas contigo, pues ya tienes tu venganza. Ya no soy de ninguna utilidad aquí.

—Como he dicho, cuidas de los niños —dijo él bruscamente—. Les gusta tenerte cerca.

—Entonces me quedaré cerca. Simplemente no continuaré en Rathmor.

—¡Te quedarás aquí! —rugió él, levantándose y dando un fuerte puñetazo en su escritorio.

—¿Por qué?

—Porque todavía puedes ser útil aquí. Sí, y, además, podrías resultar útil a tus parientes. Hay muchas cosas de Rathmor que podrías decirles, sobre sus puntos fuertes y sus puntos débiles. No, te quedarás aquí hasta que yo te dé permiso para marcharte.

—Sea pues, pero no continuaré en tu cama.

—No me había dado cuenta de que la encontrabas un lugar tan desagradable.

Ella se encogió de hombros.

—Tienes ciertas habilidades y los dos somos por naturaleza apasionados. Pero estoy cansada de ser el peón en este juego entre tú y mi tío. Ya tomaste mi virginidad; deja que eso baste. Si debo quedarme aquí, no continuaré siendo tu puta. Me avergüenzas delante de los niños y ya no puedo soportarlo más.

—Muy bien, como quieras. —Fue hasta la puerta, corrió el cerrojo y la abrió—. Sal. —Cuando ella pasó por su lado, le cogió el brazo y la obligó a mirarlo—. No tardarás en cambiar de opinión.

—Creo que no.

—¿No? Deseas tanto como yo lo que compartimos.

—Sí, pero es algo que sólo me ofreces por la noche. Te metes en la cama y nos agarramos a la pasión que compartimos como los críos a un dulce. Entonces llega la aurora y te vuelves frío y me apartas. Creo que ni el hecho de que me utilices para golpear a Donald me hace sentirme tan puta como lo que haces tú. Estoy harta de eso. Dado que te reservas la afabilidad para ofrecérmela sólo por la noche, me retiraré de tu presencia a esas horas y en ese lugar.

—No serás capaz de atenerte a ese plan.

—Lo seré, porque durante el día eres un hombre frío, incluso cruel. No le ofreces nada a una muchacha. Me culpas de cosas con las que no he tenido nada que ver. Me he cansado de ser la receptora de lo peor de tus problemas y furias. Guárdatelos. Echaré de menos tu pericia y la muestra de sentimiento que me dabas por la noche, pero eso ya no pesa más que la vergüenza de cómo me tratas durante todo el día.

Dicho eso se liberó el brazo y se alejó.

Alexander se la quedó mirando hasta que se perdió de vista; después cerró de un golpe la puerta. Sabía de qué iba su juego; quería que él le ofreciera algo más que su pasión. Pues, no. Nunca más volvería a abrirse a una mujer, confiar en ella y hacerse vulnerable. Ya le había dado a Ailis mucho más de lo que había dado a otra mujer desde hacía varios años. Si ella era tan ciega que no lo veía, pues, peor para ella. No la invitaría de vuelta a su cama.

Soplaba una brisa fría en el patio iluminado por la luna y las antorchas, así que Ailis se arrebujó más la capa. Sólo estaban a mediados se septiembre pero ya hacía más frío que el que habría querido. Temía que eso presagiara un invierno largo y crudo. Eso era lo último que necesitaba, reflexionó, levantando la vista hacia la alta y conocida figura que estaba en las almenas de la muralla occidental. Él no la estaba mirando, pero el instinto le dijo que eso era lo que había estado haciendo. Alexander se había convertido en una especie de sombra constante, observándola siempre, en todo momento. Se le hacía cada vez más difícil desentenderse de eso.

Se le escapó una amarga risita y al instante miró alrededor para asegurarse de que nadie la había oído. Ya había unas cuantas personas que ponían en duda su cordura; después de todo, sólo una loca de remate rechazaría la cama de Alexander MacDubh. Al principio a ella le había divertido un poco esa actitud, pero ya comenzaba a pensar si no contendría una cierta verdad. Muchas veces, cuando por la noche yacía en la cama sin poder dormir, con los músculos contraídos por el deseo que sentía por él, ella misma ponía en duda su cordura. Lo único que había conseguido con su intento de recuperar cierta dignidad era compartir la cama con Sibeal y soñar con que estaba compartiéndola con Alexander. También se pasaba muchísimo tiempo al anochecer caminando por el patio interior del castillo intentando angustiosamente aliviar aunque fuera en parte su creciente sensación de vacío, y esa constante tensión que le impedía dormir. Esperaba que los demás creyeran que sus caminatas se debían a que ya se estaba cansando de su cautiverio, aunque tenía la fuerte impresión de que todos sabían exactamente por qué salía a caminar casi todas las noches.

Cuando comenzaba a dar la tercera vuelta alrededor de la torre del homenaje sorprendió a Alexander mirándola. Estaba en lo alto de su muralla flanqueado por tres de sus hombres, con la mirada fija en ella. Le sacó la lengua, y aunque consciente de que ese era un gesto infantil encontró un moderado placer en ello.

Alexander oyó las risitas ahogadas de los hombres que estaban cerca de él, pero decidió no darse por enterado. Echó a andar por las almenas siguiendo la misma dirección que ella. Había trancurrido casi un mes desde que Ailis había abandonado su cama. Una o dos veces había contemplado la posibilidad de usar a alguna de las muchachas bien dispuestas de Rathmor para aliviar el hambre que lo roía, pero comprendió que no le serviría de nada. También una o dos veces le había pasado por la cabeza la idea de cogerla y llevarla a rastras de vuelta a su habitación. ¿Qué podría hacer ella para impedírselo? Pero cada vez que se hacía esa pregunta llegaba a la conclusión de que no deseaba saber la respuesta. Así que seguía durmiendo solo, o, mejor dicho, intentaba dormir. Más veces que menos yacía despierto en la cama deseando a Ailis. Había tomado la costumbre de evitarla todo lo que le era posible, por miedo a que su necesidad de ella obnubilara su sentido del bien y del mal y realmente intentara tomar por la fuerza lo que ella le negaba. Sólo pensar eso lo consternaba.

—¿Por qué la sigues, entonces? —masculló en voz baja cuando empezaba a bajar la estrecha escalera que llevaba al patio—. Harías bien en mantenerte alejado. Te encuentras en un estado en que cabe muy bien la posibilidad de que le supliques, y a ella le encantaría oírte suplicar.

—¿Señor? —dijo el hombre que esperaba pacientemente al pie de la escalera.

—¿Adónde ha ido la muchacha? —le preguntó.

—Ha dado la vuelta a esa esquina, señor —dijo el soldado,

comenzando a subir la escalera para hacer su turno de vigilancia en las almenas—. Cuidado, está oscuro en esa parte del patio.

—Perfecto —musitó Alexander, y apresuró el paso al divisar a Ailis.

Esta sintió los pasos de alguien que la seguía, y comenzaba a girarse a mirar cuando la rodearon unos fuertes brazos y se vio llevada hasta un esconce protegido en el elevado muro.

—Alexander, suéltame —exclamó, cuando él la aplastó contra el muro con su cuerpo, con suavidad pero también con firmeza.

—Está muy oscuro aquí. —Le cogió las manos que ella le había puesto en el pecho para empujarlo—. Es peligroso. Nunca se sabe qué podría ocurrir.

Entrelazó los dedos con los suyos y le sujetó las manos a los lados apoyadas en el muro.

—Sí —dijo ella—. Podría atacarme algún tonto cachondo. —Aunque trató de hablar con voz fría y tranquila, al final le salió ronca, porque él estaba frotando su cuerpo contra el suyo; sintió su miembro duro, excitado, y eso le aumentó la excitación—. ¿Qué juego es este? ¿Acaso quieres tomar por la fuerza lo que me he negado a darte?

Él le besó el cuello y ella cayó en la cuenta de que si le soltaba las manos su única duda sería la ropa de quien arrancar primero.

—No, pero podría hacerte desearlo, al menos una vez.

—Sí que podrías, pero eso también podría enfurecerme a mí.

—Correré mis riesgos.

Ella no pudo reprimir un suspiro de placer cuando él le mordisqueó suavemente los pechos por encima de la tela del corpiño. Entonces la besó con una avidez que ella no tardó en corresponder. Cuando él le soltó las manos lo rodeó con los brazos acercándolo más. Él bajó las suyas deslizándoselas por la espalda y ahuecándolas en las nalgas la apretó con más fuerza contra su cuerpo.

Los dos estaban jadeantes cuando finalmente él puso fin al beso y bajó lentamente el cuerpo hasta quedar arrodillado. Entonces ella enredó los dedos en sus abundantes cabellos, y los mantuvo ahí mientras él subía las manos por sus piernas por debajo de las enaguas. Ahogó una exclamación cuando sintió sus dedos ligeramente callosos en la piel desnuda de los muslos, por encima de las medias.

—No llevas calzones —dijo él en voz baja, espesa, acariciándole los pliegues de la entrepierna—. ¿Qué has hecho con los calzones que Jaime te aconsejó usar?

—Ya estaba en la cama cuando se me ocurrió salir a caminar; no me molesté en ponérmelos —repuso ella, extrañada de que hubiera tenido la fuerza para pensar en una respuesta y decirla, teniendo el cuerpo tan estremecido por esas íntimas caricias.

—¿Te he hecho desearlo al menos una vez más?

—Tal vez —susurró Ailis, consciente de que igual lo atravesaba con su propia espada si se apartaba de ella en ese momento.

—Ah, pero tenemos que estar seguros en estas cosas. Levántate las faldas, Ailis —susurró él, exigente.

La oscuridad y su deseo le alentaron la osadía. Lentamente se levantó la falda y las enaguas hasta dejar a la vista de él todo lo que había estado acariciando. Se le escapó un gemido de conmoción y exquisito placer al sentir su boca besándole el negro bello rizado. Entonces él le acarició ahí con la lengua. Abrió la boca para gritar pero al instante se la tapó con un trozo de orilla de las enaguas arrugadas; si iba a emitir una protesta, esta ya se había apagado. Continuó sujetando firmemente las orillas de las enaguas apretadas a la boca para ahogar sus exclamaciones de placer, e incluso su petición de que parara cuando sintió cerca la liberación. Él continuó haciéndole el amor con la boca, llevándola a la culminación y más allá. Con las piernas débiles y pesadas por la satisfacción empezó a deslizársele el cuerpo hacia el suelo, pero él la sujetó firmemente cogida por las caderas; y continuó besándola y lamiéndole las partes íntimas de una manera que no tardó en renovarle el deseo y la necesidad.

Alexander la sintió tensarse y se incorporó. Besándola en la boca se liberó el miembro de las ceñidas calzas; comprobó que ella estaba ciega de deseo, y saboreó el momento. Su pasión también le aumentó la excitación hasta el punto de hacérsela insoportable.

—Rodéame la cintura con las piernas, cariño —le ordenó, con la voz tan temblorosa como su cuerpo.

Ailis obedeció y gimió de placer cuando él la penetró, uniendo sus cuerpos. Se aferró a él, saboreando el intenso placer que le producía con cada embestida. Cuando él se tensó y se estremeció y, estrechándola con fuerza, derramó su simiente, ella ya estaba inmersa en la cegadora satisfacción de su pasión. Muy vagamente notó que él le quitaba la capa y la tendía en el suelo con él.

Cuando pasado un momento salió del aturdimiento del orgasmo, comprobó que estaba acurrucada en los brazos de Alexander, encima de su capa. Miró alrededor, tímida y nerviosa, para asegurarse de que nadie podía verlos, y se relajó al comprobar que por lo menos sería muy difícil. Sólo entonces tomó plena conciencia de lo que acababa de ocurrir y soltó una maldición.

—Ah, ¿te estás preparando para negar el «sí» que acabas de darme? —preguntó Alexander, mirándola atentamente.

Deseó poder verle mejor la cara que tenía en las sombras. Su rostro siempre era un clarísimo reflejo de sus emociones, y se sentía mejor cuando le veía la expresión mientras hablaban. Eso le calmaba algunas de sus dudas.

—No he dicho «sí» —repuso ella, dudando de que esa fuera toda la verdad, porque no tenía nada claro el recuerdo de lo que había o no había dicho después de decir «tal vez».

—No con palabras, pero con cada dulce trocito de tu cuerpo lo has dicho claro y fuerte.

—Sólo ha sido un momento de debilidad.

Intentó sentarse, pero él se lo impidió aplastándola debajo de él, y no se resistió.

—¿Un momento de debilidad? El deseo se volvió en ti cegador. Reconócelo. Echas de menos estar en mi cama.

Ella detectó tal arrogancia en su tono que ardió de deseos de golpearlo. Por desgracia, sólo decía la verdad. También era cierto que él echaba terriblemente de menos tenerla en su cama, pero eso no lo iba a reconocer jamás, y lo sabía. El frenesí con que acababa de hacerle el amor era el único reconocimiento que se permitiría. Tendría que aceptarlo.

Suspiró para sus adentros. La abstinencia no lo induciría a decirle algo. Tontamente había creído que sí. Al abandonar su cama sólo aplacó su orgullo, nada más. Si alguna vez Alexander llegaba a desear hablar de sentimientos más profundos por ella no sería porque ella le dijera no, como tampoco porque lo hubiera hecho desearla tanto que la acechara por Rathmor hasta seducirla en los esconces oscuros de sus altos muros.

No mucho después de haber abandonado su cama se le ocurrió pensar también que tal vez hacer eso no fuera lo más juicioso. Se había distanciado físicamente de él y esa no es la mejor manera de conquistar el afecto de un hombre. Eso era especialmente cierto con un hombre como Alexander, que llevaba dentro muchísimo sufrimiento y amargura. La pregunta que tenía que hacerse era si un hombre como él valía unas pocas laceraciones en su corazón y su orgullo. La respuesta era un inequívoco «sí».

—¿Me has echado de menos en tu cama? —le preguntó, y no se sorprendió al sentirlo tensarse, aunque muy ligeramente.

—Eres una amante excitante.

Ella comprendió que no le sería fácil vivir con un hombre que se protegía tanto encerrándose en sí mismo.

—Qué palabras tan tiernas —masculló.

—No soy un hombre de palabras tiernas. Si lo que buscas es un amante dado a halagos y declaraciones constantes, te has equivocado de dirección.

—No, no espero nada. Comienzo a creer que no tienes nada más que dar aparte de tu lujuria. Ya te he pedido palabras, te he expresado claramente mis pensamientos, y lo único que he recibido es una mirada fría. Bueno, me has demostrado que sigo ansiando lo único que ofreces con liberalidad, así que lo aceptaré.

Alexander pensó fugazmente por qué no se sentía mucho más victorioso.

—Entonces volverás a mi cama.

—Sí, pero te pediré una cosa.

—Pero si acabo de decirte...

—No hace falta que huyas, mi tímido amante. No te pido nada más que la cortesía normal. Vas a dejar de escupir tu furia sobre mí. No he hecho nada malo y me duele tremendamente ser castigada por pecados que no he cometido.

Él hizo un gesto de pena y hundió los dedos en su pelo.

—Lo sé. —Bajó el cuerpo de encima del de ella y se sentó a su lado—. Lo que pasa es que encuentro difícil olvidar que eres una MacFarlane.

—No te pido que olvides eso; es lo que soy. —Se sentó también y trató de arreglarse el enredo de ropa—. Pero no tengo por qué responder de los pecados de mis parientes a cada paso. Ese frío desdén me avergüenza. Las mofas y los insultos que me arrojas me hacen sentirme como una puta. Esa fría falta de respeto que me demostrabas siempre que estábamos fuera de la cama fue la causa de que yo abandonara lo que podíamos compartir en ella. No quiero ser tratada de esa manera. No merezco que me traten así.

—No, no te lo mereces.

—¿Acordado, entonces? Volveré a tu cama, pero sólo mientras me trates con cortesía dentro y fuera del dormitorio.

Le tendió la mano y él se la estrechó.

—De acuerdo. Tendrás esa cortesía todo el tiempo que permanezcas en Rathmor.

—No has podido resistirte a añadir eso, ¿eh? —murmuró ella, levantándose y limpiándose la ropa.

Él también se levantó, recogió la capa y se la puso sobre los hombros.

—Pero es la verdad —dijo.

—Sí, y nunca hay que hurtarle el cuerpo a la verdad.

Cuando echó a andar hacia el sendero que llevaba de vuelta a la puerta de la torre, Ailis casi se echó a reír. Encontraba un extraño y torcido humor en la forma de actuar de Alexander. Daba la impresión de que no veía la hora de llevarla de vuelta a su cama, pero eso lo asustaba y, por lo tanto, le recordaba que tendría que marcharse en algún momento. No podía dejar de preguntarse si no lo haría porque necesitaba recordarlo él.

Alexander no tardó en ir caminando a su lado y ella aprovechó para observarlo disimuladamente. Todos sus movimientos eran ágiles, elegantes. Podría hacer revolotear miles de corazones de muchachas con sólo una sonrisa. Podría seducir a cualquier mujer con sólo unas cuantas palabras dichas con su voz ronca y sensual o con una cálida mirada de sus bellos ojos. Estaba segura de que hasta a la más santa de las mujeres se le pasaría por la cabeza el pensamiento, aunque fuera fugaz, de cómo sería compartir su cama. Y, sin embargo, se protegía. Le tenía miedo a sus emociones, las temía más que al dolor y la aflicción. Eso era algo encantador e incluso esperanzador, porque ese miedo demostraba que tenía corazón, aunque también fuera frustrante. Y tal vez ella volvería a pagar por algo de lo que no tenía la culpa.

—¿Ya estás cambiando de decisión? —preguntó Alexander mientras entraban en la torre.

Entonces ella cayó en la cuenta que por ir tan sumida en sus pensamientos había enlentecido los pasos. Notó la tensión en él y vio una expresión tozuda en su cara. Creía que ella estaba a punto de negarse a volver a su cama y estaba pensando una manera de llevarla de todos modos sin pedírselo ni prometer nada. Casi cayó en la tentación de obligarlo a probar.

—No, no he cambiado de decisión. —No continuó porque en ese momento estaban saliendo Jaime y Kate de la sala grande—. Ah, Jaime, ¿cómo te va? No te he visto mucho últimamente.

—He estado ayudando a la señora Kate en los preparativos para el invierno —contestó él—. Parece que estás bien, señora Ailis.

—Sí, bastante bien, tomando en cuenta que debo soportar a los MacDubh día sí y día también. —Se desentendió del ceño de Alexander, y entonces fue cuando observó que Jaime y Kate iban cogidos de la mano y estaban algo ruborizados—. Continuad vuestro camino, entonces. No te vuelvas un desconocido —añadió, y al instante se avergonzó de la punzada de envidia que sintió.

—No, eso nunca.

Una vez que Jaime y Kate les desearon las buenas noches y desaparecieron en dirección a la cocina, exhaló un suspiro y comenzó a subir la escalera hacia los aposentos. Jaime estaba enamorado de Kate, comprendió; no podría disimularlo ni aunque supiera ser discreto. Trató de no preocuparse por él, de desentenderse de eso diciéndose que era asunto suyo, no de ella, pero le resultó imposible. En muchos sentidos Jaime era como un niño. No podía dejar de preocuparse por él tal como no podría dejar de preocuparse por los gemelos y por Sibeal. Ni siquiera saber en su corazón que Kate era una muchacha decente y buena, la tranquilizó. Necesitaba tener una cierta seguridad, así que cuando llegaron a la puerta del dormitorio de Alexander se giró hacia él.

Alexander vio su ceño fruncido y reaccionó al instante. La cogió en brazos, entró en el dormitorio, cerró la puerta, le echó el cerrojo, y en unos cuantos pasos llegó a la cama y la depositó suavemente en ella. Y luego se echó encima, aplastándola.

—Supongo que crees que esto es romántico —dijo ella, con la voz ahogada por la capa que él intentaba quitarle sin apartar del todo su cuerpo de encima. Cuando él comenzó a soltarle los lazos del corpiño, le cogió las manos—. Tengo que hacerte una pregunta antes que continúes tratando de ahogarme con mi ropa.

Él se liberó las manos sin dificultad y continuó soltándole los lazos, pero más lento.

—¿Qué pregunta?

—Deja que primero diga esto. Creo que Kate es una muchacha buena, pero tú la conoces de mucho más tiempo y por lo tanto podrás juzgar mejor que yo. Además, esto no es un asunto tan simple como debiera ser. Lo que necesito saber es: ¿Kate es seria en su forma de actuar con Jaime? Es decir, ¿es el tipo de chica que se interesa porque él es diferente pero que lo va a dejar de lado cuando eso se le convierta en una carga? —Hizo un mal gesto—. Haga como haga esta pregunta, no es amable con ella, ¿verdad?

—No.

—Bueno, no puedo evitarlo. Jaime es como un niño herido. Fue tratado con mucha crueldad por sus parientes más próximos, su padre y sus hermanos. Creo que nada puede herir a una persona más profundamente que eso. Es un hombre corpulento y fuerte, pero por dentro es blando y muy fácil de herir. Nunca ha sido uno de esos cortesanos preferido por las mujeres, aunque algunas lo han arrastrado a una cama o al henil más cercano para ver si era grande en todo. Le haría muchísimo daño...

Alexander la interrumpió con un ligero beso, aliviado porque ella no había cambiado su decisión ni deseaba marcharse.

—Jaime es el primer hombre en que nuestra Kate demuestra tener un interés. Yo en tu lugar no me preocuparía por él. —Movió la cabeza de un lado a otro—. Debería haber supuesto que tu ceño fruncido se debía a que estás preocupada por tu enorme protector.

—¿Por qué creíste que fruncía el ceño? —preguntó ella. Entonces recordó la nada habitual entrada en el dormitorio, y sobre todo lo de echar el cerrojo—. Creíste que yo iba a decir no otra vez. —Al ver pasar una expresión de culpa por su cara, soltó una palabrota y movió la cabeza—. Aunque no consiga nada más mientras estoy aquí, me gustaría muchísimo demostrarte que no todas las mujeres somos tan volubles, ni de mente ni de corazón.

Él la miró un largo rato y finalmente dijo:

—Creo que eso me gustaría.

Y se apresuró a besarla antes que pudiera decir algo más.

Capítulo 9

*A*ilis soltó una sarta de palabrotas mientras Kate le pasaba por la cara un paño mojado con agua fresca. Sólo habían transcurrido diez semanas desde que volvía a compartir la cama de Alexander. No encontraba justo en absoluto que estuviera pagando esa debilidad tan pronto ni de esa manera tan antipática. De todos modos, sabía qué era lo que le pasaba, y la expresión de la cara de Kate le dijo que ella también lo sabía. Estaba embarazada y, peor aún, en su opinión, estaba bastante segura de que concibió esa noche apoyada en el muro de Rathmor. Era algo vergonzoso.

Kate se sentó en el borde de la cama y le ofreció un trozo de pan con sólo un poquitín de mantequilla.

—Ten, milady. Cómete esto lentamente, poquito a poco. Algunas mujeres aseguran que alivia el trastorno del vientre.

Ailis obedeció, y cuando terminó sí que se sintió algo mejor. Una copa de sidra bebida lentamente, sorbo a sorbo, la animó otro poco. Pero claro, pensó, sonriendo irónica, si continúo aquí sintiéndome mal no tendré ninguna necesidad de afrontar todos los problemas que me esperan. Suspirando, le pasó la copa a Kate y volvió a echarse de espaldas en la cama. No había manera de evitar el problema ni el enfrentamiento, porque no tenía ningún lugar adonde huir. Era la quinta mañana seguida que se sentía mal, y la sorprendía que eso no le hubiera ocurrido antes.

—Comienzo a creer que estoy maldita —masculló.

—No, milady, no debes decir esas cosas —le dijo Kate, haciendo la señal de la cruz.

—¿No? ¿Y cómo llamarías lo de tener que vivir con Colin MacFarlane, y, además, llamarlo tío y estar prometida con Donald MacCordy? Sin duda es una maldición tener que llamar marido a un hombre como él. Sí, y luego va y me rapta un hombre que odia todo lo que lleve el apellido MacFarlane y que tampoco quiere mucho a las mujeres. Y ahora esto, otra muchacha MacFarlane embarazada de otro bastardo MacDubh. A mí me parece que el asunto se asemeja mucho a una maldición.

—Es difícil, pero no tan lúgubre como crees.

—No has conocido a mi tío ni a mi prometido. —Sonrió levemente al ver reír a Kate—. Me matarán por esto —añadió en un tono más serio—. Es un insulto que no podrán soportar.

—Ahora el señor no te enviará de vuelta con ellos.

—Bueno, pronto sabremos qué hará el gran Alexander Mac-Dubh. Iré a comunicarle de inmediato lo de su próxima paternidad.

Con cierta cautela, no muy segura de la estabilidad de su estómago, se bajó de la cama. Se notó algo mareada, pero comenzó a sentirse mejor mientras se vestía. Pero cada dos por tres le fallaba el valor. No deseaba darle a Alexander la noticia de que llevaba a un hijo suyo en el vientre. No tenía manera de saber cómo reaccionaría. Él nunca le había hablado de su primera hija. ¿Supondría que ella intentaba aferrarse a él dándole un hijo o hija para reemplazar a esa hija muerta? Se estremeció al pensarlo. La odiaría, y a ella le resultaría casi imposible soportar eso. También le resultaría casi imposible rebatir esa suposición.

—Tienes cara de miedo —musitó Kate, terminándole de atar los lazos a la espalda de la sencilla sobretúnica.

—¿Tú no lo tendrías?

—No sabría decirlo. He vivido toda mi vida aquí. Me cuesta entender por qué una muchacha le tendría miedo al laird MacDubh.

—Sí, pero una MacFarlane tiene muchos motivos para tenerle miedo.

Kate hizo un gesto de pena y asintió.

—Un hombre MacFarlane, sí, pero una muchacha, no, no mucho. Llevas meses con el señor. Ya debes saber el tipo de hombre que es.

—He pasado muchas noches con él, pero no es fácil conocerlo. Ahora se mantiene a distancia y es muy bueno en eso. De todos modos, no gano nada sentada en este dormitorio inquietándome por lo que podría o no podría hacer. Iré a descubrirlo. ¿Está todavía en la sala grande?

—Sí, estará ahí la mayor parte de la mañana, oyendo las quejas de la gente de nuestro clan y emitiendo su juicio.

Ailis abrió la puerta y se detuvo.

—Ah, entonces no estará solo. Eso complicará muchísimo las cosas.

—A veces no está ocupado todas las horas. Puede que no haya muchas quejas. O quédate ahí y espera a que él termine la audiencia.

—O podría olvidarlo hasta que los dos nos vayamos a la cama esta noche.

Kate negó con la cabeza.

—No. Todo el mundo está cansado al final del día. No es un buen momento para dar una noticia de esa importancia.

No se podía discutir ese sentido común, así que Ailis se limitó a sonreír y echó a andar por el corredor en dirección a la escalera para bajar a la sala grande. Al mirar atrás vio a Kate corriendo hacia el otro lado. Sin duda iba a buscar a Jaime. Eso la hizo sentirse algo mejor. Este seguía atado a su promesa de no levantar la mano en contra de un MacDubh, pero su sola presencia solía servirle bastante de protección.

Entró en la sala justo cuando dos mujeres estaban riñendo delante de Alexander. Mientras él intentaba hacerlas callar para poder oír con más exactitud sus argumentos, ella fue a sentarse en un sillón cerca de la pared. Observó cómo él escuchaba atentamente a cada mujer, cada una asegurando que el cerdo era de ella. Se veía sinceramente preocupado por la mujer que aseguraba que le habían robado el cerdo, que era el único alimento que tenía para el invierno. Esa era la emoción que ella ansiaba ver en él, la amabilidad y el interés que a ella le negaba constantemente. Incluso la rabia, pensó, observándole la cara mientras escuchaba a la otra mujer hablar de su derecho al cerdo, que se había apresurado a matar y que ya se estaba comiendo. Era una rabia que no contenía la amargura ni el dolor causados por delitos en los que ella no había tenido arte ni parte.

Mientras escuchaba a Alexander preguntarle a la mujer por qué se había dado tanta prisa en hacer matar al cerdo, se colocó las dos manos en el abdomen. Había pensado mantener oculto su estado, pero ganó el sentido común; no era algo que se pudiera ocultar mucho tiempo. Entonces comenzó a inquietarse por la reacción que tendría él, hacia ella y hacia el hijo. Detestaba la incertidumbre, esa incapacidad para adivinar su reacción a pesar de todas las semanas de intimidad que habían mantenido. Eso era la prueba de que, al menos por parte de él, esa intimidad que compartían no le tocaba el corazón. Eso le dolía, y pese a su intención de aceptarlo tal como era, se le estaba haciendo difícil desentenderse.

El juicio de Alexander acerca de la propiedad del cerdo le atrajo la atención, y le alegró poder estar de acuerdo con él. Estaba claro que la mujer que se dio tanta prisa en hacer matar al cerdo era la culpable de robarlo. Puesto que la dueña del cerdo lo tenía reservado para tener alimento en invierno, le pareció que el castigo a la ladrona debería haber sido más duro. Al fin y al cabo, la otra le había robado el alimento a una viuda con cinco hijos. Sin embargo, Alexander ordenó a la ladrona que reemplazara el cerdo robado por otro de igual tamaño, devolviera lo que quedaba del cerdo matado, y contribuyera al aprovisionamiento de la víctima con un saco de avena molida. Por la expresión que vio en la cara de la culpable cuando las dos mujeres se marcharon, supuso que habría muchas más peleas entre las dos.

Después de pasados sus buenos diez minutos, ya no entró nadie a hablar con Alexander, y por fin se encontró con sus ojos, mirándola fijamente.

—¿Tienes alguna queja, señora Ailis? —le preguntó él, curvando los labios en una leve sonrisa.

—Más de las que podrías tratar aquí, milaird.

Él se rió y miró a Angus, que estaba sentado a su derecha:

—Me tomaré un descanso para la comida de mediodía. Si alguien desea verme, dile que vuelva dentro de una hora o espere si quiere. Ordena a un paje que traiga vino fresco, pan, queso y un poco de fruta. —Miró a Ailis—. ¿Será suficiente eso para ti? Te perdiste la comida de la mañana otra vez.

Ailis asintió, miró hacia Angus y esperó a que saliera para volver a mirar a Alexander.

—Lamento haber dormido hasta tarde otra vez.

Él le hizo un gesto indicándole que fuera a reunirse con él en la mesa principal, mientras entraban otros en la sala a servirse una ligera comida de medio día.

—Tal vez has trabajado mucho y estás cansada.

—Tal vez.

No dijo nada más mientras iba a sentarse a su lado en la mesa y les ponían la comida delante. La sala estaba medio llena de gente. Pero nadie los molestaría. Tampoco había nadie lo bastante cerca para oír lo que fuera que decidiera decirle. De todos modos se sintió incómoda, pues no sería como hablar a solas con él. Cuando comenzó a comer cayó en la cuenta de que habría pocas oportunidades para estar a solas con él hasta que se fueran a acostar, y Kate tenía razón al decir que ese sería un mal momento para darle la noticia a Alexander.

Alexander la miró atentamente mientras servía vino en las copas de los dos.

—Estás algo paliducha. ¿No habrás cogido un enfriamiento?

—No, un enfriamiento no.

Un enfriamiento se puede curar, pensó, y al instante le pidió perdón a su hijo en silencio por ese posible insulto.

Alexander le tocó suavemente la cara buscando algún signo de fiebre, y ella lo miró sorprendida. En sus ojos vio algo de esa ternura, esa preocupación por ella que tanto había deseado ver. Pensó que sólo conseguiría eso de él si parecía enferma. Pero no podría y no quería hacerse la inválida el resto de su vida.

—No tienes la piel caliente. No hay ningún signo de fiebre —dijo él, y la miró ceñudo—. Pero no tienes buen aspecto.

—Gracias. Tú estás particularmente guapo esta mañana. —Notó lo aguda y dura que le salió la voz, así que hizo una inspiración para calmarse; ese no era el momento para pelear—. Estaré mejor tan pronto haya comido.

—Si es falta de comida lo que sufres, no deberías dormir hasta tan tarde.

Ailis decidió que era mejor sacar el tema inmediatamente, antes de que él hiciera más comentarios irritantes o se presentara otra cosa; no podía permitirse más dilación. Lógicamente, no quería que él adivinara que estaba embarazada antes que ella pudiera decírselo. Lo único peor sería que otra persona se diera cuenta de su estado y se lo dijera. Hizo una honda inspiración, y se inclinó hacia él pensando ociosamente cómo podía estar tan atractivo comiendo un trozo de pan.

—Estoy pálida y duermo hasta tarde porque estoy embarazada —dijo, enderezó la espalda y esperó su reacción.

La primera expresión que vio en su cara le dio ciertas esperanzas. Fue fugaz, pero de alegría. Pero entonces se puso nerviosa porque la siguiente que le pasó por la cara reflejaba emociones más negras.

—¿De quién? —preguntó él entonces, con voz fría y dura.

No podría haber dicho nada que la hubiera insultado más, concluyó ella. Pensó si él se habría dado cuenta, y si precisamente por eso había dicho algo tan cruel. Entonces se levantó y, poniendo toda su furia y frustración en el movimiento del brazo, le enterró el puño en la mandíbula. Con el puñetazo Alexander cayó de lado en el asiento y se interrumpieron todas las conversaciones. Mientras él maldecía y recuperaba su posición sentado, ella salió de la sala, saludó apenas con un gesto a Barra y a los niños que en ese momento estaban entrando, y rápidamente se fue a coger su capa, salió y comenzó a pasearse por el patio, con la esperanza de que el cortante aire frío le enfriara la furia.

Alexander miró furioso a todos los presentes en la sala, al tiempo que se ponía una servilleta de lino en el labio ensangrentado. Al instante, dejaron de mirarlo boquiabiertos, pero él sabía que no había sofocado del todo su curiosidad. Seguía mascullando maldiciones contra Ailis y casi había restañado la hemorragia cuando miró al frente y en el otro lado de la mesa vio que Barra, los gemelos y Sibeal lo estaban mirando con una mezcla de disgusto y asombro.

—¿Qué miráis? —les ladró.

—A un tonto, creo —contestó Barra. Después de decirle a los niños que fueran a sentarse con Jaime y Kate en el rincón más alejado de la sala, rodeó la mesa y se sentó al lado de su hermano—. ¿Qué has hecho ahora? Estas últimas semanas han sido, si no perfectas, por lo menos tranquilas. Habías dejado de mostrarte tan odioso.

—Eso fue lo que exigió ella como precio para volver a mi cama. No más comentarios crueles e insultantes durante el día.

Barra desenvainó su daga para comer y cortó un trozo de pan.

—Ah, y acabas de faltar al acuerdo.

—Me ha dicho que está embarazada.

Lo alivió un tanto ver que Barra se tensaba y palidecía ligeramente, porque eso indicaba que no era él único al que habían cogido totalmente por sorpresa.

—Te dice que va a tener un hijo tuyo y luego te da un puñetazo. Es una extraña manera de comportarse, lo que me lleva a repetir mi pregunta, ¿qué has hecho ahora?

—Tal vez simplemente ha sido su manera de agradecérmelo —dijo Alexander arrastrando la voz, burlón.

—Muy gracioso. No, le has dicho algo, y lo único que se me ocurre que pudiera incitar esa furia es un insulto que me hace estremecer. Espero que no sea lo que pienso.

—Le pregunté «¿de quién?».

—¡Luengas barbas de Dios, Alex! Antes tenías un lenguaje tan dulce con las muchachas. ¿No te queda ni un resto de esa habilidad? ¿No te queda ningún resto de simple cortesía? ¿Qué te ha hecho esa muchacha que sientes ese impulso tan fuerte de herirla en lo más profundo? Tiene su orgullo y se lo has lastimado gravemente. Sí, una y otra vez.

—Ha sido una pregunta justa.

—No, no lo ha sido y lo sabes.

—Estuvo varias semanas fuera de mi cama, libre y al alcance de otros hombres.

Barra soltó una grosera palabrota.

—Estuvo fuera de tu cama, pero jamás libre, y bien que lo sabes. No hay ni un solo hombre dentro de las murallas de Rathmor que se hubiera atrevido a tocarla. No, desde la primera vez que te acostaste con ella y la retuviste en tu cama toda la noche. El hijo que lleva es tuyo, hermano, y los dos lo sabemos. La pregunta que debes contestar ahora es, ¿qué vas a hacer al respecto? ¿Vas a cumplir con tu deber, atender a tus responsabilides o seguir actuando como un cruel canalla?

Alexander decidió que se estaba hartando de la lengua afilada y hábil de su hermano que ahora estaba siempre sobrio.

—Pareces resuelto a olvidar qué es Ailis.

—No, hermano, eres tú el que lo olvida.

—Es una MacFarlane —siseó Alexander, dando un puñetazo en la mesa.

—Es una muchacha joven que, ahora lo sé, se ha esforzado en llegar a la madurez a pesar de mucha indiferencia, en el mejor de los casos, y fría crueldad, en el peor, más de lo segundo que de lo primero. No tiene nada que ver con los crímenes de su tío. Por lo tanto, lo único honroso para ti es casarte con ella.

Con absoluta calma miró la expresión pasmada de Alexander.

—Puede que hayas dejado de beber tanto, pero creo que sigues teniendo el cerebro empapado. ¿Estás totalmente loco? ¿Yo casarme con una MacFarlane? ¿Con la sobrina y heredera de Colin?

—Con la muchacha inocente que ahora lleva el creciente peso de tu simiente.

—La sobriedad te ha vuelto fastidiosamente pío.

Barra aún no había abierto la boca para contestar cuando Alexander ya se había levantado del asiento para salir de la sala. No necesitaba que su hermano menor le dijera cuál era su deber ni qué le exigía el honor. Cogió su capa y salió en busca de Ailis. Había sido cruel y ella no se lo merecía. La conmoción le desvió el pensamiento, le reavivó toda su desconfianza y rabia, y la atacó a ciegas. Sólo había un hombre que podía haber sembrado un hijo en el vientre de Ailis MacFarlane, y ese era él.

Cuando la vio caminando al pie de la muralla occidental echó a andar a toda prisa hacia ella. La chica mantenía un andar firme, enérgico, pensó, y tuvo que pararse en seco cuando, al llegar a una yarda de distancia, ella se giró bruscamente a mirarlo furiosa. Se agachó a coger un puñado de gravilla y procedió a acribillarlo con los guijarros.

Amparándose tras su gruesa capa a modo de escudo, él continuó avanzando lentamente.

—¡No te me acerques! —gritó ella. Retrocediendo un poco, se agachó a recoger otro puñado de gravilla y continuó arrojándole piedrecillas—. Te dije que no tendría nada que ver contigo si no puedes ser por lo menos cortés. Has distado mucho de serlo hace un momento, así que se ha acabado. Vete, aléjate de mí, guaperas, grosero, insensible y lujurioso saco de maldad.

Él soltó una maldición y se detuvo a limpiarse la sangre de la mejilla que acababa de arañarle un guijarro.

—¿Vas a acabar? —dijo entonces—. He venido a hablar contigo. Puedes por lo menos escucharme.

—¿Para qué? ¿Para que me escupas más veneno? Creo que no. —Se agachó a recoger más piedras y él aprovechó para abalanzarse sobre ella y cogerla en los brazos—. ¡Bruto! Estoy harta de que me agarres así.

Teniendo buen cuidado de no hacerle daño, él la tendió en el suelo y se echó encima.

—Y yo estoy harto de que me apedrees. Ahora debes oír lo que tengo que decir.

—No. Si no temiera que me cayeras encima te escupiría a la cara, cerdo cachondo sin corazón.

Aun sabiendo que no llegaría muy lejos, se retorció debajo de él intentando liberarse.

—¡Quédate quieta! —rugió él, y maldijo exasperado cuando ella se quedó quieta, pero mirándolo furiosa y con los labios bien apretados—. No debería haberte dicho lo que te dije. Fue una acusación sin fundamento.

—Si eso es una disculpa, es muy mala.

—No puedes darle esa noticia tan de repente a un hombre y esperar que actúe con cordura.

—Esta disculpa es peor aún. Quítate de encima, que pesas mucho.

Recordando su estado, él se apresuró a quitarse de encima, pero se sentó a su lado, listo para cogerla si intentaba huir.

—Hice mal al hablarte así, pero tú podrías haber refrenado tu mal genio.

Ailis estuvo a punto de echarse a reír, pero simplemente se sentó, se sacudió el polvo del corpiño y se alisó un poco el pelo. Estaba claro que para él las palabras «perdona» o «lo siento» eran un bocado que no toleraba. No sabía si deseaba escuchar su explicación de por qué consideraba mal haberla insultado tan groseramente. Igual la enfurecía más. Lo que deseaba era decirle que se apartara y se mantuviera lejos de ella, pero tanto su corazón como su cabeza le daban un montón de motivos para resistirse a ese deseo con todas sus fuerzas. Él se tenía bien merecido ese trato, pero, aunque no fuera más que por eso, ella tenía que tomar en cuenta al hijo que llevaba en el vientre. Tendría que transigir con su honor, otra vez. Ya se estaba hartando de ser siempre la que transigía, la que siempre cedía y trataba de ser comprensiva.

—Te merecías más de lo que te he dado —ladró—. Si fuera hombre lucharía contigo a muerte por ese insulto. La verdad es que enterrarte una daga tiene un gran atractivo para mí en este momento.

Él la cogió por los hombros y la remeció suavemente.

—¿Podrías dejar de lado tu ira un momento para que podamos hablar? Sí, ha estado mal lo que te he dicho, pero es que me he quedado pasmado por tu noticia. Pensaba que había tenido buen cuidado de no dejarte embarazada.

—Sí, a excepción de esa noche junto a la muralla, cuando la lujuria fue más fuerte que mi buen juicio y que tu buen cuidado. —Al ver que él comenzaba a sonreír, le golpeó el brazo—. Sólo un hombre podría encontrar algo para enorgullecerse en eso.

Alexander intentó disimular su diversión, comprendiendo que ese no era buen momento para dejarla ver.

—¿Estás segura de que fue entonces cuando ocurrió?

—Nunca se puede estar segura, pero en mi corazón me siento segura de que la concepción tuvo lugar esa noche.

—Entonces debemos casarnos.

—¿Casarnos? Pero si sólo hace un rato me has acusado de levantar mis faldas ante todos los hombres sin excepción, poniendo en grave duda quién es el padre de mi hijo. ¿Y ahora quieres casarte conmigo? El cerebro te funciona lamentablemente mal, mi fino señor.

Diciendo eso se levantó y comenzó a pasarse las manos por la ropa, limpiándosela.

Alexander también se puso de pie y la observó atentamente. Había reconocido su falta y, tomando en cuenta que ella era una prisionera en Rathmor, consideraba que eso era más que suficiente. En su corazón sabía que ella se merecía mucho más y que deseaba darle mucho más, pero no podía. Y ese hijo que ahora venía en camino le recordaba lo mucho que podría sufrir si no mantenía una cierta distancia. No debía dejarse ablandar, debilitar, porque eso podría destrozarlo muy fácilmente.

—Me funciona muy bien el cerebro, Ailis —dijo—. Nos casaremos tan pronto como logre encontrar un sacerdote. Sabes mejor que la mayoría lo mucho que se puede hacer sufrir a un hijo bastardo con malos tratos. El que hemos creado será legítimo. Puede que mi hijo tenga que llevar sangre MacFarlane, pero por todo lo que es más sagrado no llevará ese maldito apellido.

Acto seguido se dio media vuelta y se alejó, dejando a Ailis mirándolo boquiabierta. Le arrojó un último guijarro, pero erró el tiro. No sólo no le había dado una verdadera disculpa sino que, encima, con esas últimas palabras había vuelto a insultarla. Cerró los ojos e hizo varias respiraciones lentas para serenarse. Era el momento de hacer frente a ciertas verdades crudas y duras, y enfurecerse con un canalla no le serviría de nada. Necesitaba recurrir a una lógica normal, de sangre fría, no emotiva.

La primera realidad que debía afrontar era que estaba embarazada de un hijo de Alexander MacDubh. Eso limitaba muchísimo sus opciones. Alexander seguía sin ablandarse ante ella aun cuando continuaba con su ardiente y tierna pasión. Siempre estaba la posibilidad de que no se ablandara nunca, de que sus heridas y sufrimientos del pasado fueran tan profundos que no pudiera volver a sentir nunca más. Era posible que su dolor fuera tan absoluto que ninguna cantidad de afecto, amor y compasión se lo sanara jamás. Sin embargo, acababa de decir que se casaría con ella, y sus únicas alternativas a eso era huir y ser la madre pobre de un hijo bastardo, lo que significaría llevar una vida que sin duda sería un infierno insoportable, o volver a Leargan y casarse con Donald, lo que de ninguna manera sería mejor sino, probablemente, muchísimo peor. Eso la dejaba con Alexander, el hombre capaz de calentarle las entrañas con sólo una mirada o de helarle el corazón con una palabra hiriente.

—No hay otra opción —masculló, echando a andar hacia la torre para subir a su dormitorio—. Tiene que ser Alexander. La verdad es que no deseo a ningún otro hombre a pesar de la triste realidad de que no tengo a este. Él no golpeará ni maltratará a nuestro hijo. Qué lamentable es que la vida sólo le ofrezca estas opciones a una muchacha. Donald sería peor opción, así que aceptaré a Alexander y rezaré pidiendo que sea lo mejor.

Su idea era decirle formalmente que aceptaría su proposición. Claro que había sido una orden, pero decidió no hacer caso de eso, aunque sólo fuera para hacerle ver su arrogancia. Pero no vio señales de él, ni dentro de la torre, ni en el patio ni en sus muchos cobertizos y cabañas. Cuando finalmente vio a Angus saliendo del establo, enderezó los hombros y echó a caminar hacia él, resuelta a no permitirle que se anduviera con evasivas.

Cuando llegó hasta él le cogió la manga del jubón, obligándolo a detenerse y mirarla.

—¿Dónde está Alexander?

—Ah, ¿no está contigo? —dijo él, y al ver su expresión de disgusto hizo un mal gesto y se ruborizó.

—¿Acaso lo ves? Tal vez me lo he metido en uno de los bolsillos de mi capa y luego me he olvidado.

—Basta. Ha salido de Rathmor.

—¿Salido de Rathmor? —De repente su rabia le pareció una insignificancia, al recordar todos los peligros que acechaban a Alexander fuera de las murallas de su castillo—. ¿No corre peligro al salir de Rathmor? ¿De mis parientes o de algún otro enemigo?

Angus se pasó una sucia mano por el áspero mentón, dejándose una mancha.

—No estaba de humor para oír consejos ni advertencias. Fue al camposanto. Sabes a cuál. Queda en medio de un grupo de árboles al oeste de Rathmor.

—Sí, sé cuál es. Ha ido a visitar a Elizbet.

—O sea, que te ha hablado de su hija.

—No, nunca. Fue Barra quien me habló de ella. Me dijo que murió con su segunda esposa. He averiguado algo más de la historia, pero sé muy poco. En cierto modo la segunda lady de Rathmor causó la muerte de Elizbet.

—Ah, sí, esa esposa del diablo lo hizo. La asesinó.

—¿Asesinó a la niña? —exclamó Ailis, recordando que eso era lo que siempre se insinuaba, pero a ella le resultaba difícil creerlo.

—Bueno, no le enterró su puñal en el corazón a la niña ni nada parecido, pero lo que hizo fue asesinato de todos modos. Sí, la segunda lady de Rathmor tenía en ella el espíritu de Satán, y ese día se desató en ella. No hubo manera de impedírselo. Montó a la niña en el lomo de un semental medio salvaje y ella lo hizo en un animal que no era mucho más manso. Y salió a todo galope, pasando por los campos y páramos y por la orilla de los acantilados donde encontramos a esos cachorritos hace unas semanas.

—Ooh, María bendita, no me digas que cayeron al río desde la Punta de los Paganos.

—No, pero fue no muy lejos de ahí. Las seguimos pero no hubo manera de darles alcance. Cuando el semental en que iba la pobre Elizbet aminoraba el paso, lady MacDubh lo fustigaba para que reanudara el enloquecido galope. Oíamos llorar de miedo a la pobre niña, mientras lady MacDubh se reía. Alexander ya veía cómo acabaría la loca persecución, pero todos intentamos burlar al destino. No sirvió de nada. Cuando Alexander se estaba acercando, lady MacDubh se rió a carcajadas y azotó al semental al que iba aferrada la niña, obligándolo a saltar por el borde del acantilado, a la vez que esa diabólica mujer hizo saltar al suyo detrás. No paró de reírse en toda la caída hasta que murió. Si no las hubiera matado la caída las habría matado el agua, que era muy honda en esa parte. Nunca encontramos a ese semental.

—Es casi más de lo que puedo creer. No me habrás contado esa historia para inspirarme compasión y disminuir mi furia contra Alexander, ¿verdad?

Angus la miró con una expresión que revelaba a las claras que se sentía ofendido.

—No, milady. Es una historia engendrada por la locura.

—Sí que lo es, por supuesto. No ha sido mi intención insultarte. Simplemente no deseo creer que Alexander haya sufrido una tragedia tan atroz. —Sintió el peso de la desesperanza, pero lo combatió—. ¿Cuándo ocurrió eso?

—Hoy se cumplen dos años. Sí, fue un día despejado, pero amargo, tal como este.

—Y yo voy y elijo este día para darle mi noticia —musitó ella, moviendo la cabeza.

—El cuándo de una noticia como esa no cambia nada, milady —dijo él, revelándole que su embarazo ya no era un secreto—. No quería tener más hijos, por miedo a perder otro. Pero ya es hora de que el muchacho comprenda que no puede continuar retozando entre las sábanas sin que alguna semilla eche raíz.

Sonrió levemente al ver que ella se ruborizaba.

—Muy cierto. Explícame donde está ese camposanto.

—Está fuera de las murallas de Rathmor, milady. Tienes prohibido salir de este patio. Podrías intentar huir.

—Angus, soy una muchacha MacFarlane embarazada de un hijo MacDubh. ¿De verdad crees que desearía volver a la casa de mis parientes?

Él le sostuvo la mirada durante un minuto completo y finalmente llegó a una decisión.

—No, claro que no lo desearías. Tu destino está ligado al nuestro.

—Irreparablemente.

—Sal por esta puerta y sigue el sendero hacia el oeste hasta que se interne en el bosque. Sólo es una capillita de piedra, y la tumba de la pobre Elizbet está justo detrás.

—¿Y crees que Alexander no corre peligro estando ahí?

Angus se encogió de hombros.

—Como he dicho, no ha habido manera de disuadirlo. Sabemos que tus parientes nos observan, y se habla de un rescate ofrecido por ti, o por el señor. Estamos vigilantes, pero no es mucho más lo que se puede hacer. He enviado a unos cuantos hombres a seguirlo, y les he dicho que se mantuvieran fuera de su vista, pero que estuvieran alertas ante cualquier peligro.

—¿Crees que esos hombres intentarán obligarme a regresar? No sabrán que tú me has dicho que podía salir de Rathmor.

—Mientras camines derecha hacia el señor y te quedes con él no intentarán detenerte.

Ailis emprendió la marcha hacia el camposanto y con cada paso que daba dudaba de la cordura de seguir a Alexander. Él podría enfurecerse con ella por inmiscuirse en ese momento de intimidad. El pensamiento la inquietaba, pero continuó. El instinto le decía que fuera a encontrarse con él. Maldiciendo para sus adentros, rogó que su instinto le dijera qué debía hacer cuando llegara ahí.

Cuando lo vio se le desgarró el corazón y comprendió que soportaría más frialdad e incluso más insultos si con eso lograba llegar a él. Estaba arrodillado ante una pequeña lápida de piedra, sobre la hierba amarronada salpicada por ramitas de lavanda seca. Tenía la cabeza gacha y las manos fuertemente entrelazadas apoyadas en los muslos. La brisa fría pero suave le agitaba sus abundantes cabellos dorados. Al acercarse, él se tensó y se giró a mirarla, al tiempo que se incorporaba ágilmente.

—¿No te ha acompañado nadie? ¿Te han dejado salir de Rathmor así como así?

—Sí. ¿Adónde podría ir? ¿A la casa de Donald para que descargue en mí su furia? ¿O tal vez a la casa de mi tío para que pueda decirme lo mucho que lo he deshonrado?

—¿Quieres decir que ya no intentarás marcharte?

—¿Qué provecho sacaría? —Miró la lápida, en la que estaban grabadas unas sencillas ramitas de lavanda, el nombre Elizbet, y debajo: «La amadísima hija de Alexander, angelito cuyo recuerdo estará siempre en el corazón de su padre»—. Tu hija.

—Sí. Así que sabes de ella.

—Para eso no ha hecho falta mucha habilidad ni astucia. No es un secreto.

—No. —Con el pie movió una ramita de lavanda seca—. Le encantaba el olor de la lavanda.

—Es muy agradable, ni demasiado dulzón ni demasiado fuerte. —Guardó silencio, buscando las palabras—. No es mi intención reemplazarla —dijo al fin en voz baja, y no se amilanó ante la fija mirada de él.

—No podrías.

—Lo sé.

—¿Lo sabes? ¿Puede una persona entender lo que se siente al enterrar a una hija, a menos que haya enterrado uno ella?

—No, probablemente no y, si Dios quiere —se colocó las manos sobre el vientre—, espero no saber jamás lo que se siente.

Alexander bajó la mirada a sus manos, se las cubrió con una suya y la miró a los ojos. En ese emocionante instante ella supo que estaban totalmente de acuerdo. Le pareció que se tocaban de un modo muy personal, profundo, y por primera vez experimentó un sabor a verdadera esperanza. Rogó que no fuera falsa.

Capítulo 10

*P*or qué no podemos ir? Jaime irá —protestó Manus con voz quejumbrosa, y Rath asintió.

—Nos portaremos muy, muy bien —prometió Sibeal.

—Seguro que sí, pero debéis quedaros aquí —dijo Alexander, en tono firme, ayudando a montar a Ailis.

Ésta miró a sus tres sobrinitos. Estaban muertos de ganas de salir del encierro de Rathmor, y ella deseaba terriblemente complacerlos, pero también sabía que Alexander tenía razón al dejarlos en el castillo. Dudaba de la sensatez de hacer ese viaje, pero él estaba resuelto. Dijo que los casaría un sacerdote y el mismo día en que ella le anunció su embarazo envió a varios jinetes a buscar uno. Después de una semana de averiguaciones finalmente localizaron a uno, pero este se había fracturado un pie en un extraño accidente y por lo tanto ahora tenían que ir ellos en su búsqueda. El viaje le producía malos presentimientos, pero Alexander no estaba de humor para hacerle caso.

—Deseo ir, tía, de verdad, de verdad —dijo Sibeal.

—Lo sé, cariño, pero debo decir no. No olvides que hay personas que quieren llevarte lejos de tu padre. —Le sonrió a Barra, que en ese momento se colocó detrás de sus hijos—. Estoy segura de que cuando por fin pase el peligro, te dejará correr por donde quieras.

Sibeal se cogió de la mano a su padre y la miró.

—Cuidado con los pollos —dijo.

Ailis se estaba acostumbrando poco a poco a las cosas raras que decía Sibeal, pero eso le pareció especialmente raro.

—¿Qué has dicho, cariño?

—Sólo que tengas cuidado con los pollos.

—Ah, sí que lo tendré —dijo ella, y miró a Alexander—. ¿Nos ponemos en marcha?

Los hombres reunidos en el patio estaban mirando recelosos a la pequeña Sibeal, así que ella decidió que lo mejor era por lo menos manifestar su acuerdo con lo que fuera que dijera la niña; no le gustaba nada la atención que atraía su insólito don. Aunque no entendió qué quiso decir Sibeal, prefirió no continuar ahí en el patio hablando con ella habiendo tantas personas escuchando.

Pero estaba preocupada cuando agitó la mano despidiéndose de los niños y salió cabalgando de Rathmor con el pequeño grupo. Sibeal tenía en su dulce carita esa expresión solemne, seria, que a ella siempre la ponía nerviosa. La niña había intentado advertirla de algo, estaba claro que había tenido una premonición. En silencio juró que estaría vigilante.

El grupo que cabalgaría las diez millas hasta la pequeña aldea donde estaba el sacerdote recuperándose de su lesión sólo lo componían seis personas aparte de ella. Dudaba que Alexander, Jaime, Angus y los tres soldados fueran protección suficiente. Las advertencias de Sibeal podían ser sobre cosas muy simples, pero también podían ir sobre incidentes o acontecimientos más importantes con malas consecuencias. Habían decidido que el grupo fuera pequeño para evitar llamar la atención y también para favorecer la movilidad en el caso de que tuvieran que huir a toda velocidad de vuelta a la seguridad de Rathmor. Además, a siete personas les sería mucho más fácil huir y esconderse que a veinte o más. Ella entendía y estaba de acuerdo con todo eso, pero comenzaba a desear poder convencer a Alexander de que esperaran en Rathmor hasta que el sacerdote se hubiera recuperado y pudiera ir él al castillo. Pero la advertencia de una niñita de cinco años no bastaría para conseguir eso.

Alexander puso su caballo al lado del de ella y estuvo un largo rato observándola, hasta que al fin dijo:

—Pareces preocupada.

—Los dos tenemos enemigos.

—Yo tengo enemigos. Tú tienes a tus parientes y a tu prometido.

—Que actuarán igual que enemigos si me cogen. Sí, y en especial si adivinan que estoy embarazada de ti. Me estremece pensar cómo se tomará Donald esa noticia, y prefiero no estar con él cuando se entere de todo esto.

—¿Por eso has decidido casarte conmigo?

—Ah, sí, como tenía tantas buenas opciones —masculló ella, y luego asintió—. Sí, fue parte del motivo de que aceptara tu proposición. —Correspondió su mirada irónica con una dulce sonrisa, casi retándolo a negar que hubiera sido una proposición—. Por lo menos tú no descargarás tu furia sobre un niño pequeño, por rápido que seas en culpar a un inocente.

—Eres inocente, ¿eh?

—¿Y bien? ¿Qué te he hecho aparte de haber nacido MacFarlane? Y te desafío a demostrarme cómo se me puede culpar de eso.

Sabía que él no haría caso del desafío, tal como cada vez que ella se lo hacía, pero fue interesante ver un brillo de humor en sus ojos, porque eso sí era nuevo. Por desgracia, también fue muy fugaz.

—¿Qué ha querido decir Sibeal cuando te ha dicho que debías tener cuidado con los pollos? —preguntó entonces él; por la expresión de su cara vio que ella entendía por qué había cambiado tan bruscamente el tema, pero su percepción ya lo irritaba cada vez menos—. ¿La niña le tiene miedo a los pollos?

—No, no se refería a un miedo que tenga ella. Era una advertencia para mí.

—¿Sobre pollos?

Ailis deseó de todo corazón que él hubiera dirigido la conversación a cualquier tema que no fueran las palabras de despedida de Sibeal. No se sentía cómoda con las premoniciones de la niña; estaba claro que a él le desagradaban o inquietaban, y que pondría en duda cualquier cosa que diera a entender que la niña las tenía. No era una conversación que deseara tener. Su mejor conocimiento de los dones de Sibeal la impulsarían a defenderla y estaba segura de que eso lo irritaría.

—Sí, sobre pollos —gruñó.

—¿Qué puede creer que podrían hacerte unos pollos?

—Los pollos no me harán nada. —Hizo una honda inspiración, preparándose para decir cosas que sin duda lo molestarían—. Habrá algo acerca de pollos que me avisará que hay un peligro cerca. Veré pollos o los oiré piar, o alguna persona hablará de pollos. Vamos, podría ser que se presente el peligro cuando esté comiendo pollo.

—Ah, ¿o sea que deberás estar alerta cada vez que oigas, veas, huelas o incluso comas un bocado de pollo? ¿Lo he entendido bien?

Ailis pasó por alto el sarcasmo.

—Sí, es algo acerca de un pollo a lo que debo prestar atención.

—Puesto que todos los campesinos pobres desde aquí hasta Londres tienen uno o dos pollos, encuentro desacertada esa advertencia.

—La muchacha sólo tiene cinco años. Todavía no ha aprendido a hablar con precisión. Además, no he tenido tiempo de preguntarle nada más. No quería hablar mucho sobre eso habiendo tantas personas escuchando alrededor.

—Esa cautela ha estado de más. En todo Rathmor se comenta esto en susurros.

Movió la cabeza, irritado por la rapidez con que se había propagado la historia y porque nada de lo que había intentado para acabar con eso le había dado resultado.

Eso era exactamente lo que no deseaba oír Ailis, y soltó una palabrota.

—Bueno, si tenemos el cuidado de mantener en secreto sus momentos de visión, no tardarán en cesar las habladurías. La gente lo olvidará pronto, más o menos.

—¿De veras lo crees?

—Deseo y espero que sea eso lo que ocurra. Sería mejor y más seguro para la pequeña Sibeal, y eso es lo que importa.

—Entonces tal vez deberías dejar de alimentar las fantasías de la niña, dejar de tratarlas como si fueran cosas reales.

Ailis suspiró y movió la cabeza. Podía armarse de paciencia ante la actitud de Alexander porque la comprendía; ella también había intentado encontrar razones en contra de la verdad. Pero su comprensión ya estaba sobrepasando sus límites. Lo que debería hacer es callarse y observar a Sibeal, escucharla, y luego decidir, sin recurrir a esas constantes discusiones. Era como si deseara obligarla a estar de acuerdo en que todo eso eran tonterías, y tendría que saber que ella no estaba dispuesta a hacerlo.

—No paras de discutir conmigo sobre este tema —dijo—, y yo no tengo el menor deseo de hacerlo. Sibeal es lo que es. No sé explicar su don y no lo voy a negar. Si tienes problemas para aceptarlo, debes resolverlo tú mismo.

—No puedes esperar que un hombre reaccione bien o con pavor a una advertencia sobre pollos.

—No, pero mejorará. Aprenderá a explicar lo que ha visto, para hacer advertencias más exactas.

—Aprenderá, ¿eh? Lo que hará será conseguir que la maten.

Fue tal la intensidad con que dijo eso que ella se giró a mirarlo un tanto sorprendida. Vio en él esa expresión de desagrado e incluso de miedo que percibió en el instante mismo en que le dijo lo del don de Sibeal, pero había algo más. Estaba preocupadísimo por ella. Era posible que continuara combatiendo la verdad durante mucho tiempo más, pero sabía lo que muchos otros creían y creerían, y comprendía lo que podría ocurrir.

—No —dijo—, debemos encargarnos de que aprenda lo necesario para impedir que eso pase. Y creo que no hay que apresurarse tanto en descartar todo lo que dice. Tal vez no tenga la visión; tal vez sólo vea y oiga indicios o indicaciones que nosotros no vemos ni oímos. Tal vez sólo interpreta señales o signos mucho mejor que la mayoría de la gente. Sea como sea, hasta ahora no se ha equivocado, ni en presentir el peligro ni en adivinar la naturaleza de las personas.

Pasado un momento, Alexander asintió. Que la niña tuviera un verdadero don para interpretar signos o conversaciones extrañas que oyera era algo que él podía creer. Eso era mucho más aceptable que el hecho de que su sobrina fuera adivina o vidente, tuviera visiones, sueños y premoniciones. También era mucho menos peligroso para todos. Deseó poder creerlo de verdad, pero se daba cuenta de que ya había comenzado a dar crédito a lo que se decía sobre el don de Sibeal.

—¿Crees, entonces, que deberíamos proceder con más precaución? —preguntó.

—Hemos tomado todas las precauciones posibles. La única manera de ser más precavidos sería regresar a Rathmor y quedarnos ahí.

—No, continuaremos el viaje para encontrarnos con el sacerdote.

Ailis asintió, pero en silencio maldijo la naturaleza obstinada de Alexander. Si fuera el amor lo que lo impulsaba tal vez ella se inclinaría menos a reprobarlo, pero a él sólo lo impulsaban el deber y el honor. Había ocasiones en que era inmensa la tentación de recomendarle que dejara su deber y su honor en un rincón muy oscuro y desagradable, pero siempre se tragaba las palabras. Era bueno que un hombre poseyera ambas cosas. Sólo deseaba que esta vez no estuvieran tan liados con su matrimonio.

Continuó batallando con la tentación de negarse a casarse con él; sería interesante ver qué haría él. Su principal temor era que nunca pudiera llegar a su corazón tan bien guardado dentro de una armadura. No era mucho lo que pedía, sólo un poco de ternura, de afecto, pero sólo muy de tarde en tarde veía atisbos de esos sentimientos en él. Y tenía tan enredados sus sentimientos y emociones que no sabía si podía fiarse de su juicio respecto a esos ocasionales atisbos. De todos modos, el simple sentido común le impedía echarse atrás.

Necesitaba un marido y, con todos sus defectos, el señor de Rathmor no la golpearía, sería un buen padre y un buen proveedor. Habiendo enfrentado la perspectiva de casarse con Donald MacCordy veía el valor de esos pequeños beneficios.

—¿Alexander? —Cuando él la miró hizo una honda inspiración y preguntó—: Una vez que hayamos hecho las promesas delante de este sacerdote yo seré una MacDubh. ¿Bastará eso para que dejes de culparme por ser una MacFarlane?

—Siempre correrá sangre MacFarlane por tus venas.

Acto seguido adelantó a su caballo y fue a situarse a la cabeza del pequeño grupo. Ailis masculló una palabrota; al parecer ese hombre sentía un perverso placer en herirla, aunque siempre rogaba que él no se diera cuenta del éxito que tenía. Se esforzó en ocultar su pena.

Entonces miró enfurruñada su ancha espalda, repitiendo mentalmente su respuesta. Pegó un salto al caer en la cuenta de que él no le había contestado. Su respuesta fue simplemente la recitación de un hecho. Pensándolo bien, él nunca le había dicho si la culpaba o no de los crímenes cometidos por personas de esa sangre, sino sólo de que tenía esos parientes. Lo pensó una y otra vez, llegando a la misma conclusión: no le había contestado. Eso la enfureció. Tuvo que dominar la tentación de ir a ponerse a su lado y repetirle la pregunta hasta obtener una verdadera respuesta. Lo que haría, decidió, sería escuchar con más atención y no ser tan rápida en sentirse insultada con sus palabras. Sospechó que igual podría descubrir otra estratagema de él para mantenerla a cierta distancia.

—¿Y bien? ¿Dónde está el sacerdote? —preguntó Ailis, cuando Alexander y Angus volvieron al lugar en las afueras de una aldea donde ella esperaba con el resto del grupo.

—En la taberna —contestó Alexander, frenando el caballo al lado del suyo.

—¿En la taberna? Extraño lugar para que un sacerdote espere a un grupo para celebrar una boda. Sobre todo habiendo una bonita iglesita a mano —añadió, apuntando hacia la pequeña capilla de piedra que se alzaba a la derecha de ellos.

—Fue en la taberna donde se fracturó el pie. Se cayó cuando estaba saliendo de ahí una noche.

—Ah, no, no. ¿Quieres decir que el hombre empina el codo?

Alexander hizo un mal gesto.

—¿Empina el codo? Prácticamente se baña en cerveza. De todos modos, está lo bastante sobrio como para ayudarnos a pronunciar nuestros votos.

Ailis exhaló un suspiro y al instante frunció el ceño al ver que no había vuelto el soldado que acompañó a Alexander a la taberna.

—¿Dónde está Ian el Rojo? ¿Había algún problema en la aldea?

—No. Ian el Rojo se ha quedado en la taberna a intentar que el padre MacNab esté más sobrio. Vamos, no te pongas tan nerviosa.

—Acabo de tener un mal presentimiento respecto a todo esto, Alexander. —Miró alrededor y su mirada se posó en unas cuantas gallinas que formaban un grupo en el camposanto de la iglesita—. Un muy mal presentimiento —musitó.

Alexander siguió su mirada y al ver lo que estaba mirando soltó una moderada palabrota.

—Te habría creído lo bastante inteligente para no inquietarte tanto por los avisos y malos sueños de una niña. Has dejado que esas cosas te acobarden —añadió, con la esperanza de irritarla para que dejara de vacilar.

A él tampoco le gustaba estar fuera de Rathmor, y deseaba acabar cuanto antes el asunto con el sacerdote para que pudieran volver a la seguridad de su castillo.

—La prudencia no es cobardía —ladró ella, al tiempo que instaba a su caballo a echar a andar hacia la aldea—. Simplemente la practico de forma diferente. Y puesto que no se ve ninguna señal del enemigo, vamos, pues, a ver a ese hombre de Dios remojado en vino.

Malcolm MacCordy iba gruñendo mientras arrastraba al hombre de los MacDubh inconsciente hacia la trastienda de la taberna. Dejó al fornido pelirrojo al lado del inconsciente sacerdote. Era un insulto que lo mandaran hacer esas tareas serviles, pero en eso había una ventaja que no podía pasar por alto. Habría menos muertes. Donald o cualquiera de los otros les habrían cortado el cuello a los dos hombres. Él se contentaba con dejarlos bien atados y amordazados para que no pudieran gritar si se despertaban.

—Date prisa, Malcolm —refunfuñó Donald, entrando en la trastienda y mirando ceñudo a los dos hombres que Malcolm estaba atando juntos—. Te das un trabajo extra con estos actos de misericordia.

—No me apetece nada mancharme las manos con la sangre de un sacerdote —contestó Malcolm, poniéndose el hábito clerical que le había quitado al borracho padre MacNab.

—No sabía que eras un hombre tan religioso.

—No lo soy, pero no veo ninguna sabiduría en buscarse la excomunión o algo peor. ¿Están todos los hombres situados tal como habíamos planeado?

—Sí, está armada la trampa. Sólo falta que tú ocupes tu lugar y luego esperar a que entren las presas.

Subiéndose la capucha de forma que le ocultara buena parte de la cara, Malcolm suspiró para su coleto. Todo estaba resultando tal como lo habían planeado. Habían trabajado muchísimo desde que los MacDubh se apoderaron de Ailis y los niños, y ahora sería recompensado su arduo trabajo. Cayó en la cuenta de que en sus pensamientos reflejaba los de sus parientes, relamiéndose. Pero sospechaba que era tan débil de carácter que realmente se relamería si fuera a obtener una parte de la recompensa por ese acto de traición. Sin embargo, él no iba a obtener ningún beneficio, así que bien podía permitirse un asomo de moralidad e incluso uno o dos pequeños actos de rebeldía en silencio. Haría lo que le exigían, pero rogaría que fracasara la emboscada que habían tendido. Rogaría que las trampas fallaran y se derramara la menor cantidad de sangre posible.

También rogaría por la pobrecilla Ailis, decidió. En el mejor de los casos, la emboscada acabaría con la escapada de ella. En el peor, volvería a las manos de Donald MacCordy. Si Donald tenía la intención de llevar a cabo aunque fuera la mitad de sus amenazas, no desearía a ninguna mujer el destino de casarse con ese hombre. Por lo que había oído, el señor de Rathmor se había convertido en un hombre frío, desconfiado y escéptico, pero no en uno que maltrataría con crueldad a Ailis. No podía decir lo mismo del trato que recibiría la muchacha a manos de Donald. Este estaba furioso, y sin duda descargaría esa furia sobre su esposa, esposa que ahora llevaba la mancha del contacto de un enemigo.

Fue a sentarse en un rincón en las sombras y se vendó el pie para simular que era el sacerdote. Acababa de apoyar el pie vendado en un escabel cuando anunciaron la llegada de MacDubh y Ailis. La forma como sus parientes corrieron a esconderse lo hizo pensar en un montón de gusanillos desesperados por ocultarse bajo la tierra cuando han sido bruscamente expuestos a la luz. Lo incomodó tener ese pensamiento, puesto que estaba a punto de ayudarlos a obtener una victoria. Se tironeó la capucha para ocultarse otro poco la cara y se juró que se esforzaría más en librarse de sus parientes antes que sus manos se le mancharan demasiado con sus crímenes. Con el fin de calmarse los nervios bebió un largo trago de cerveza, preparándose para enfrentar a MacDubh y a Ailis.

Cuando detuvieron las monturas delante de la taberna, Ailis miró ceñuda su techo de paja muy bajo. Encontró inquietante el nombre que vio en el letrero, y estuvo a punto de decírselo a Alexander mientras la ayudaba a desmontar. Una mirada a sus seductores ojos azules le dijo que sería juicioso no comentar que la taberna se llamaba la Gallina Roja; tampoco lo sería comentar el insólito número de pollos que iban y venían por el muy surcado camino, pensó, cuando llegaron a la puerta y tuvo que ahuyentar a una gorda y chillona gallina. Pero guardar un silencio total sobre el asunto le resultó imposible.

—Hay una horrorosa cantidad de señales de pollos —masculló, cuando él agachó la cabeza para pasar por la puerta y le dio un tirón para que lo siguiera—. ¿Estás seguro de que no hay peligro en este lugar?

—Ailis, no hay que dejarse gobernar por las supersticiones —dijo él, reprendiéndose a sí mismo además de a ella, porque se sentía inquieto—. Ahí está sentado nuestro sacerdote. Angus, tú vigila la puerta.

—Sí —repuso—, pero Alexander, guárdate las espaldas. Esto me da mala espina. —Miró ceñudo hacia el sacerdote—. ¿Dónde está Ian el Rojo?

—Tal vez ha ido a orinar. Haremos esto rápido, Angus, no quiero estar mucho rato aquí.

Seguidos por Jaime y uno de los hombres, Alexander y Ailis se dirigieron hacia el sacerdote. Ella encontró tan inquietante que la capucha del hombre no permitiera verle la cara como ver un pollo asado a medio comer sobre la mesa a la que estaba sentado. Si hubiera visto una sola señal de pollos tal vez no le habría dado importancia, pero las señales ya se habían acumulado hasta el punto de hacerla desear darse media vuelta y echar a correr de vuelta a Rathmor. Le pareció que Alexander había adivinado lo que estaba pensando, porque aumentó la presión de su mano en la de ella.

—Espero que estés algo más sobrio, padre MacNab —dijo Alexander entonces—. No queremos tardanza en el servicio.

—Se hará enseguida —dijo Malcolm y alargó la mano hacia Ailis—. Acércate, hija mía. Déjame verte.

—No hay tiempo para esos detalles —protestó Alexander, pero le soltó la mano a ella para que pudiera acercarse al sacerdote.

—Paciencia, hijo mío.

En el instante en que Ailis puso la mano en la del hombre enca-
puchado supo que era un grave error. Lanzó un gritito de alarma e
intentó retirarla, pero ya era demasiado tarde. El hombre la acercó a
él de un tirón tan brusco que ella cayó sentada sobre sus rodillas. Al
instante él la rodeó con los brazos, dejándole inmovilizados los de
ella a los costados. Acababa de pasarle por la cabeza el pensamiento
de que era un hombre muy fuerte para ser un sacerdote borracho
cuando sintió en el cuello el contacto del frío acero. En cuanto el
hombre la apoyó con más firmeza contra su pecho, lo miró por el
rabillo del ojo y se le paró el corazón, saltándose uno o dos latidos.

—Malcolm —musitó—. ¡No!

—Sí, mi bonita muchacha. —Miró a MacDubh, a Jaime y al
hombre armado que los acompañaba—. No os mováis, muchachos.
Esta muchachita tiene un cuello muy delgado y la piel muy fina. Será
fácil cortárselo.

Antes que ellos pudieran hacer un movimiento, el bodegón se
llenó de hombres MacCordy. Ailis gimió al ver acercarse a Donald,
Duncan y William, y lanzó un grito cuando el hombre de los Mac-
Dubh intentó impedir que atacaran o tomaran prisionero a su señor
y Donald lo derribó con su espada. Ni Jaime ni Alexander pudieron
hacer nada porque ya estaban rodeados por los hombres MacCordy.
Ni aunque Jaime hubiera estado armado habría podido luchar junto
a Alexander, porque sencillamente eran muchas las espadas apunta-
das hacia ellos; habría sido una lucha inútil. Ailis vio el cuerpo de
Angus caído en el umbral de la puerta. Junto con la aflicción por él,
sintió el escalofrío de la desesperanza. No quedaría nadie para ir a
avisar a Barra y por lo tanto había poca o ninguna posibilidad de que
los rescataran, al menos no antes de que estuvieran atrapados en
Leargan.

Donald avanzó y cogiéndole la muñeca la sacó de un tirón de los
brazos de Malcolm.

—Así pues, mi prometida, has vuelto a mí —dijo—. Es una lástima que no hayas vuelto tan pronto como te marchaste —añadió en

tono casi amistoso y le propinó un golpe en la mejilla con el dorso de la mano.

—¡No! —rugió Jaime cuando ella casi cayó sentada en el regazo de Malcolm y Donald la acercó nuevamente a él de un tirón—. ¡Suéltala, le vas a hacer daño al crío!

Unos doce hombres sujetaron a Jaime impidiéndole acercarse a ella a pesar de sus esfuerzos.

Ailis se friccionó la mejilla mirando cómo los hombres de los MacDubh sometían a Jaime y a Alexander. Y aunque éste no decía nada, estaba mortalmente pálido y sus ojos parecían llamas azules mirando a Donald, con una furia que la hizo estremecerse. Por la cabeza le pasó el pensamiento de si sería el destino de ella o el de su hijo lo que le provocaba esa emoción; el pensamiento le duró muy poco, porque entonces miró a Donald y vio en su cara la misma expresión de furia. Varias veces se había quejado de que la usaban como un peón. Mirando al uno y al otro, se sintió realmente como eso, y se asustó. De repente, Donald, que seguía sujetándola por la muñeca, avanzó hacia Jaime y le puso la hoja de su daga en la garganta y ella gritó de terror.

—¿Qué has dicho, enorme patán idiota? —le preguntó.

—Que Ailis MacFarlane está embarazada de un crío mío —contestó Alexander antes que Jaime pudiera abrir la boca.

Donald se abalanzó sobre Alexander gruñendo, y le habría enterrado la daga en el pecho si Duncan no se lo hubiera impedido cogiéndole la muñeca.

A Ailis se le doblaron las piernas de alivio. De verdad creyó que iba a presenciar su asesinato.

Su preocupación por Alexander pasó a un segundo plano cuando Donald la miró furioso con la daga todavía empuñada. Intentó retroceder pero él la tenía bien sujeta. No le sirvió de nada decirse que Donald no le haría demasiado daño, que no ganaba nada con mutilarla o matarla. Pero la mirada de él le dijo que en ese momento no estaba pensando en ganancias ni en pérdidas. Nada más pensar eso,

Malcolm la sorprendió inmensamente soltándola de un tirón de la sujeción de su novio e interponiéndose entre ella y él.

—No vuelvas a tocar a la muchacha —dijo entonces Malcolm, desenvainando su daga, como disponiéndose a luchar con su primo.

Donald se quedó pasmado ante esa inesperada rebelión.

—¿Te interpones entre yo y esta puta?

—Sí, me interpongo entre tú y el daño a una muchacha que está encinta. Ese es un crimen en el que no voy a participar.

Duncan le cogió el brazo a su hijo y lo alejó de Malcolm.

—Sólo perderemos si le haces daño a la muchacha. Sí, y si la hieres en el estado en que se encuentra ahora, podrías hacerle mucho daño. No puedes tener la intención de matarla.

—Mi intención es eliminar la semilla MacDubh que lleva en el vientre.

—Ay, María bendita —musitó ella. Se cubrió el vientre con las dos manos observando la discusión en murmullos entre Duncan y su hijo—. Alexander —dijo, pero la atención de él estaba en los dos MacCordy discutiendo.

—Él no puede ayudarte —le dijo Malcolm, mirándola brevemente, sin dejar de observar atentamente a sus parientes, entre los que estaba el desconcertado William—. Pronto estará muerto, muchacha, y los dos lo sabemos. Sin embargo, mientras sea capaz, yo me interpondré entre tú y ellos.

Ella intentó no pensar en la inminente muerte de Alexander y poner toda su atención en el destino de su hijo y en la oportunidad de salvarlo que se le presentaba. Aunque Malcolm era una extraña alternativa como salvador, pensó.

—¿Por qué? —preguntó.

—Muchacha, puede que me rebaje a hacer muchas cosas para servir a mis parientes. Sí, y lo he hecho; son mi único medio de subsistencia. Pero ni siquiera el miedo a perder eso me hará levantar la mano contra una muchacha que está embarazada. Dientes de Dios, no podría levantar la mano contra una muchacha, esté embarazada o no. Nunca me he visto obligado a tomar esta decisión, así que no es mucho lo que puedo prometerte. Intentaré mantener vivo a tu hombracho para que él pueda defenderte si yo no puedo.

Ailis deseó poder mirarle a los ojos, pero él estaba observando a sus parientes mientras hablaba con ella.

—¿Puedo fiarme de ti?

Él se encogió de hombros.

—¿Qué otra opción tienes? Que te fíes o no, tiene importancia. Puedo hacer lo que debo sin tu confianza.

Ailis asintió y decidió que le convenía guardar silencio. No deseaba atraer más la atención, pues eso no le serviría para protegerse, y por lo tanto proteger a su hijo, y bien podría frustrar toda posibilidad de escapar. Miró a Alexander y deseó ser capaz de adivinar lo que estaba pensando o sintiendo. Estaba pálido, pero en su hermosa cara prácticamente no había expresión.

Alexander se sentía como si le estuvieran estirando todos los músculos del cuerpo, por la fuerza y perseverancia con que se debatía contra los hombres que lo sujetaban. Deseaba ponerle las manos encima a Donald. El deseo de apretar las manos alrededor del grueso cuello de aquel hombre era tan intenso que le dolía, y por primera vez desde que comenzara su enemistad con el clan MacCordy, ese deseo estaba motivado por algo diferente al asesinato de su padre y el robo de Leargan. Sabía que deseaba matar a Donald porque este había insultado, amenazado y golpeado a Ailis. Le roía el alma estar impotente para defenderla.

También lo preocupaba Malcolm MacCordy, aunque por diferentes razones. Agradecía que el hombre no permitiera que le hicieran daño a Ailis, pero tenía que preguntarse por qué de repente se arriesgaba a perder los escasos beneficios que le daban sus parientes. Ninguna de las posibles respuestas lo hacían sentirse más tranquilo. A Ailis le serviría cualquier ayuda que pudiera conseguir, y lo alegraba que ella tuviera la sensatez de aceptarla fuera quien fuera el que se la ofreciera. De todos modos, lo inquietaba que esa ayuda le viniera de Malcolm. Ese era un muy mal momento para sufrir las punzadas de los celos, claro, pero eso era lo que sentía al ver al apuesto y moreno Malcolm en el lugar donde debería estar él, entre Ailis y el daño.

—Así que no pudiste dejar en paz a mi mujer, ¿eh? —bramó Donald plantándose ante él—. Le hiciste a Ailis lo mismo que le hizo el cerdo de tu hermano cachondo a Mairi.

—Me agrada pensar que yo lo hice con un poco más de destreza —contestó Alexander arrastrando la voz, burlón, y emitió un gruñido al recibir el puñetazo de Donald en un lado de la cabeza.

Ante ese primer puñetazo a Ailis se le escapó una exclamación de dolor, pero luego gritó cuando Donald continuó golpeándolo una y otra y otra vez. Sólo estar aprisionada entre los brazos de Malcolm le impidió correr a intentar ayudar a Alexander, con lo que se habría puesto fácilmente al alcance de la furia de Donald. Se tapó los ojos para no tener que ver a Donald dejando inconsciente a su prisionero. Cuando abrió los ojos vio a Alexander tendido en el suelo inconsciente y a Donald dándole una última patada antes de volver su atención a Jaime, que lo miraba furioso aunque estuviera firmemente sujeto.

—¡No lo toques! —gritó ella, sin poder contenerse, aunque consciente de que era un error volver a atraer la atención hacia sí misma; pero no podía soportar callada otra tanda de golpes—. No hará nada mientras me tengas a mí. Incluso lo jurará.

—Sí —convino Malcolm—. Oblígalo a jurar. Después de todo no nos conviene que nos consideren menos valientes que los MacDubh.

—¿Qué quieres decir con eso, primo? —preguntó Donald.

—Bueno, está claro que los MacDubh estuvieron dispuestos a dejar vagar libremente a este bruto por Rathmor, aunque sin armas. Si no somos capaces de hacer otro tanto... —Se encogió de hombros, sin expresar la acusación de cobardía, oída ya por todos.

—Soy capaz de afrontar cualquier cosa que pueda aguantar un pestilente MacDubh —gruñó Donald—. Sí, y más.

Cuando Donald hizo jurar a Jaime que no recurriría a la violencia, Ailis exhaló un sonoro suspiro de alivio y se desplomó un poco en los brazos de Malcolm. Se sintió culpable por haberle ahorrado a Jaime una paliza mientras Alexander yacía en el suelo todo magullado y sangrando, pero se apresuró a desechar ese sentimiento. No podía hacer nada para ayudarle; era un enemigo ancestral. En cambio, a Jaime sólo lo consideraban su esclavo y por lo tanto podía interceder por él.

Después que Donald le ordenara a Jaime que recogiera a Alexander y lo llevara en brazos, todos echaron a andar hacia la puerta para marcharse. Uno de los hombres MacCordy apartó el cuerpo de Angus de una patada. Una vez que Ailis salió por la puerta llevada por Malcolm, giró la cabeza para mirar a Angus, que yacía de espaldas a un lado del umbral. Casi se le escapó un gritito al ver que él le hacía un guiño, y luego le costó creer que lo hubiera visto hacer eso. De todos modos, esto le dio el poco de la esperanza que necesitaba para portarse como una valiente mientras la llevaban de vuelta a Leargan.

Capítulo 11

A Ailis se le escapó un largo gemido cuando se sentó en la cama. Su primer pensamiento fue para preguntarse por qué estaba tan tremendamente dolorida. Entonces los recuerdos se filtraron por el aturdimiento del sueño y soltó una palabrota. Estaba de vuelta en Leargan. Montada delante de Malcolm no había podido hacer otra cosa que aferrarse al arzón de la silla para no caerse por la velocidad a la que cabalgaban para llegar a la seguridad del castillo MacFarlane. Su miedo por el estado de su hijo había ido aumentando milla tras milla, por lo que no protestó mucho ni se resistió cuando Malcolm la llevó a su antiguo dormitorio. Un buen descanso no sólo sería bienvenido sino una necesidad. No permitiría que ni el miedo, la brutalidad ni la intimidación pusieran en peligro la vida de su bebé. Si tenía que endurecer su corazón, pues lo endurecería.

Sonó un fuerte golpe en la puerta, y no se sorprendió cuando entró Jaime con una bandeja con comida y bebida. Una vez que Donald decidió que no era un peligro, Jaime volvió a convertirse en un criado útil. Observó atentamente a su amigo mientras le ponía la bandeja en la falda y luego se sentaba con sumo cuidado en el borde de la cama. Sólo era pan, queso y sidra, pero lo agradeció.

Comenzó a comer lentamente.

—Tenemos un grave problema, ¿no, Jaime?

—Sí —suspiró él y se miró los dedos entrelazados—. Van a matar a su señoría MacDubh.

A ella se le quitó el apetito, pero se obligó a continuar comiendo, porque su hijo necesitaba el sustento.

—¿Cuándo?

—Hoy. Tengo que llevarte al poste en que lo van a colgar tan pronto como hayas acabado de comer.

—¿Lo van a colgar... inmediatamente? ¿Sin negociaciones? ¿Sin pedir rescate?

—Sí, pero no lo dejarán morir fácilmente.

—Ahorcado colgando no es una manera fácil de morir.

—Cierto, pero se lo pondrán más duro si antes lo azotan hasta dejarlo moribundo. Como ha dicho sir Donald, MacDubh dejará de ser guapo muy pronto.

Eso Ailis ya no pudo soportarlo. Hizo a un lado la bandeja y dejó caer la cabeza en las almohadas. La iban a obligar a presenciar su odio por ella descargándolo en Alexander. La iban a obligar a verlo sufrir. Estaba claro que eso era parte de su castigo, castigo que, no le cabía duda, sufriría todo el resto de su vida.

—Jaime, ¡no puedo soportar esto! Será una tortura para mí. Sentiré cada azote.

—Sí, porque lo amas.

Ella se encogió de hombros, suspirando.

—Sí, supongo que lo amo.

—¿Supones?

—Bueno, no es algo en lo que desee pensar mucho. Alexander quería usarme en contra de Donald, y ahora Donald quiere usar a Alexander en contra de mí. Había esperado evitar el dolor que me producirían esas cosas, y que me producirán, y he fracasado rotundamente. Ahora me da miedo de no ser capaz de proteger al crío que llevo en mi vientre.

Jaime cogió la bandeja, la colocó sobre la mesilla de noche y negó con la cabeza.

—Eres una muchacha fuerte. Cualquier crío que lleves será fuerte. Sí, y MacDubh es fuerte. Sobrevivirás y también sobrevivirá tu hijo.

—Sería mejor si pudiéramos sobrevivir todos.

—No se puede esperar demasiado. Es por el crío que hay que rogar.

—A veces eres sabio, amigo mío. Ahora debo ir, ¿verdad?

—Sí —repuso él. Fue hasta la ventana y, dándole la espalda se puso a mirar el patio de Leargan—. Vendrán a buscarte si tardas demasiado.

Ailis se bajó de la cama y encontró uno de sus vestidos de antes bien dobladito al pie. Se puso rápidamente la suave túnica sobre la camisola de lino con la que se había vestido para acostarse. Ropa de viuda era lo que necesitaba, pero eso Donald no lo permitiría jamás. Así que tendría que ponerse ese vestido azul y marrón y procurar no demostrar ninguna emoción. No permitiría que Donald saboreara su sufrimiento. Cuando terminó de vestirse decidió encontrar también una manera de hacer saber a Alexander que ella no tenía arte ni parte en su sufrimiento. Era posible que él no le creyera, pero se sentiría mejor si lograba hacerle llegar ese mensaje.

—Estoy lista —musitó, y le sonrió tristemente cuando él se giró a mirarla—. Démonos prisa para que no tengan ningún derecho a arrastrarnos adonde les dé la gana.

Él le ofreció el brazo, ella se lo cogió y echaron a andar en dirección al patio. Ailis tenía conciencia de que le estaba apretando tanto su musculoso brazo que seguro que le dolía, pero él no se quejaba y ella necesitaba angustiosamente su fuerza. La aguardaba una terrible prueba y deseaba salir de ella triunfante; si lo conseguía, eso empañaría la victoria de Donald.

Una joven criada le pasó su capa, Jaime la ayudó a ponérsela y salieron de la torre. El aire frío la golpeó de pleno y continuó golpeándola mientras atravesaban el patio. Donald había esperado demasiado tiempo para hacer saltar la trampa. El invierno no tardaría en apoderarse firmemente de la tierra. Vio a un grupo de personas reunidas en un pequeño altozano de más allá de la muralla, y por su forma de estar vio que también sentían el frío. Por un instante deseó que soplara un fuerte viento helado y se los llevara a todos.

El modo como la miraban mientras se acercaba caminando hacia el altozano la hizo tomar dolorosa conciencia de cuál sería su apariencia, su forma de caminar, su expresión. Iba a ser difícil ocultar su miedo o su sufrimiento ante tantas personas observándola con tanta atención. Necesitaba algo menos de atención y escrutinio.

Cuando vio a Alexander le fallaron las fuerzas, pero gracias al firme asidero que le ofrecía el brazo de Jaime logró disimularlo. Estaba entre dos postes, con los brazos y las piernas extendidos y atados. A pesar del frío, le habían quitado toda la ropa a excepción del calzón interior. Era evidente que Donald deseaba humillarlo antes de asesinarlo.

Su tío Colin se encontraba junto a los MacCordy como si fuera el jefe. De pronto cayó en la cuenta de que no lo era, de que había perdido su poder en el momento en que la comprometió con Donald. El clan MacCordy gobernaba en Leargan; su tío estaba sencillamente tan ciego que no lo veía. Ella estaba segura de que los MacCordy no permitirían que sobreviviera otro heredero MacFarlane. Para ser un hombre tan astuto y traicionero, Colin MacFarlane había elegido a sus aliados con una ceguera fatal.

—Supongo que no hay muchas posibilidades de rescate —dijo a Jaime.

Jaime negó con la cabeza.

—No, yo diría que no. Por eso se sienten tan seguros haciendo esto aquí, fuera de las murallas de Leargan. Sir Barra no habrá comenzado a preocuparse hasta después de darse cuenta de que tardábamos muchas horas en regresar. Entonces habrá enviado a alguien a la aldea a averiguar qué ocurrió.

—Y a esas horas ya estaría oscuro, demasiado oscuro para actuar. De todos modos, es posible que alguien fuera a informar a Barra tan pronto como nos marchamos. Angus estaba vivo.

—¡No! Yo lo vi caer muerto. Estaba en el suelo sangrando.

—Sí que estaba en el suelo. Pero me hizo un guiño. Estaba vivo y podría haber logrado llegar a Rathmor. Además, Malcolm me dijo que había dejado vivo a Ian el Rojo, que sólo lo golpeó y lo dejó atado.

Jaime frunció el ceño y continuó en voz baja, pues ya estaban cerca de los MacCordy:

—Podrían haber vuelto a Rathmor si Angus sobrevivió a sus heridas y si a Ian el Rojo no lo mataron después que Malcolm salió de ahí. En ese caso, deberíamos intentar planear algo.

—Podríamos tener alguna posibilidad.

—Podríamos, pero yo en tu lugar no pondría muchas esperanzas en eso, muchacha. Cuida de ti y del crío que llevas en el vientre.

Ailis asintió en el momento en que Donald le ordenó en silencio, sólo mirándola furioso y apuntándola con un gordo y corto dedo, que fuera a situarse al lado de Malcolm. Encontró curioso que nuevamente la pusieran en compañía de este. Al parecer esa era la solución de Donald para dominar su furia: mantenerla fuera de su alcance y dar a Malcolm el puesto de guardián. Malcolm tendría la libertad para actuar en contra del propio Donald, para refrenarlo. Le agradó que se tomara esa precaución, pero el que fuera necesaria le aumentó el miedo que ya le tenía a Donald.

Cuando llegó al lado de Malcolm miró a Alexander, cuya cara ya no estaba tan bella, pues la tenía toda magullada, morada e hinchada, por los fuertes golpes que le habían propinado.

—¿Es necesario esto? —preguntó.

Malcolm la miró, observó su cara pálida, tensa, y pensó cuánto podría soportar de lo que iba a venir.

—Siempre ha sido la costumbre de Donald tratar de rebajar todo lo que teme; eso incluye humillar a las personas.

—¿Confiesas francamente que Donald le tiene miedo a Alexander?

—Sí, siempre se lo ha tenido. Y de verdad lo odia por su belleza y su habilidad con las muchachas.

—Envidia.

—Sí, envidia. Sin duda tu bonito amante inspira eso a muchos hombres. Donald quiere borrarle esa belleza antes de matarlo.

—¿Y tú puedes quedarte aquí mirando tan tranquilo?

No pudo evitar el tono condenatorio, aun cuando su sentido común le aconsejaba no insultar al hombre que intentaba protegerla.

—Dicho por una que posee tierra y dinero, yo sólo tengo lo que mis parientes deciden darme. Y podría rebajarme a recordarte que ya he arriesgado esos exiguos ingresos protegiéndote.

—Lo que hiciste para ayudarme es sólo lo que haría cualquiera. De todos modos, te lo agradezco. Pero creo que el honor te exige que pongas fin a esto. Esto es pura crueldad, nada más. En esto no hay honor ni victoria.

—Cierto, pero no le voy a poner fin. No puedo, no tengo el poder. Y harías bien en ser juiciosa y mantener quieta la lengua. No querrás que Donald te preste más atención de la que ya te presta, ¿verdad?

Ailis respondió cerrando la boca y guardando absoluto silencio. Se arrebujó más la capa. Estaban en los últimos días de noviembre, y era casi un milagro que el tiempo todavía no fuera horrorosamente malo. Si debía estar mucho tiempo encerrada en Leargan, el peso y abultamiento del embarazo comenzaría a entorpecerle el movimiento. Si se retrasaba mucho la primavera debido a que el invierno tardaba en llegar, fácilmente podría verse obligada a parir en Leargan, y sabía el enorme peligro en que eso pondría a su hijo.

Miró a Alexander y lo sorprendió mirándola. Aunque tenía los párpados muy hinchados y los ojos enrojecidos, detectó en ellos un brillo de desconfianza. Eso le dolió. Estuviera ella del lado que estuviera, él ya la conocía lo bastante bien para saber que jamás aprobaría semejante brutalidad. Sosteniéndole la mirada no hizo ningún esfuerzo en disimular la pena y el miedo que sentía, ni el dolor que le causaba su mal juicio de ella. Él agrandó un poco sus aporreados ojos y ella vio que había entendido correctamente su expresión. Se apresuró a velar ese atisbo de su estado emocional porque Donald fue a situarse delante de Alexander y la miró duramente a ella antes de volverse hacia él.

—Nuevamente has manchado el honor del clan MacCordy —lo acusó.

—¿Qué honor? Un hombre no puede manchar algo que no existe. Un MacCordy ensucia la palabra «honor» simplemente diciéndola.

El dolor del feroz golpe que Donald le asestó en la cara le penetró el entumecimiento producido por el frío.

—Esos insultos no cambian los delitos por los que vas a pagar. Me robaste la novia y le quitaste su virginidad.

—No —dijo Alexander y miró hacia Ailis, deseando verla mejor—. Me acosté con mi mujer. Ailis MacFarlane es mi esposa a los ojos de Dios.

—Vaya, Jesús bendito, será listo —masculló Malcolm.

A Ailis le bastó una mirada para entender lo que estaba haciendo Alexander: declaraba un matrimonio por mutuo acuerdo y en privado entre ellos. Puesto que Donald tenía toda la intención de matarlo, eso no lo protegía ni la favorecía en nada a ella, pero impediría que su hijo fuera considerado un bastardo. Eludió limpiamente el intento de Malcolm de cogerla y taparle la boca, y aprovechando que el corpulento cuerpo de Jaime estaba frenando un poco el avance de Donald hacia ella, dijo:

—Sí, Alexander MacDubh, el laird de Rathmor, es mi marido a los ojos de Dios.

No evitó del todo la bofetada de Donald, que le arañó la mejilla con los dedos, pero Jaime y Malcolm, en silencio, la protegieron de lo peor. Tal vez su declaración no fue perfecta, pero serviría. Había ahí unas veintitantas personas y todas la oyeron. Eso le procuraría cierta protección a su hijo, al menos durante el tiempo que Donald le permitiera vivir. Si no otra cosa, fue un pequeño golpe para Donald, tal vez insignificante, pero placentero de todos modos.

—Bueno, ¡pronto serás viuda! —le gritó Donald—. Acabas de firmar su sentencia de muerte.

—Ah, no, Donald, no vas a tratar de echarme esa culpa sobre los hombros. Llevas años deseando matar a Alexander. Planeaste esto en el instante en que conseguiste meterlo en tu trampa.

—Sí, y lo planeé para disfrutarlo. Ahora lo disfrutaré más aún, porque tú me ayudarás.

—Ah, no, no. No me voy a ensuciar las manos. —Intentó evitarlo pero él le cogió la muñeca—. ¡He dicho no!

Malcolm y Jaime hicieron un cauteloso intento de liberarla de Donald, pero este no fue suficiente; Ailis vio que no se atrevían a hacer más. Donald no le iba a hacer daño físico, simplemente le pediría que hiciera algo que ella encontraría indeciblemente doloroso. ¿De qué forma podría resistirse sin provocar una reacción brutal de aquel hombre?

—Me ayudarás, mi putita. Harás restallar el látigo como yo te diga o lo probaré en tu piel.

—Hazlo, Ailis —ordenó Alexander.

Ella lo miró horrorizada y pasmada.

—¿Quieres que tome parte en este asqueroso juego?

—Siempre has sido parte del juego. Ahora debes recordar que llevas a mi hijo. Es hora de ser mansa y obediente, de hacer todo lo que puedas para «no» provocar represalias o castigos.

A ella se le escapó un sofocado grito de repugnancia cuando Donald le puso el látigo en la mano.

—No puedo.

—Podrás, Ailis —dijo Donald, poniéndose detrás de ella y obligándola a situarse ante la ancha y tersa espalda de Alexander—. Piensa en Jaime.

Ella miró el látigo que tenía en la mano y luego a Alexander.

—¿Qué pasa con Jaime?

—Está vivo como un favor hacia ti. Sólo por eso. Y es un favor que puedes perder fácilmente.

—O sea, que si no tomo parte en tus pecados vas a hacerle daño a un hombre inocente.

Él le cogió el brazo cerca del hombro y se lo apretó con fuerza, y ella no pudo evitar resollar de dolor.

—Siempre has sido una muchacha lista —dijo él, retrocediendo—. Ahora golpea. ¿A qué esperas?

—No sé usar esto.

Donald le ordenó a uno de los fornidos guardias que rodeaban el cuerpo atado de Alexander que le enseñara a azotar. Ella tuvo que morderse la lengua para no gritar cuando él hombre hizo restallar el látigo sobre Alexander. Ya le había propinado otros dos azotes cuando ella dijo que ya había aprendido, aunque no había visto nada. Le tembló la mano al coger el látigo.

El primer golpe fue débil, y el látigo apenas tocó la espalda de Alexander. Soltando una palabrota, Donald sacó su espada y caminó hasta Jaime. Le puso la punta de la espada en la garganta y la miró. Ella no necesitó palabras, la amenaza estaba horrorosamente clara. Su segundo intento con el látigo no fue tan débil y le vino una arcada al ver aparecer un verdugón rojo en la piel de Alexander.

Golpeó otras cinco veces. A Alexander se le estremecía el cuerpo pero no emitía ni un sólo sonido. Ella estaba temblando tanto que le dolía y se le agitaron tanto las emociones que le revolvieron el estómago y sintió náuseas. Cuando levantó el brazo para propinar el sexto azote, alguien le arrebató el látigo, lo tiró a un lado, y se encontró apretada a un duro cuerpo masculino. Le llevó un momento comprender que era Malcolm. Echó una rápida mirada hacia Alexander y lo sorprendió mirándolos, a ella y a Malcolm, con una expresión fría en la cara. Después miró a Donald, cuya cara cuadrada estaba casi morada de furia.

—Te has vuelto demasiado atrevido, primo —siseó éste.

—Sólo cuido de tus intereses cuando estás tan reconcomido por el odio y la ira que no los cuidas tú —respondió Malcolm con voz suave y tranquila, y sin ni siquiera intentar sacar su espada o su daga.

—Esto tenía que ser parte de su castigo. ¿Qué derecho tienes a impedir que discipline a mi mujer?

—El derecho que me incumbe para mantenerla viva.

—Esto no la va a matar.

—¿No? La ha hecho temblar como un trozo de gelatina de cerdo. También se ha puesto muy pálida. Temí que esto le provocara el aborto de su hijo.

—Estupendo —dijo Donald, y le miró el vientre a ella con frío odio.

—¿Estupendo? Ah, no sabía que desearas que quedara incapacitada de parirte hijos o incluso que muriera. Es arriesgado jugar a ese juego antes de que te cases con la chica, y no puedes casarte con ella hasta que su marido esté muerto.

—¡Ese canalla cara de niña no es su marido! —rugió Donald.

—Como quieras.

—¿Y qué es esa tontería de que quede estéril o muera?

—Malcolm tiene razón —dijo Duncan, avanzando a poner una disuasiva mano en el brazo de su hijo—. Un aborto espontáneo puede ser más peligroso aún que un parto. Podrías provocárselo si continúas atormentándola. Además, no sé si debería estar aquí mirando esto. Está claro que este hombre le ha cautivado el corazón y encuentra doloroso observar su castigo.

Donald hizo varias respiraciones profundas para calmarse.

—De acuerdo. Sacadla de aquí.

—No —protestó Ailis—, quiero quedarme.

—¡Vas a dejar de discutir conmigo! —gritó Donald, y le cogió el mentón con tanta fuerza que ella temió que le rompiera el hueso—. Encontraré maneras de herirte sin hacerle daño al crío mientras lo lleves dentro. También puedo hacer pagar al niño el precio de tus pecados cuando por fin lo hayas parido. Tú eliges.

—Vete de aquí, Ailis —ordenó Alexander—. No te quiero aquí.

—Debería quedarme —musitó ella mientras Malcolm la iba alejando, y opuso un poco de resistencia.

—¿Para qué? —le preguntó él rodeándole los hombros con un brazo e instándola a caminar hacia el castillo—. ¿Quieres verlo sufrir y morir o sólo te falta el valor para hacérselo tú? No te había creído capaz de esas cosas.

Ailis concluyó que estaba harta de los hombres escépticos que desconfiaban de ella simplemente por ser mujer.

—Ah, sí, me imagino que debes de haber creído eso de mí, al menos una o dos veces, si no, no se te habría ocurrido esa idea tan insultante.

—Mis disculpas. Lo que pasa es que no veo ningún motivo para que desees presenciar su muerte, sobre todo cuando los dos sabemos que mi primo hará que sea tan lenta y dolorosa como pueda.

—No deseo verla. Me romperá el corazón en pedazos. Pero Alexander debe tener por lo menos una persona amiga a su lado cuando encuentre su destino. —Miró a Jaime, que ya iba caminando a su lado—. ¿Crees que tú podrías estar ahí para acompañarlo?

—Sí, señora Ailis —dijo él y, dándose media vuelta fue a situarse lo más cerca de Alexander que le permitieron, a varios palmos de distancia.

Ailis pegó un salto al oír el sonido del látigo, y trató de contener las lágrimas.

—Y así empieza.

Barra soltó una maldición y apretó fuertemente los puños. Estaba agachado en medio del tupido matorral al oeste de Leargan, desde el que veía claramente el lugar donde estaba destinado a morir su hermano. Una rápida mirada a Angus le dijo que este estaba tan furioso como él, porque no podía ser que la leve herida que había sufrido fuera la causa de su intensa palidez.

—Hay algo bueno en esto —dijo Angus al fin, con la voz áspera por la emoción.

—Sí, ¿y qué es?

—Que están fuera de Leargan, y no tendremos necesidad de intentar tomar por asalto ese formidable castillo.

Por primera vez, desde que llegaron Angus y Ian el Rojo a informarlo del secuestro de Ailis y Alexander, Barra sintió un revoloteo de verdadera esperanza. Su único plan había sido llegar lo más pronto posible a Leargan, de modo que los MacCordy y los MacFarlane no pudieran ni suponer que aparecería con los doce hombres armados que llevaba. Durante el trayecto se le formó la vaga idea de observar el castillo y a los hombres de los dos clanes para ver si se le presentaba alguna oportunidad. En ese momento la veía. Los hombres que rodeaban a Alexander los superaban en número, pero no todos eran combatientes y no todos estaban armados. El único problema que veía era que a Ailis se la estaban llevando de vuelta al interior del castillo.

—No podremos cogerlos a los dos —dijo, apuntando hacia Ailis—. Aunque después de lo que ha hecho tal vez eso sea lo mejor.

—Vamos, muchacho, a la chica la han obligado a hacerlo. Probablemente ese asqueroso MacCordy la convenció para participar con amenazas.

Era tanto lo que Barra deseaba creer eso que justamente por ese motivo tenía miedo de creerlo.

—Pareces seguro de eso.

—Estoy seguro. La muchacha está locamente enamorada de ese idiota. Nadie le dio la opción de negarse. Ahora será mejor que nos pongamos a la tarea de rescatar a nuestro laird antes que perdamos la oportunidad que tan bellamente se nos ofrece.

Mientras seguía a Angus hacia el lugar donde esperaban los hombres, Barra sintió la necesidad de algo que le diera cierta seguridad o garantía.

—¿De verdad crees que lograremos liberar a Alexander?

—Sí. Si salimos a galope tendido de este bosque oscuro, aullando como hadas agoreras, el susto hará alejarse corriendo a toda esa carroña en busca de la seguridad del castillo. Eso dificultará a los verdaderos combatientes de Leargan dar lo mejor de sí en la lucha. Sólo tenemos que mantenerlos a raya el tiempo que tardemos en cortar las ataduras de nuestro señor, y luego emprender la vuelta a Rathmor a todo galope.

—¿Crees que nuestras monturas estarán a la altura de este reto?

—Sólo tardamos unas pocas horas en ponernos en marcha después de la llegada aquí de los MacCordy, así que nuestros caballos han tenido casi tanto descanso como los que van a necesitar ellos para perseguirnos. ¿Les digo a los hombres lo que deben hacer, o deseas tener tú el honor?

—Será mejor que se lo digas tú, Angus —dijo Barra, montando de un salto en su caballo—. Entiendo lo que vamos a hacer, pero no tengo mucha experiencia en dar órdenes. Tú las das mejor, y quiero estar seguro de que no cometeremos errores.

Mientras Angus daba las órdenes a los hombres, él miró hacia Leargan. Deseaba de todo corazón poder rescatar a Ailis también, pero sabía que sería imposible. Le resultaría muy difícil explicarles eso a los niños cuando llegaran a Rathmor sin su tía. Supuso que también lo pasaría fatal explicándoselo a Alexander.

Alexander apretó fuertemente los dientes para no dejar escapar otro grito cuando el látigo le perforó la piel de la espalda. Si quería continuar en silencio necesitaba meterse algo entre los dientes para morder, pero no tenía la menor intención de pedirle nada a MacCordy. Cada vez que alzaba la vista se encontraba con la mirada fija de Jaime. Sabía exactamente por qué estaba ahí y no con Ailis, y el gesto lo conmovía. Ailis no quería que estuviera solo entre sus enemigos; eso lo sabía con tanta seguridad como si se lo hubiera dicho ella misma.

Le cayó otro latigazo, por lo que intentó concentrarse en estar preparado para el siguiente. Volvió a mirar a Jaime y le sostuvo la mirada. Estaba a punto de agradecerle su presencia, algo para lo cual podría reunir fuerzas, cuando un griterío rompió el silencio y lo dejó pasmado. La sonrisa que se extendió por la cara de Jaime le dijo que sí, que era cierto que había oído el grito de guerra de los MacDubh, pero de todos modos le resultaba difícil creerlo. Lo iban a rescatar.

—Ailis —dijo, y le costó reconocer su voz débil y rasposa.

—Yo cuidaré de ella —le dijo Jaime, derribando sin esfuerzo a los dos guardias MacCordy, con lo que permitió a Barra acercarse lo necesario para cortar las cuerdas que le ataban las muñecas.

—No, debemos rescatarla —logró decir Alexander, cogiéndose de uno de los postes mientras Jaime le soltaba las ataduras de los tobillos.

Todo era un caos a su alrededor. Se oían los gritos de Donald y de su padre dando órdenes y soltando maldiciones, que o bien sus hombres no oían o no querían oír. Vio a la gente corriendo hacia la seguridad del castillo y a uno o dos de sus hombres persiguiéndolos un trecho corto para conseguir que continuaran escapando. A los hombres MacCordy armados les resultaba casi imposible mantener una defensa debido a las personas que intentaban huir y a la necesidad de eludir las coces de los caballos de los MacDubh gritando y blandiendo sus espadas.

—Ella vivirá —dijo Jaime—. Y tú no, si intentas rescatarla. —Lo levantó en brazos y lo instaló en la silla detrás de Barra—. Ve a recuperar tus fuerzas para que puedas rescatar a tu hijo cuando llegue.

—Pero ese apestoso y cobarde de Donald se va a apoderar de ella, se casará con ella y la obligará a meterse en su cama.

—No, no puede casarse con ella —repuso Jaime, afirmándolo bien en la silla—. Tú la declaraste esposa tuya ante testigos. Y me parece que él no va a querer nada de ella mientras no haya parido a tu crío. Ahora aléjate rápidamente de aquí. Donald se ha ido corriendo a Leargan para buscar más hombres y caballos.

Antes que Alexander pudiera decir algo más, Jaime dio una palmada en el anca del caballo de Barra, y este salió al galope hacia

Rathmor. Eso obligó a Alexander a concentrarse en el sencillo asunto de sujetarse. Un instante después otro caballo se detuvo inquieto ante Jaime, y este se encontró mirando a Angus.

Le sonrió al hombre mayor.

—Así que no te asesinaron.

Angus le tendió una mano.

—Sube, muchacho. Aquí no hay nada para ti aparte de palabras crueles.

—Está Ailis. Debo quedarme con ella. Me necesitará.

—Nuestra Kate se preguntará por qué te has quedado aquí.

—Noo, ella sabrá por qué. —Vio pasar corriendo a uno de los hombres MacCordy con una ballesta armada en sus manos—. ¡No!

Intentó perseguirlo pero el caballo de Angus le impidió el paso un momento. Cuando echó a correr, el hombre ya tenía apuntada la flecha hacia la espalda de los hermanos MacDubh; cuando estaba a punto de llegar hasta él, el hombre disparó la flecha. Se le escapó un aullido de furia al ver que la flecha se enterraba en la espalda de Alexander. A este se le estremeció el cuerpo con el impacto y se desplomó sobre la espalda de Barra. Después de gritar una maldición a los MacCordy, Angus emprendió el galope a toda velocidad detrás del caballo que llevaba a Barra y a Alexander.

La última visión que tuvo Jaime cuando el grupo de rescate desaparecía en el horizonte fue la de Alexander inconsciente y herido. Y en cuanto echó a andar de vuelta al castillo Leargan, los MacCordy ya iban saliendo por las puertas a todo galope en persecución de sus enemigos.

Ailis finalmente le dio un puntapié a Malcolm en la espinilla. Él dejó de empujarla hacia la torre, pero no le soltó el brazo que le tenía firmemente cogido. Al oír el grito de guerra de los MacDubh, había intentado correr de vuelta adonde estaba Alexander, pero entonces él la cogió en brazos y corrió con ella hacia Leargan. Sólo cuando ya estaban dentro del patio bien protegido por las murallas la dejó en el suelo, e intentó llevarla a rastras hasta el interior de la torre del homenaje. Lo poco que logró ver y oír le dijo que había perdido la oportunidad de escapar con Alexander, y no supo si echarse a llorar o golpear a Malcolm hasta que le dolieran los brazos.

—¡Podría matarte! —exclamó, con los puños apretados—. He perdido la oportunidad de escapar.

—Has perdido la oportunidad de que te maten —ladró Malcolm, friccionándose la espinilla.

—Tienen tantas posibilidades de llegar a Rathmor como las tienen los MacCordy de impedirlo. Ahora suéltame.

—Sí, de acuerdo. Haz lo que quieras. No creo que llegues muy lejos. Ahí viene ese bruto tuyo.

—¿Jaime? —Se giró a mirar y se le oprimió el corazón al ver al muchacho caminando hacia ella.

Jaime se puso a su lado y dirigió una breve y curiosa mirada a Malcolm.

—¿Te han hecho daño, señora Ailis?

—No, estoy bien. ¿Han escapado? —le cogió los dos brazos y lo miró intentando interpretar la expresión de su cara—. ¿De veras eran los MacDubh? ¿Han liberado a Alexander?

—Sí, entre Barra y Angus ahuyentaron a los MacCordy el tiempo suficiente. Le cortaron las ataduras, yo lo monté detrás de su hermano y se pusieron en marcha hacia Rathmor. Alexander quería venir a buscarte.

—¿Sí? —Casi se sentía mejor al saber que Alexander había deseado llevarla con él.

Jaime asintió y suavemente intentó liberarse los brazos.

—Sí, pero entre Angus y yo lo convencimos de que no podría rescatarte, que debía salvarse él. Todos sabemos que sir Donald no te matará, así que eso le da tiempo para venir a salvarte.

—Y a Alexander no le quedaba tiempo. —Frunció el ceño al ver que Jaime no la miraba a los ojos e intentaba apartarse—. Jaime, ¿qué es lo que no quieres decirme? ¿Qué ha ocurrido? —Se plantó ante él y le puso las dos manos en el pecho—. ¿Qué me ocultas?

—N-no, no quería decírtelo.

El leve tartamudeo de Jaime la alarmó.

—Tienes que decírmelo. Te lo ordenaré si es necesario.

—Sir Alexander estaba vivo cuando se m-marchó —musitó él.

—¿Pero? Venga, he oído un pero en tu tono. ¿Estaba herido?

—Sí —suspiró Jaime, hundiendo un poco los hombros—. Uno de los hombres de MacCordy le disparó una flecha antes que yo pudiera impedírselo. La flecha se le enterró en la espalda, arriba, cerca del hombro derecho. Pero no estaba muerto. No estaba muerto.

Ella le cogió el brazo para afirmarse e hizo varias respiraciones profundas para calmarse.

—O sea, que podría curarse.

—Ah, sí —se apresuró a decir él—. Podrá sanar.

—Eso es lo que debo creer. De eso dependen mis fuerzas para lo que me aguarda.

Capítulo *12*

*C*uánto tiempo? —repitió Alexander.

Haciendo un gesto de pena, Barra lo ayudó a sentarse y luego a tomar un poco de la papilla de avena endulzada con miel. No quería contestar a esa pregunta, porque la seguirían otras que le sería más difícil contestar. Por desgracia, Alexander no había hecho otra cosa que preguntar eso desde el momento en que despertó. Suspirando comprendió que no podía eludir la conversación que ya deberían haber tenido hacía tiempo.

—Un mes, quítale o añádele unos cuantos días —contestó, y se encogió de hombros al ver a Alexander mirándolo boquiabierto por la sorpresa.

—¿Un mes? No, bromeas. No necesito oír cosas graciosas en este momento. —Se hundió en los almohadones al retirar Barra la mano que lo aguantaba, pensando por qué se sentía tan débil y mareado—. Vamos a ver, ¿cuánto tiempo he estado enfermo? —Levantó la mano con la intención de pasársela por la cara para quitarse la ligera capa de sudor y entonces se la miró horrorizado: tenía la piel pegada a los huesos y le temblaba como la de un viejo—. ¿Un mes?

Barra le bajó suavemente la mano, y le limpió la cara.

—Sí, un mes. Estabas enfermo cuando llegamos de vuelta de Leargan. El frío, la paliza y la pérdida de sangre por tu herida casi te matan.

—Por eso estoy tan flaco y demacrado y me siento tan débil que casi no puedo mantener abiertos los ojos.

—Sí. Cabe la posibilidad de que la flecha estuviera envenenada, o que tuviera algún tipo de suciedad que te enfermó. Era poco lo que podíamos hacer aparte de intentar mantenerte vivo. No ha sido fácil.

—No recuerdo nada. ¿Estaba delirando?

Barra acercó una banqueta a la cama y se sentó de cara a él.

—No. No hay manera de suavizar las cosas. A veces te mostrabas desquiciado. Incluso tuvimos que atarte a la cama una o dos veces. Otras dormías tan profundamente que temíamos que dieras el último paso hacia la muerte.

—¿Y Ailis? —preguntó Alexander, y en la expresión de Barra no vio ninguna causa para tener esperanzas—. ¿Sigue atrapada en Leargan?

—Sí. Jaime se quedó con ella. Angus se ofreció a traerlo en su caballo, pero él no quiso abandonar a su señora. Dijo que la protegería.

—Ah, sí, él y ese maldito Malcolm —masculló Alexander, viendo claramente en su mente la imagen de Malcolm rodeando a Ailis con sus brazos.

Barra movió la cabeza.

—Está claro que hay algunas cosas que recuerdas muy bien.

—También recuerdo que tuvimos que dejarla con MacCordy. Así que ha pasado un mes. Eso quiere decir que el invierno ha llegado de verdad.

—Y crudísimo. Aun en el caso de que no nieve más, tendrá que llegar la primavera para que se derrita la que ya cubre la tierra. —Le sonrió levemente—. Creo que podría llevarte todo ese tiempo recuperar tus fuerzas.

Alexander intentó sentarse, y lo consternó encontrarlo tan difícil.

—Donald MacCordy no dejará vivir a mi hijo mucho tiempo

una vez que nazca. Debo ir a rescatar a Ailis y a mi hijo lo más pronto que pueda.

Barra le cogió las dos manos.

—Todos estamos dispuestos a ir a salvar a Ailis y a tu hijo. Pero sabes lo imposible que es emprender un ataque exitoso, sea grande o pequeño, en pleno invierno. Y, como he dicho, necesitas recuperar tus fuerzas. Esta es la primera vez que hablamos desde que te marchaste para ir a ver a ese sacerdote. Sí, y hasta para el más tonto de los tontos es evidente que esto te está cansando.

—¡El sacerdote! ¿Él nos traicionó?

—No, el traidor fue un hombre que trabajaba en cosas como limpiar el establo, los corrales. Es curioso, pero ese hombre fue el único que murió. Angus lo encontró en la cocina metido en una barrica de vino vacía. Le habían cortado el cuello.

—El pobre infeliz creyó tal vez que MacCordy actuaría con honor. —Miró hacia la estrecha ventana y aunque no vio nada, no le costó imaginarse cómo estaría todo—. Debo esperar hasta la primavera para recuperar lo que es mío, ya sea que sane rápido o no.

—Eso me temo. No será fácil recuperarla. No nos conviene combatir con el lodo y el mal tiempo además de los MacCordy y los MacFarlane. Ailis sólo les sirve si está viva, y el niño no va a nacer hasta mayo o tal vez incluso a comienzos de junio. No desperdicies tu energía en preocuparte por lo que no se puede cambiar. Ahórrala para sanar. Ailis tiene a Jaime con ella; él la cuidará. Estará viva cuando por fin podamos ir a buscarla.

—Todo eso es cierto, pero después de seis meses bajo el brutal puño de Donald, ¿querrá seguir viviendo, y que sobreviva nuestro hijo?

No sorprendió a Alexander que Barra guardara silencio.

Sentada en la cama, Ailis miró furiosa la maciza puerta que se interponía entre ella y la libertad, aunque fuera la más mínima. Durante un momento la furia superó al miedo que la había roído constantemente en los tres meses que llevaba prisionera en Craigandubh. Los MacCordy habían ido a refugiarse a su castillo pocos días después que fuera rescatado Alexander. Pese a que su tío y su tía política habían ido con ellos, no le ofrecían ninguna ayuda; en realidad a él no lo veía nunca. Estuvo tentada de arrojar la bandeja con comida contra la puerta, pero era comida que no podía desperdiciar; necesitaba alimentarse.

Masticando un bocado del grueso trozo de pan untado con miel, se pasó la mano por el ya redondeado vientre. Los movimientos que había comenzado a sentir eran su única causa de felicidad en esos momentos. Su bebé continuaba bien. Sabía que continuaría bien mientras estuvieran conectados tan íntimamente, tan unidos, que un daño a uno causaría daño al otro. Con la primavera se acabaría esa protección, así que tenía que conservar sus fuerzas para luchar o para huir de los peligros que enfrentaría entonces.

La soledad era su peor enemiga. Sólo veía a Jaime, a su tía política, cuya confusión mental parecía empeorar con cada día que pasaba, y a Donald, que se gozaba en amenazar a su hijo no nacido. Malcolm la visitó unas cuantas veces y después, considerando que ella estaba bastante segura, se marchó a su castillo, una torre fortificada de sus primos que él les defendía. Casi lo echaba de menos; no estando Malcolm, Jaime era su única compañía agradable. Su tía política, Una, no siempre estaba lo bastante espabilada para poder hablar con ella. Y Donald, pensó, con una renovada furia, sólo iba ahí a asustarla y a refocilarse hablando de matar a su hijo. Puesto que cualquier maltrato físico podía poner en peligro su vida, él se había rebajado limitándose al maltrato verbal. Muchas veces conseguía inspirarle terror, porque su hijo era su única verdadera debilidad.

Un suave golpe en la puerta le atrajo la atención y esperó para ver si la visita era grata o no. Se abrió la puerta y entró una criada sosa y tímida a retirar la bandeja, pero detrás de ella lo hizo Jaime. Exhaló un suspiro de alivio cuando la criada salió y le echó el cerrojo a la puerta. Por un momento había temido que llegara Donald, y no estaba preparada para su dosis casi diaria de improperios.

—Supongo que no has sabido nada de Rathmor —dijo, mientras Jaime se sentaba en un macizo banco de madera cerca de la estrecha ventana.

—Me preguntas eso cada día.

—Lo siento. Es que estoy muy preocupada, por Alexander, por los niños y por volver allí.

—¿Estás segura de que volver a Rathmor es lo que realmente deseas?

—¿Adónde podría ir si no? Mi hijo estará en peligro de perder la vida en las manos de los MacCordy, y en peligro de ser tratado como una dolorosa deshonra que hay que ocultar en honor de los parientes de su madre. La única opción es el clan de su padre, los MacDubh de Rathmor. Con todos sus defectos, Alexander ha dicho que se casará conmigo, y no me cabe duda de que hará todo lo posible por mantener seguro a su hijo. Eso es ahora lo que tiene la mayor importancia para mí. Podríamos decir que los planes para mantener seguro a este hijo es lo único que me mantiene cuerda. Todos estos meses mirando estas húmedas paredes o la fea cara de Donald es como para quitarle el juicio a una persona.

Jaime movió la cabeza.

—Este hombre vive obsesionado por este asunto, por ti, por el crío y por los MacDubh. Me parece que se está desquiciando. Yo en tu lugar no haría oídos sordos a lo que dice, por extraño que parezca. Esa furia de la que te protegía sir Malcolm no se ha apagado.

—No, lo sé. Donald sólo se la traga, y comienza a roerle las entrañas.

—Sí, cierto.

Ailis lo observó atentamente un momento, cayendo en la cuenta de lo mucho que había cambiado. Durante los meses transcurridos desde que los MacDubh los cogieran y los llevaran a Rathmor, Jaime había crecido, había madurado. Todavía tartamudeaba cuando estaba muy nervioso, pero su tartamudeo ya no era tan pronunciado como antes. Se había fortalecido su confianza en sí mismo.

—¿Y cómo estás tú? —preguntó—. Parece que te va bastante bien.

—Sí, bastante bien. Echo de menos a Kate y a los niños.

—Ah, sí, Kate. Yo diría que deseas volver a Rathmor, volver a verla.

Ailis sabía que Kate era el motivo de que Jaime se hubiera hecho más fuerte; el amor de Kate había terminado el trabajo que comenzara ella.

Un leve rubor tiñó las facciones morenas de Jaime.

—Sí que deseo estar nuevamente con ella. Pero es mi deber cuidar de ti.

—Jaime, sé que muchas personas creen que eres mi esclavo, pero no lo eres. Nunca lo has sido. No comiences a creerlo tú. Si deseas estar con Kate, pues ahí es donde debes estar. No debes arriesgar tu felicidad.

—Kate me esperará. Sé que no te pertenezco, pero te lo debo. Y somos amigos, ¿verdad?

—Sí. Si Dios nos favorece, Kate no tendrá que esperar mucho tiempo tu regreso.

—Eso espero. Pero ¿cómo podemos volver a Rathmor? ¿Cualquiera de los dos? Estamos prisioneros aquí.

—Se nos presentará una oportunidad de escapar, y debemos estar preparados. No pienses en si vendrá o no una oportunidad sino en que vendrá y en cómo debemos actuar para aprovecharla al máximo.

—¿Hay algo que pueda hacer yo? Cada día que pasa me dan más libertad. No me consideran una gran amenaza porque he jurado comportarme. Por la noche me tienen vigilado, pero durante el día no mucho. ¿Podría servirnos eso?

—Ah, pues sí, Jaime, podría servirnos. Después de todo necesitamos saber adónde ir una vez que salgamos de aquí. Es necesario encontrar una ruta de escape.

—¿Y de verdad crees que saldremos de aquí?

—Tengo que creerlo, Jaime. —Se pasó suavemente las manos por el abdomen—. Tengo que creerlo.

—Y tienes que alejarte de Donald antes que nazca ese crío.

—Ay, María bendita, sí, lo más lejos que pueda.

Sentada en el borde de la cama, Ailis intentó no gruñir cuando trató de levantar las piernas para tenderse y no pudo. No sabía que le ennegrecía más el ánimo, si la aburrida y lluviosa primavera o el tamaño de su cuerpo. La escapada había continuado eludiéndolos, a ella y a Jaime, durante todo el largo y frío invierno. Ya no sabía si podría huir ni siquiera aunque el propio Donald le sostuviera la puerta abierta.

Se le hacía cada vez más difícil dominar el miedo. Ya tenían encima la primavera y estaba segura de que faltaba poco para que naciera su hijo. Las amenazas de Donald eran cada vez más crueles, tanto que después de cada una de sus visitas se quedaba temblando y con náuseas. El hijo que llevaba en el vientre se había convertido en el símbolo de todos los insultos que Donald creía que le habían arrojado los MacDubh a lo largo de los años. Utilizaría a su hijo para descargar su furia y demostrar el creciente odio que sentía por Alexander y por ella.

—Debo escapar —musitó, esforzándose en dominar las ganas de llorar.

La repetida amenaza de Donald de cortarle el cuello a su bebé ante sus propios ojos y luego enviárselo en trocitos a Alexander era la que más la atormentaba. Le provocaba unos sueños terribles, pesadillas de las que despertaba temblando y sudando. Estaba segura de que eso no era bueno para ella.

Un suave golpe en la puerta y un murmullo de voces le atrajeron la atención. Sintió un ramalazo de esperanza, que se desvaneció cuando entró su tía Una seguida por Jaime llevando una bandeja con una jarra de vino y tres copas. Siempre era grato tener compañía, pero en ese momento lo que necesitaba era ayuda, la necesitaba angustiosamente. Con todo lo que quería a esa tonta mujer, Una no era una ayuda, y Jaime estaba casi tan impotente como ella.

—Jaime —dijo, oyendo la desesperación en su voz.

Este instó a Una a sentarse al lado de Ailis y les sirvió vino a las dos.

—Bebe un poco de vino, señora. Lady Una necesita decirte una cosa. Creo que será mejor que la escuches.

A Ailis le costó dominar su irritación. Bebió un trago de vino y miró a su regordeta tía política. La mujer apenas tenía cinco años más que ella y sin embargo lucía muchísimas canas. La compadecía por la horrorosa vida que llevaba, pero en ese momento necesitaba soluciones, no alguna de las embrolladas historias de Una.

—Ya estamos en primavera, Jaime —dijo, y la sorprendió que él le hiciera un gesto indicándole que se callara.

—Lo sé. Deja hablar a lady Una. —Dio una palmadita en la temblorosa mano de la mujer—. Ahora dile a mi señora lo que me dijiste a mí.

Entonces Una la miró y a Ailis se le evaporó la irritación. La mirada de sus ojos grises era distinta, como también era distinta la expresión que vio en su cara redonda. Daba la impresión de estar en su sano juicio. Había desaparecido esa expresión vaga, soñadora, reemplazada por miedo, por sufrimiento y por una temblorosa resolución.

—¿Qué quieres decirme, tía Una? —le preguntó, dándole también una palmadita en su brazo regordete.

—Debes marcharte —dijo Una, en voz baja y trémula—. No estás a salvo aquí.

A Ailis le costó no contestar con una réplica mordaz. ¿Así de repente la mujer se daba cuenta de lo que ocurría a su alrededor? Pero con palabras mordaces no conseguiría nada. Y, la verdad, no quería ser responsable de asustarla tanto que perdiera el juicio otra vez. La pobre Una había sufrido muchos malos tratos y sustos por parte de los MacFarlane.

—Lo sé, tía Una. Jaime y yo prácticamente no hemos pensado en otra cosa desde que nos encerraron aquí.

Una le cogió las manos.

—Debes marcharte ahora. ¡Ahora mismo! Así como no he hecho caso de lo que se dice y hace acerca de mí, tampoco pongo mucha atención a lo demás que se dice. Sir Donald suelta muchas groserías. —Le colocó la mano en el vientre—. Dicen que estoy loca. No han hecho caso de lo que dice sir Donald acerca de los planes que tiene para tu hijo. Comprendí que no podía desentenderme cuando eso comenzó a atormentar mis sueños.

—También atormenta los míos. Sir Donald no se esconde en absoluto.

—Parece que tu tío no se da cuenta de lo que ocurre a su alrededor. Pero, no, Donald no es muy cauteloso. Tiene la intención de matar a tu crío ante tus ojos y luego enviarlo a su padre cortado en trocitos.

Ailis había oído esa amenaza muchas veces, pero, curiosamente, la encontró más aterradora al oírla en la voz temblorosa de su tímida tía política.

—Me ha dicho eso una y otra vez estos últimos meses.

—Bueno, lo que de repente me obligó a prestar atención es que de verdad tiene la intención de hacerlo. Lo hará. Lo detecté en su voz. Un crío, un pequeñín inocente. Los hombres se quedan sentados ahí escuchando a sir Donald hablar de este horrible asesinato y no dicen nada. Todos son unos asquerosos cobardes. Bueno, pero yo no voy a quedarme de brazos cruzados ante esto; no voy a vacilar ni a soñar. Te marcharás de aquí esta noche.

—¿Esta noche? —repitió Ailis, intentando no poner todas sus esperanzas en la predicción de Una, pero le fue imposible; ya era demasiado el tiempo que no veía ni un solo atisbo de oportunidad de escapar—. No me hagas bromas con esto.

—Jamás sería tan cruel, hija. Sí, soy inútil la mayor parte del tiempo, pero nunca cruel, espero.

—No, claro que no. Lo que pasa es que estoy tan desesperada por huir de aquí que casi tengo miedo de creer que me haya llegado una oportunidad.

Una sonrió, con la cara algo contraída por la tristeza.

—Sobre todo cuando te la ofrece una que no es capaz de recordar dónde está la mayoría de los días. —Levantó la mano para silenciar una amable protesta de Ailis—. No, es cierto. Esto comenzó como estratagema para protegerme de mi marido, tu tío. Por casualidad descubrí que si me creía boba me dejaba en paz. Lo he hecho durante tanto tiempo que ahora ya no siempre es representación. Así pues, será mejor que hagamos nuestros planes antes que desaparezca mi claridad mental.

—¿De verdad crees que nos puedes ayudar a salir del castillo? —preguntó Jaime—. Tenemos que salir de nuestras habitaciones, de la torre y luego del patio. No nos sirve de nada si lo único que puedes hacer es abrirnos las puertas.

—Puedo ayudaros a salir del castillo. De verdad. Mi doncella siempre se encarga de averiguar todos los caminos para escapar en todos los lugares a los que vamos. Juzga bien a mi marido, sabe que él nunca se ocupará de nuestra seguridad, así que lo hace ella. Llevaré a Jaime para enseñarle el camino por si a mí me ocurriera algo.

Ailis asintió. No era difícil saber qué temía Una: el retorno de una distracción mental que ya no podía dominar. No había ninguna necesidad de hablarlo. La alegró que la mujer comprendiera tan bien sus debilidades, y que estuviera preparada para cualquier problema que estas le pudieran causar.

—¿A qué hora lo haremos? —preguntó, mirando a Jaime y luego a Una.

—A medianoche —contestó esta—. La hora de las brujas. Jaime dice que es la hora más tranquila en Craigandubh. Los que no están de guardia están durmiendo, y los que están de guardia no están muy alertas.

—Y estarán mirando hacia fuera.

—Sí —convino Jaime—. Vigilan que alguien los ataque, no que nadie se escape.

—¿Debemos ir a pie? —preguntó Ailis, dándose una palmadita en el abultado vientre, considerando esa posibilidad.

—Intentar llevar un caballo sería peligroso —dijo Jaime—. No podrías avanzar sigilosa por las sombras tirando de un caballo. —La miró ceñudo—. Tendremos que caminar, al menos al principio. ¿Podrás caminar?

—Sí, claro. Debo. No hay otra alternativa. Necesitaremos algo de comida.

—Yo puedo coger algo sin despertar sospechas —dijo él. Se levantó y ayudó a Una a ponerse de pie—. Estamos preparados para marcharnos, señora.

Ailis también se levantó y abrazó a Una.

—Ven con nosotros. No es vida la que llevas con mi tío.

—Eres una muchacha dulce. No, no puedo ir con vosotros. No tengo el valor. Y será mejor que no siga mucho rato aquí. Os retrasaría, y mi ausencia podría producir una alarma antes de lo que conviene.

—¿Y si descubren que me has ayudado?

—No creo que haya peligro de eso. Aunque alguien me acusara, ninguno de esos hombres lo creería. Cuídate, Ailis, cuida de ese bebé. No permitas que el único acto de valentía que he hecho en mi vida se desperdicie.

Jaime salió con Una. Por primera vez desde que la llevaran a Craigandubh, a Ailis no le fastidió oír el ruido del cerrojo en la puerta dejándola encerrada. Había una esperanza. Dentro de unas horas también podría haber libertad.

En el dormitorio no había mucho espacio para pasearse, pero Ailis no podía estarse quieta. No se le había ocurrido que sería tan difícil pasar la mitad del día esperando, pero en el instante en que salieron Jaime y Una el tiempo pareció enlentecerse dolorosamente hasta llegar al paso de una tortuga. La asustaban todos los ruidos que oía, porque podía ser Donald que venía a atormentarla con el conocimiento de su intento de fuga y se la frustrara. Otra cosa que temía era saber por Jaime que Una había vuelto a su estado de ilusa distracción y, peor aún, que esto le hubiera ocurrido antes de revelarle el camino de salida. De tanto en tanto le pasaba por la cabeza la loca idea de que la visita de Una y Jaime, la conversación sobre la huida, sólo había sido un sueño, producto de su angustioso deseo.

Se secó las palmas mojadas frotándolas en la túnica interior de lana. No era mucho lo que podía hacer en cuanto a preparativos, y eso no la favorecía nada. Si tuviera algo entre manos le serviría para llenar el tiempo y sentirse como si estuviera haciendo algo. Por lo tanto, se paseaba, se preocupaba, se preocupaba y se paseaba.

Sintió patalear al bebé, así que fue a sentarse en la cama, y se pasó suavemente las manos por el vientre. No iba a ser fácil caminar hasta Rathmor. Rogó que su huida no fuera tan peligrosa para su hijo como sin duda lo era Donald MacCordy. También rezó pidiendo que no encontrara más aflicción en Rathmor. No había sabido nada concreto acerca de Alexander. Era posible que al llegar allí lo encontrara reposando en el camposanto al lado de su pequeña Elizbet. Se obligó a desechar ese pensamiento.

—Ailis.

La voz suave la sobresaltó tanto que casi lanzó un grito, pero se apresuró a taparse la boca con las dos manos. Miró indignada a Jaime, que cerró silenciosamente la puerta y se acercó a la cama. Había estado tan sumida en sus preocupaciones que no lo sintió entrar.

—Me has quitado uno o dos años con el susto —lo reprendió, y entonces cayó en la cuenta de lo que significaba su presencia—. ¿Ya es medianoche? —Le cogió las dos manos y se levantó de un salto—. ¿Es la hora de escapar de este lugar?

—Sí, si estás lo bastante sana para esa terrible experiencia.

—De ninguna manera puede ser más terrible que estar enterrada en Craigandubh como en un sepulcro, con Donald MacCordy.

—Simplemente no quiero que creas que todo irá bien ahora. Podría no ir bien —dijo él ceñudo, mientras ella se ponía rápidamente la capa.

—Ah, conozco muy bien los riesgos, no temas, amigo mío. También conozco los riesgos de continuar aquí. Los que voy a correr al marcharme los enfrento en un intento de mantener vivo a mi hijo. No es un precio tan elevado.

—No, señora, no lo es. Manténte detrás de mí, y si encuentras que algún lugar está muy oscuro, cógete bien de la bolsa que llevo a la espalda. —Le miró el vientre—. Creo que cabrás por todos los lugares.

—Tú simplemente empújame o tironéame hasta que pase. —Le cogió la mano—. Vamos, antes que venga alguien a ver cómo estamos. Me mataría que nos sorprendieran justo cuando tenemos tan cerca el escape. ¿Qué hay en esa bolsa?

—Un poco de comida y otras provisiones importantes, y mudas de ropa para los dos.

—No sé qué haría sin ti, Jaime.

—Escaparte sola.

Ella le correspondió la sonrisa, salieron de la habitación y Jaime corrió el cerrojo de la puerta. Él no había podido evitar hinchar un poco el pecho de orgullo por sus palabras. Los dos sabían que ella habría intentado liberarse con o sin él, pero que su presencia era extraordinariamente útil. Ailis también sabía que estando tan avanzado su embarazo la presencia de él podría resultarle esencial para sobrevivir.

Sin decir palabra avanzaron sigilosos por el estrecho corredor por la parte más oscura. A Ailis la sorprendió un poco comprobar lo poco rigurosa que era la vigilancia dentro de la torre. Lograron recorrer todo el camino hasta la cámara de almacenaje situada debajo de la sala grande sin que ni una sola vez los detuviera nadie. Lo único que cambió cuando comenzaron a bajar la empinada escalera que llevaba a los sótanos en que se guardaban los alimentos fue que desapareció la tenue luz de las ocasionales antorchas. Ailis tuvo que cogerse de la bolsa que colgaba a la espalda de Jaime.

Por fin este se detuvo a encender una vela y Ailis exhaló un suspiro de alivio. Habían aminorado la marcha hasta casi avanzar a cortos pasitos. La vela le daba a Jaime la luz suficiente para caminar más rápido y ella simplemente se dejaba llevar. Era incómodo, pero prefería eso a avanzar tan peligrosamente lento que se arriesgaran gravemente a que los descubrieran.

Cuando Jaime se detuvo ante una pared ella se movió hacia un lado para mirar. Era evidente que hacía muchísimo tiempo que no se usaba esa ruta para salir del castillo y, en otra demostración de la estupidez MacCordy, no estaba bien mantenida tampoco. Jaime se vio en apuros para abrir la pequeña puerta oculta detrás de un montón de barricas de vino. Cuando finalmente lo consiguió, entró una ráfaga de aire rancio y húmedo que la hizo toser. También le inspiró una tremenda renuencia a seguirlo por el túnel que se veía ahí. Sabía qué tipo de alimañas habitaban esos lugares oscuros y húmedos. Entonces miró a Jaime y pensó cómo, con sus atormentadores miedos, podría considerar siquiera la posibilidad de entrar en ese lugar.

Le puso una mano en el brazo, desviando su atención del túnel.

—¿Jaime? ¿Podrás entrar ahí? ¿Tal vez haya otra salida?

—No, no hay ninguna otra ruta. Debemos pasar por aquí.

Ella avanzó un paso y asomó la cabeza.

—Se ve y huele muy parecido a todos los lugares que temes tanto.

—Sí, pero tengo una lucecita y no estoy solo.

—¿Quieres que yo haga algún ruido, emita algún sonido constante mientras pasamos para que sepas que estoy contigo?

Él asintió.

—Eso me iría bien. Y cógete firme de mi mano.

Inmediatamente ella puso la mano en la de él.

—Hecho. Simplemente repítete que vamos avanzando hacia la libertad, que vamos escapando, sin que nos capturen, y que al final de esto está el aire libre.

—El aire libre, frío y húmedo. —La miró ceñudo—. El tiempo no es muy bueno. Podría ser peligroso para ti.

—Estar aquí es peligroso para mí, Jaime. Aun en el caso de que la nieve me llegara a las rodillas y siguiera cayendo más, me marcharía de aquí. Basta de hablar.

Entró en el bajo y estrecho túnel y lo tironeó.

Jaime tardó un momento en cerrar la puerta del túnel; ella sostuvo la vela tratando de dominar el miedo que la iba invadiendo. Él le tendió la mano y ella se la cogió al instante. Notó un ligero temblor en su mano y se la apretó suavemente, y echaron a andar. Jaime tenía que caminar algo agachado delante de ella llevándola cogida de la mano. Con el fin de distraerlo de sus miedos, Ailis comenzó a entonar suavemente una vieja canción. Descubrió que el sonido también la tranquilizaba a ella.

Cuando llegaron al final del túnel Jaime se adelantó para abrir la trampilla. Nuevamente el estado en que estaba todo le dificultó el trabajo más de lo que debiera. Ella retrocedió, dándole espacio para que pudiera hacer uso de toda su fuerza y corpulencia. Finalmente cedió la pequeña portezuela, Jaime la levantó y saltó a un lado para evitar el montón de tierra, guijarros y broza que cayó en el túnel. Ailis hizo una honda inspiración para respirar el frío aire nocturno que entró a bocanadas y oyó a Jaime hacer lo mismo.

Entonces él subió de un salto y luego la ayudó a ella, con la mayor suavidad. Mientras cerraba la trampilla y la cubría con hojas, ramitas secas y cascajos, ella se dio una vuelta completa mirando el entorno. Habían salido al interior de una minúscula casita de piedra en ruinas. Estaban bastante lejos de las murallas de Craigandubh, y si tenían cuidado podrían escapar sin ser vistos. Aunque ojalá el tiempo fuera un poco menos crudo, pensó, haciendo un mal gesto y cubriéndose mejor con la capucha de la capa, por si eso le servía para que la muy fría llovizna la mojara menos. Aunque la lluvia era suave, podría resultar ser su peor enemiga.

Cuando salieron de la casita en ruinas Jaime echó a andar rumbo al norte, y no hacia el oeste, que era la dirección que debían tomar para llegar a la seguridad de Rathmor.

—¿Adónde vamos?

—No podemos ir directo, muchacha.

—¿No? Allí es donde queremos ir. Tomando todo en cuenta, no sé si es lo más juicioso caminar más millas de las que debemos. —Se levantó las orillas de las faldas y las dejó sujetas bajo el cinturón holgado que llevaba, para que no le arrastraran por el barro, enlenteciéndola—. No estoy en condiciones de resistir un largo trayecto.

—Si caminamos en línea recta hacia Rathmor no llegaremos allí. Lo único que conseguiremos será cansarnos y que nos encuentren los MacCordy y tu tío, y que nos lleven de vuelta a Craigandubh.

—¿Crees que sería tan fácil?

—Tal vez no tan fácil, pero bastante. Formamos una extraña pareja, muchacha. Nos será muy difícil escondernos. Lo mejor que podemos hacer es intentar ocultar nuestras huellas.

—Ah, comprendo. ¿Y con un rodeo lo conseguirás?

—Podría servir. —La levantó para pasarla por encima de un tronco caído y se detuvo—. ¿Encuentras tonto este plan? Intenté pensar detenidamente para ver todas mis opciones cuando me dijiste que lo hiciera. Se me ocurrió que esto engañaría a Donald, al menos durante un tiempo.

Ailis asintió y le dio una palmadita en el brazo.

—Lo has planeado bien, mucho mejor que yo. Mi único plan verdadero era huir y volver a Rathmor. Tú pensaste muchísimo más en el cómo. Sí, a Donald ni se le ocurrirá que hemos ideado un plan inteligente. Tomará la ruta directa hacia Rathmor para buscarnos. Le llevará un tiempo darse cuenta de que no ha visto rastros de su presa y se parará a considerar el por qué.

—Eso pensé. Esto podría ganarnos por lo menos un día, o tal vez más. Haremos un lento rodeo hacia Rathmor. Entonces, cuando ya lo tengamos frente a nosotros, intentaremos avanzar lo más rápido que podamos, aunque manteniéndonos escondidos.

—¿Crees que podremos mantenernos escondidos estando todos los MacCordy y los MacFarlane buscándonos entre los matorrales?

—Sí. Sólo somos dos personas a pie. La mayoría de las veces podremos ver a nuestros perseguidores antes que ellos nos vean a nosotros. Sí, u oírlos. Si nos mantenemos siempre cerca de lugares para refugiarnos no nos sorprenderán en campo abierto, y esto podría resultar más fácil de lo que imaginas.

—Ah, tendrá que serlo. Creo que estamos ante un reto muy grande.

—Estamos a la altura del reto. Tienes que creer en eso.

—Lo intentaré —musitó ella, y rogó ser capaz de conservar la fuerza que necesitaría para no ser una carga.

Capítulo 13

Jaime? —susurró Ailis, segura de haber escuchado pasos aproximándose a su escondite entre las rocas.

Tuvo la idea de enderezarse a mirar por encima de las rocas, pero resistió firmemente el impulso. Ya era bastante arriesgado susurrar el nombre de su acompañante, pues no le convenía revelar su presencia a sus enemigos. Sólo deseaba estar más seca y no tener tanto frío. Durante tres largos días el tiempo había variado de húmedo a lluvia torrencial y vuelta otra vez. La recorrieron otros muchos tiritones y se arrebujó más la mojada capa, lo que le sirvió de muy poco para encontrar algo de calor. Comenzaba a dolerle la espalda con inquietante frecuencia.

—¿Jaime? —susurró otra vez, detestando su cobardía pero aterrada por estar sola y tan gorda por el embarazo que era incapaz de protegerse.

—Aquí estoy, señora —contestó éste, saliendo de detrás de las rocas y sentándose a su lado—. No era mi intención dejarte aquí sola tanto tiempo.

—No, perdona que sea tan debilucha que me eche a temblar cuando me quedo sola.

—No debs sentir vergüenza por eso. Sabes de qué te viene la debilidad: de no estar en condiciones de protegerte. —Le dio una palmadita en las manos que tenía fuertemente apretadas contra la falda—. A mí no me gustaría estar tan vulnerable, tan incapaz de luchar.

—¿Has encontrado algo? ¿Alguna señal de los MacCordy o los MacFarlane? —Sintió deseos de reanudar la marcha, porque la inmovilidad le aumentaba la molestia de la humedad y el frío—. ¿Podemos continuar?

—Bueno, he visto huellas de gente a caballo que viene detrás de nosotros, pero no puedo asegurar que nos persigan. Podrían venir por esta ruta por otros motivos. —La miró ceñudo al ver que ella se enderezaba para friccionarse la parte baja de la espalda—. ¿Te sientes mal?

—No, estoy bastante bien. —Comenzaba a tener un mal presentimiento acerca de la causa de sus molestias—. ¿Qué otros motivos?

—Podrían ser jinetes de MacCordy que van a avisar a Malcolm MacCordy —susurró él.

Ailis se tensó y lo miró fijamente.

—¿Sir Malcolm? ¿Sir Malcolm vive cerca de aquí?

—Sí. Si enderezas más la espalda y miras hacia el norte verás su torre fortificada a través de la niebla.

Ella se giró con dificultad y, apoyada en las rodillas, miró y vio que él decía la verdad.

—¡Jaime! ¿Por qué hemos venido aquí, tan cerca del enemigo del que vamos huyendo?

Él hizo un mal gesto y se pasó la mano por la cara mojada por la lluvia.

—Mi intención era continuar más hacia el oeste desde aquí, pero anoche cambié de decisión. Decidí que necesitas un lugar para descansar, un lugar seguro para refugiarte.

—¿Seguro? ¿Un castillo de los MacCordy? ¿Estás loco? ¿Y por qué crees que necesito un lugar para refugiarme? Estoy bien.

—No, no estás bien. Lo veo en tu cara y en tu manera de moverte.

—Bueno, puede que no esté en perfecto estado, pero puedo arreglármelas para llegar a Rathmor.

—No así como estás. Estás cansada, tienes frío, estás mojada hasta los huesos y tiritas tanto que te castañetean los dientes. Una buena fogata te haría muchísimo bien, pero no podemos encender una. Atraería hasta aquí a nuestros enemigos y, en todo caso, todo está demasiado mojado. Necesitas librarte de este maldito tiempo y descansar un poco.

—Pero ¿en el castillo de sir Malcolm? Es un MacCordy. No podemos fiarnos de que nos ayude.

—Podemos fiarnos de que desea manteneros a salvo a ti y al crío. Eso ya lo sabemos.

—Bueno, sí, por eso se interpuso entre mí y Donald. Pero entonces yo no intentaba huir. De hecho, no me ofreció ninguna ayuda la única vez que tuve la oportunidad de echar a correr para marcharme con los MacDubh cuando rescataron a Alexander.

Vio que Jaime fruncía el ceño y la miraba fijamente. Estaba buscando algún argumento que la convenciera de recurrir a Malcolm en busca de ayuda. Le resultaba intensamente atractiva la idea de pasar una noche bajo techo, seca y abrigada y en una cama blanda, pero tenía que resistirla. Un solo acto de amabilidad y caballerosidad no convertía a Malcolm en un hombre del que pudiera fiarse de verdad. Tenía una posibilidad de llegar a Rathmor y no estaba dispuesta a poner en peligro eso.

—Estoy seguro de que hay hombres MacCordy por aquí buscándonos —dijo Jaime—. Eso significa otra noche al aire libre, aquí, con la humedad y el frío. ¿Es este el lugar donde deseas parir a tu hijo?

—¿Qué quieres decir? Aún no estoy a punto para dar a luz —protestó ella, pero al friccionarse la baja espalda cayó en la cuenta de que sí lo estaba o lo estaría pronto.

—Yo creo que lo estás. Aun en el caso de que no lo estés, queda el hecho de que no tienes buen color, sientes muchas molestias y dolores y te has enfriado peligrosamente. Deja de lado tus miedos y piensa en tu hijo; esto no es bueno para él.

Ella se sentó y se envolvió en la capa. Jaime tenía razón. Los tiritones que la recorrían eran más violentos, y los había sufrido la mayor parte de ese día. Uno de los principales motivos para arriesgarse y poner en peligro a su hijo en una huida era que eso le ofrecía al bebé la mejores posibilidades para sobrevivir. Y ahora tenía que decidirse por esa misma opción.

Se obligó a dedicar un momento a concentrarse en lo que sentía, aparte del frío y la humedad. El dolor de espalda era vagamente distinto al que sentía normalmente al final del día, y lo había sufrido durante todo esa larga jornada. Eso era una señal que no debía pasar por alto. Además, su hijo ya no se movía, algo que había hecho constantemente y con vigor desde el momento en que sintió su primera patada. No sentía contracciones reconocibles, pero eso no significaba que no estuviera ya en los comienzos de la labor del parto. Una mirada al entorno le dejó clara la absoluta inconveniencia de ese lugar para parir. No era un verdadero refugio que la protegiera del frío, de la constante humedad ni de sus enemigos. Fácilmente podrían atraparla ahí en esa situación tan vulnerable. Necesitaba un lugar seco para ocultarse, y Jaime tenía razón: si Malcolm accedía a ayudarla, estaría mucho mejor bajo techo.

—Podríamos perder todo lo que hemos ganado —dijo finalmente.

—Sí. —Haciendo un mal gesto Jaime miró hacia la torre de Malcolm—. Después de todo es un MacCordy.

—Bueno, simplemente tendremos que arriesgarnos y esperar que su aversión al maltrato a una mujer embarazada se extienda al maltrato del propio bebé. —Hizo ademán de levantarse y se apresuró a aceptar la mano que le tendía él—. Podríamos haber descubierto los límites de la lealtad de Malcolm hacia sus parientes. Seríamos tontos si no aprovecháramos eso.

—Nunca ha sido un pecador brutal como sus primos. Sin embargo, hemos de guardarnos de fiarnos de él muy fácilmente.

—Muy cierto. También creo que una parte de Malcolm encuentra placer en hacer cosas en contra de sus primos, y lo hace de una manera que estos parecerían tontos si lo reprendieran o castigaran a causa de ellas. —Vacilante, se detuvo cuando Jaime comenzaba a llevarla hacia la torre fortificada de Malcolm—. Podría estar equivocada.

Él la miró ceñudo, reflejando en su expresión la confusión que sentía.

—Entonces, ¿nos quedamos aquí?

—Ay, pobre Jaime, atrapado bajo la lluvia con una mujer que no es capaz de decidir si ir o quedarse. —Echó a andar hacia la torre—. He tomado la decisión, sólo que he sido algo lenta en actuar según ella. Roguemos que Malcolm nos ayude y no exija un precio muy elevado por su ayuda.

—Malcolm, creo que será mejor que vengas a la cocina.

Malcolm levantó la vista del fuego que estaba atizando ociosamente y miró ceñudo a la joven Giorsal, la eficiente encargada de cuidar de su modesta casa. Sintió el vago deseo de que los pocos guardias que le había concedido su tío fueran por lo menos la mitad de eficientes. Sin duda después de atiborrarse de otra de las excelentes comidas de Giorsal, los hombres enviados allí a ayudarlo a proteger la torre estaban acurrucados en sus camas o inclinados sobre un par de dados. Seguro que no estaban donde debían, bajo la lluvia vigilando por si aparecía un ejército. Hizo una honda inspiración, con el fin de serenarse y no descargar injustamente en Giorsal su fastidio por esos guardias de pacotilla.

—¿La cocina? —dijo, sonriendo levemente—. No esperarás que yo baje a la cocina, ¿verdad?

—Eso ofendería a tu virilidad, ¿no? ¿Crees que deseo que me ayudes a batir mantequilla o algo así?

—Lo que creo es que estás cada vez más impertinente. ¿Qué motivo podría tener yo para ir a la cocina? —Frunció el ceño al ver que ella miraba alrededor y se le acercaba otro poco—. No hace falta andar de puntillas, Giorsal. Estamos solos.

—¿Lo bastante solos para que no nos oigan? —susurró ella.

Él miró sus ojos gris oscuro y le extrañó la furtividad y un asomo de miedo que vio en ellos. La chica actuaba de forma muy rara. De todos modos sintió una punzada de alarma.

—¿Qué podrían «oír»? —preguntó en voz baja.

—Que será mejor que vayas a la cocina a ver a los huéspedes que acaban de entrar.

—¿Huéspedes? ¿Qué huéspedes? No he oído ninguna alarma, ningunos de mis hombres ha anunciado a ninguna persona.

—Esos hombres que te dio tu tío no valen ni los jergones en que duermen. No hay nadie vigilando. Estas personas entraron en el castillo sin que nadie los viera ni detuviera. Si fueran enemigos yo ya estaría caída sobre mi olla con el cuello cortado. —Corrió detrás de él hacia la cocina—. Pero estas personas no representan ningún peligro para nosotros.

—¿Cómo puedes estar segura de eso? —preguntó él, desenvainando su espada.

—Con la misma facilidad con que lo estarás tú tan pronto como los veas.

Giorsal maldijo en voz baja cuando Malcolm entró en la cocina y se detuvo tan bruscamente que ella chocó con él. Pasó por su lado y miró a las personas que estaban sentadas ante su desgastada mesa. La mujer tenía el aspecto de tener algo de calentura, pero se apresuró a llenarles nuevamente las jarras con sidra caliente con especias. Los dos necesitaban calentarse por dentro y por fuera.

—Por la expresión de tu cara supongo que ha sido mejor que me encontraran sola —dijo, mirando a Malcolm.

A Malcolm le llevó un momento sacudirse la conmoción. No podía creer que Ailis MacFarlane y su corpulento guardián estuvieran sentados en su cocina. ¿Cómo habían podido escaparse de Craigandubh? ¿Cómo habían logrado eludir a los MacCordy? ¿Y por qué recurrían a él? No le hacía ninguna falta ese problema. De ninguna manera deseaba afrontar o tomar las decisiones que sin duda debería tomar.

Se apresuró a sentarse.

—¿Qué hacéis aquí? ¿Cómo escapasteis?

Ailis bebió un trago de sidra, jurando que no le diría demasiado acerca de su huida. No quería causarle más dificultades a su pobre tía casi demente.

—No fue muy difícil —dijo—. El tiempo ha resultado ser el obstáculo más persistente.

—Ah, ¿así que deseas que te ayude devolviéndote a Craigandubh para apaciguar así la furia de tu futuro marido?

Hizo un gesto de asentimiento para darle las gracias a Giorsal, que le sirvió sidra caliente con especias y se sentó a su lado.

—No, no deseo volver ahí, jamás —contestó Ailis, negando con la cabeza—. Antes me cortaría el cuello yo misma.

—No digas tonterías. Estás embarazada.

—Sí, y justamente por eso huí de tu primo. Y por eso no volveré ahí jamás.

—¿Por qué estás aquí, entonces? Tienes que saber que yo te devolveré a Donald.

—Había esperado que no.

—Vamos, no sigas. Lamento que mi único acto de galantería te haya hecho pensar que soy el más grande de los tontos, un hombre que estaría dispuesto a renunciar a su medio de vida, tal vez incluso a su vida, por un capricho.

—No, una cosa que nunca he creído de ti es que seas tonto —dijo Ailis, sonriendo levemente, porque él parecía un poco irritado pero no realmente amenazador—. Tampoco creo que seas del todo un lacayo de tu primo.

—Te equivocas al hacer juicios generales acerca de un hombre con el que has pasado poco tiempo. —Frunció el ceño al ver que ella hacía un gesto de dolor, y observó que tenía las manos fuertemente apretadas en el borde de la mesa—. ¿Te duele algo?

—¿Es el bebé? —preguntó Giorsal—. ¿Necesitas acostarte?

—Todavía no —repuso Ailis y miró a Malcolm a los ojos—.

Tenemos motivos Jaime y yo para creer que los hombres de tu primo no tardarán mucho en estar aquí. Tal vez debido a la ayuda que me ofreciste antes, consideran que este es un lugar posible para buscarme o para poner guardias extras. No hay ningún otro lugar entre aquí y Rathmor que no esté vigilado. Me sorprendió mucho encontrarte tan desprotegido y sin vigilancia.

—Tengo guardias —gruñó Malcolm.

—No vimos a ninguno, señor —dijo Jaime—. No ha sido intencionado ¿no?

Malcolm bebió un largo trago de su sidra.

—No, no ha sido intencionado. Estoy maldecido con soldados que son unos idiotas perezosos. Mi querido primo Donald me da la escoria de los patéticos guardias con que se rodea. Hace tiempo que dejé de intentar obtener algún trabajo de los bufones que Donald llama soldados. Si mi primo desea desperdiciar su dinero en mercenarios que no son capaces ni de amansar a unas pocas ovejas en el campo, es problema de él, no mío.

—Creo que pronto tendrás más guardias aquí de los que podrías desear —dijo Ailis, sintiendo casi compasión por él.

—Sí, pero estarán aquí para ir en tu búsqueda o vigilarme a mí. Ya me has costado carísimo, muchacha. Mis parientes nunca han sido los seres más confiados del mundo, pero antes que me interpusiera entre tú y ellos no desconfiaban francamente de mí. Ahora, sí. Es un buen regalo el que me has hecho. Y ahora vienes a sentarte aquí, deseosa de causarme más problemas aún. Bueno, no, gracias.

—¡Malcolm! —exclamó Giorsal, dándole un ligero golpe en el brazo—. No puedes hablarle así a una mujer embarazada.

—Embarazada de un hijo de MacDubh —dijo él.

—A mí no me importa quién es su padre, y a ti no debería importarte. Lo único que necesitamos saber es que lleva a un crío en el vientre. Eso basta para inspirar a cualquier alma cristiana el deseo de ayudarla. Sí, sobre todo porque creo que no lo va a llevar en el vientre mucho tiempo más.

Terminó la frase con una leve entonación de pregunta y miró a Ailis.

Malcolm miró horrorizado el abultado vientre de Ailis.

—¿Estás a punto de dar a luz?

Ailis tuvo dificultades en reprimir del todo una sonrisa ante la reacción de Malcolm.

—Existe la posibilidad. Me siento rara, pero eso podría deberse a que estoy cansada y mojada. El tiempo lo dirá. Lo que pasa es que estando los hombres de MacCordy y de MacFarlane tan cerca buscándome y el tiempo tan malo, no podía continuar al aire libre. Necesitaba un refugio.

—¿Por qué, entonces, no te quedaste en Craigandubh? —Malcolm terminó de beber su sidra y volvió a llenar su jarra, deseando tener una bebida más fuerte—. Allí habrías estado a salvo y seca.

—Yo sí que lo habría estado, pero mi hijo no.

—No, sé que mi primo ha estado furioso y habla con crueldad, pero no debes tomar en serio todo lo que dice.

—Ah, pues sí que me lo tomo en serio. —Le sostuvo la mirada—. Donald MacCordy tiene toda la intención de matar a mi hijo.

—No, no me puedo creer eso —alegó Malcolm, pero su voz no sonó muy convencida.

—Es cierto. Quizá no dijera tan en serio sus amenazas cuando tú estabas todavía en Craigandubh. Entonces sólo era furia, una crueldad cruda debida a su odio que era dolorosa, pero no verdaderamente peligrosa. Fue cambiando a medida que se me hinchaba el vientre. Rara vez me levantaba la mano, pero se veía la verdad de sus hostiles amenazas en su cara, en su voz e incluso en sus ojos. Donald tiene la intención de no dejar vivir a mi hijo mucho rato después de su primera respiración. Si hay algo que pueda ser más atroz que asesinar a un bebé inocente, tu primo lo ha pensado. Quiere enviar a Rathmor, a los MacDubh, el cuerpo de mi hijo hecho trocitos.

—Es difícil creer que mis parientes puedan actuar con tanta vileza.

—Donald lo hará. Está casi loco de odio por el hijo que llevo en el vientre. Así que no podía quedarme ahí, no podía esperar hasta que hubiera nacido. No soy la única que piensa eso. Sabes muy bien que alguien tuvo que ayudarnos a Jaime y a mí a salir de Craigandubh. No te diré quién es, pero lo digo simplemente para demostrarte que otra persona comparte mi opinión.

—¡Sir Malcolm! ¡Ea, mi señor!

Los cuatro se quedaron inmóviles al oír resonar esa voz masculina por la casa. Ailis hizo ademán de levantarse y al instante Jaime se puso a su lado para ayudarla. Su primera idea fue echar a correr, pero Malcolm le cogió la muñeca y le puso la mano en la de Giorsal.

—Escóndela, muchacha —le ordenó—. Llévala a tu cuarto. Iré a ver qué problema podría haber y luego te diré qué hacer.

Tan pronto se perdió de vista Giorsal llevando a sus indeseados huéspedes por la escalera que llevaba a los pisos de arriba, Malcolm salió de la cocina en dirección a la sala grande. Ya antes de entrar se le hizo evidente que el guardia estaba simplemente en el medio de la sala llamándolo a gritos sin siquiera tomarse el trabajo de mirar alrededor. Al llegar hasta él le dio un cachete en un lado de la cabeza. Lo enfurecía la estupidez de sus soldados. Los hombres que Donald había puesto bajo su mando servían para poco más que para ser blancos fáciles ante las flechas.

—Deja de aullar —le ordenó, yendo a sentarse en su sillón cerca del hogar—. ¿Qué deseas decirme?

—Ha llegado un mensajero. Dice que su amo está a media hora de trayecto de aquí.

—Y eso tiene cierta importancia para mí, ¿eh?

—Sí, es tu primo, señor. Sir Donald es el amo del muchacho.

—Ah, aclarado. O sea, que mi primo viene a hacerme una visita. Bueno, ve a ocupar tu puesto y ve si logras que los otros haraganes hagan lo que deben. Sé que pensáis que no tengo ningún poder sobre vosotros y que mi primo Donald es vuestro amo. Pues bien, vuestro verdadero amo se aproxima a nuestras puertas. Os recomiendo que no le dejéis ver lo absolutamente inútiles que sois. —Correspondió la indignada mirada del fornido hombre con una leve sonrisa—. Será mejor que te des prisa. El tiempo pasa.

Tan pronto como salió el hombre subió corriendo a los aposentos de Giorsal; no tenía mucho tiempo para decidir qué hacer con sus huéspedes. Cuando entró en el cuarto hizo un mal gesto, porque Ailis presentaba una imagen que no podía dejar de conmover el corazón de un hombre, de cualquier hombre a excepción de Donald MacCordy. Incluso acostada en la cama de Giorsal, con el vientre abultado por el bebé de MacDubh, estaba hermosa. Seguía sintiéndose atraído por ella, por el calor que sabía era capaz de dar. Avanzó hacia la cama mientras Jaime la ayudaba a sentarse.

—¿Vienen problemas hacia aquí? —preguntó ella.

—Ah, sí, mi bonita futura madre. Tu prometido cabalga en esta dirección. —La vio palidecer, y cuando ella intentó levantarse, con un gesto le indicó que se quedara donde estaba—. Dile a tu fiel gigante que no se erice —ordenó al ver que Jaime emitía un gruñido y avanzaba un paso hacia él—. No te serviré de nada muerto. La verdad, creo que Giorsal se molestaría un poco si me mataras, y creo que necesitáis todos los aliados que podáis conseguir. Sí, incluso uno tan dudoso como yo.

Ailis levantó una mano para impedir que Jaime continuara avanzando hacia Malcolm.

—Creo que tiene razón, amigo mío.

—No tengo por qué matarlo —dijo Jaime, sosteniendo en alto un enorme puño—. Podría simplemente meterle un poco de sensatez y honor con unos pocos golpes.

—Eso podría beneficiarlo —masculló Giorsal, mirando a Malcolm enfurruñada—. Sin duda.

—Me hieres, preciosa —dijo él, dirigiéndole una afligida mirada, y luego miró a Ailis—. Me parece que no tienes mucho tiempo para decidir entre las opciones que te voy a ofrecer.

—Entonces te recomiendo que te des prisa en ofrecerlas —contestó ella—. Voy a necesitar por lo menos un momento para pensarlas.

—Para mí sería muy beneficioso entregarte a mi primo. —Levantó una mano para silenciar a Giorsal, que abrió la boca para protestar—. Así que debo ganar algo por no entregarte.

—Pierdes tiempo. Simplemente di tu precio.

—Tú eres mi precio. Cuando acabe este problema, como debe acabar, y hayas recuperado la salud después del nacimiento del bebé, deseo pasar una noche contigo. —Retrocedió un paso al oír a Jaime gruñir una maldición—. Ese es mi precio.

—Malcolm, ¿cómo podrías hacer eso? —musitó Giorsal, mirándolo consternada y dolida.

—Cuando seas mayor lo comprenderás mejor, muchacha —dijo él, sin apartar la mirada de Ailis—. ¿Y bien?

—Todavía tengo un momento. —Levantó las dos manos cuando Giorsal y Jaime abrieron las bocas para protestar—. Chss. Gracias por vuestra preocupación, pero esto debo decidirlo yo.

—No quiero que compres mi vida de esa manera —dijo Jaime.

—No es mi intención insultarte, mi queridísimo amigo, pero no es tu vida la que debo tomar en cuenta, ni la mía.

Jaime asintió y ella exhaló un suspiro. Deseaba decirle a Malcolm que se hiciera un ovillo y se muriera, pero se resistió. No era el momento para mostrarse emotiva. Tenía que considerar fríamente sus opciones. Malcolm sólo había hablado de dos opciones, pero sabía que había una tercera. Él no se lo impediría si intentaba huir; eso se lo decía su instinto. Por desgracia, seguían existiendo los motivos para recurrir a Malcolm en busca de refugio. En realidad, concluyó, al sentir el dolor de una fuerte y muy reconocible contracción, en ese momento sólo había un motivo de peso. Fuera continuaba el frío y la humedad y seguía siendo peligroso. Y todavía tenía que evitar a toda costa volver a caer en las asesinas manos de Donald.

Pero el coste sería sin duda muy elevado si aceptaba pagar el precio exigido por Malcolm; destruiría cualquier posibilidad que tuviera de ser feliz con Alexander. Estaba segura de que había ablandado un poco la dura amargura del señor de Rathmor. Fuera cual fuera el motivo, si pasaba una noche con Malcolm, destruiría la pizca de confianza y afecto que hubiera conseguido inspirar en él. Para salvar a su bebé tendría que renunciar a toda esperanza de felicidad con su padre. Sabía también que podría tener que renunciar a toda posibilidad de ser una verdadera madre para su hijo, porque era muy posible que Alexander la excluyera totalmente de Rathmor, sin renunciar jamás a su hijo.

Nada de eso importaba, se dijo firmemente, sintiendo el dolor y la opresión de otra fuerte contracción. Todo eso tenía muy poca importancia comparado con la vida de su bebé. Intentó dominar la sensación de derrota que estaba a punto de ahogarla.

—Acepto —dijo, y la alegró que él tuviera la sensatez de no sonreír ni parecer demasiado complacido consigo mismo.

—Señora... —protestó Jaime.

—Discute conmigo después —le ordenó ella—. ¿Dónde me puedo esconder? —preguntó a Malcolm.

—En mis aposentos. Seguidme. —Salió del cuarto de Giorsal y echó a andar guiándolos hacia sus aposentos—. Tengo un cuarto secreto allí. Es un espacio entre los muros. Tu enorme amigo podría encontrarlo algo estrecho. Sí, y tú también puesto que estás tan abultada.

Contenta por tener el brazo de Jaime rodeándole los hombros, mientras seguían a Malcolm, ella preguntó:

—¿No hay ningún otro lugar donde podamos escondernos de Donald? Siento los dolores más fuertes y definidos.

—Giorsal, ve a buscar unas cuantas cosas para hacerle un poco más cómoda la estancia entre nuestras paredes. Sí, y dale todo lo que podría necesitar para parir a su bebé.

Ailis observó atentamente a Jaime cuando Malcolm se detuvo ante un inmenso armario para la ropa. Se metió en el interior y empujó con fuerza la parte de un extremo de la pared de atrás. Esa giró lentamente. Ella notó que Jaime palidecía un poco. Sería un escondite oscuro y estrecho. Durante un tiempo estarían encerrados entre dos gruesos muros de la torre. Y si a ella la ponía nerviosa entrar en ese oscuro pasillo, Jaime tenía que estar aterrado. Le pareció que no podía pedirle eso a su amigo; además, él no le sería de mucha utilidad porque estaría todo bloqueado por el miedo.

—Esto no va a resultar, Malcolm —dijo—. A Jaime le es imposible soportar un lugar como este, y necesito que esté totalmente bien y en su sano juicio.

—Estaré bien —dijo Jaime antes que Malcolm pudiera contestar—. No estaré solo. Tú estarás conmigo, señora. Y tendré una luz.

—Tener luz podría ser peligroso —dijo Malcolm ceñudo—. Podría verse por alguna grieta.

—Si nuestro enemigo llega a ver eso, una ínfima lucecita, supongo que estará tan cerca como para oírnos respirar. —No pudo evitar un gesto de dolor al venirle otra contracción—. Aun en el caso de que Jaime no necesitara la luz para dominar su miedo, la necesitará para ayudarme a mí. Ah, gracias, Giorsal —dijo al ver entrar a la chica, que comenzó a barrer el espacio del escondite—. Eres muy amable.

—Podrías estar un tiempo encerrada entre estos muros —contestó esta, cubriendo todo el suelo con mantas.

—Mi plan es librarme de mi primo lo antes posible —dijo Malcolm.

Giorsal salió y volvió a entrar con una cesta llena de fruta, queso y vino; la dejó en un rincón, y después llevó mudas de ropa, trapos y agua.

—Ya es tarde, señor —dijo mientras hacía todo eso—. Creo que disfrutaremos de la desagradable compañía de sir Donald hasta mañana. —Le pasó velas y un pedernal a Jaime—. Y me parece que en cualquier momento va a empezar a gritar llamándote —dijo a Malcolm, y luego miró a Ailis—. Será mejor que entréis tú y tu acompañante en este pequeño escondite. Ojalá tuviéramos algo mejor.

—Con tal de tener seguro a mi hijo puedo soportar un poco de incomodidad.

Diciendo eso entró y se sentó. Un instante después Jaime le pasó unas almohadas. Mientras él entraba encendió una vela, y se apresuró a encender otra tan pronto como Malcolm cerró la puerta. Cuando esta se cerró, dejándolos encerrados entre los muros, observó atentamente a Jaime. Este cerró los ojos e hizo varias respiraciones lentas y profundas. Ella rogó que todo fuera bien, porque las dolorosas contracciones ya le venían muy seguidas. No tardaría en necesitar su ayuda. Cuando por fin él la miró, tenía los ojos despejados, aunque la cara pálida. No se veía ninguna señal de ese miedo terrible que se apoderaba de él en lugares como ese.

—¿De verdad te encuentras bien, Jaime? —susurró—. Todavía tenemos tiempo para que busques otro lugar donde esconderte.

—No hay ningún otro lugar. —Se sentó de cara a ella—. Estaré muy bien. No está oscuro y no estoy solo.

—Y me parece que pronto los dos estaremos ocupados.

Se mordió la lengua para reprimir un gemido al sentir pasar una fuerte contracción por toda ella.

—El crío no va a esperar —dijo él.

—No, eso parece.

—¿Has visto nacer a un niño o ayudado en un parto?

—Nunca. ¿Y tú?

—No, pero he ayudado en el parto de las ovejas y de uno o dos terneros.

—Eso es más de lo que he hecho yo. —Ahogó un resuello al venirle otra fuerte contracción, y trató de mantener despejada la cabeza—. No tuve mucho tiempo para estudiar el asunto antes de que me llevaran prisionera a Craigandubh, y ahí nadie me dijo nada sobre partos. Sólo hablaban de muerte cuando se mencionaba a mi hijo.

—No pienses en ellos, no se van a apoderar de este crío. Sólo debes pensar en el nacimiento, en el hijo vivo que está exigiendo salir.

—Pero Jaime, los bebés hacen ruido cuando nacen. Gritan y berrean.

—Bueno, sí y no —repuso él. Frunció el ceño y se rascó la cabeza—. No se me ocurre ninguna manera de impedírselo si desea gritar.

—A mí tampoco, pero podría traer a Donald directo hasta nosotros.

—No te inquietes por eso. No puedes hacer nada.

—Cierto. Aparte de rogar que el hijo de Alexander tenga la sensatez de entender que estamos rodeados de peligros y mantenga la boquita cerrada.

Sonrió levemente al ver asentir a Jaime.

Malcolm soltó una maldición cuando Donald tropezó detrás de él. Había intentado emborracharlo para que se pasara la noche durmiendo debajo de la mesa de roble de la sala grande, pero por lo visto tendría la compañía de ese gamberro toda la noche. Sólo podía rogar que estuviera tan borracho que no oyera nada, o no le quedara agudeza para entender lo que fuera que pudiera oír. Deseó tremendamente tener tiempo para avisar a Ailis y a Jaime.

—No me vas a hacer dormir en el suelo en mi propio castillo —dijo, lo más fuerte que se atrevió cuando entró con Donald en su dormitorio.

—Tu castillo, ¿eh? —dijo Donald riendo groseramente al tiempo que se arrojaba sobre la cama—. Olvidas a quién le debes todo, primo. —Se sentó con dificultad para quitarse las botas y volvió a echarse en la cama—. De verdad pensé que esa putita habría venido aquí.

—¿Aquí?

—Sí, a engatusarte para conseguir tu protección otra vez.

—Me insultas con tu desconfianza —dijo Malcolm, caminando hacia la jofaina a lavarse para acostarse, y rogando que Donald se diera prisa en quedarse dormido.

Al oír voces de hombres Ailis dejó de resollar, con lo que le aumentó tanto el dolor que casi gritó. Cuando reconoció las voces le costó más aún reprimir el grito. No podía creer que Malcolm hubiera llevado a Donald a su habitación, a sólo unos palmos de donde estaba ella. Entonces comprendió que tal vez no había tenido otra opción. De todos modos, se encontraba ante lo que podría ser una tarea imposible: parir a su primer hijo sin emitir ningún sonido.

Se puso un trapo mojado entre los dientes para poder morder cuando le viniera el dolor de otra contracción. A través de las lágrimas que le empañaban los ojos vio la figura borrosa de Jaime agachado entre sus piernas, instándola en silencio a empujar. Su hijo iba a llegar al mundo a sólo unos palmos de distancia de su más mortal enemigo. Esforzándose en empujar soltó una palabrota en silencio, porque no podía reprimir todos los sonidos; incluso al respirar hacía algo de ruido. Sigue hablando, Malcolm, le ordenó en silencio. Habla largo y en voz alta.

Malcolm oyó un suave ruido proveniente del escondite entre los muros y sintió brotar un sudor frío. Cogió el decantador con el vino fuerte que había dejado Giorsal junto a su cama y llenó dos copas grandes, una para Donald y otra para él. Pasándole la copa a su primo inició un largo y detallado relato de una noche que pasó en la corte del rey. Por primera vez en su vida, se disponía a aburrir a alguien a propósito para que se durmiera. Lo alegró ver que Donald tenía los ojos más vidriosos cuando le sirvió la segunda copa.

Ailis dominó el deseo de gritar cuando el cegador dolor le recorrió todo el cuerpo. El dolor que le causaba su bebé al salir de su cuerpo igualaba al terror de saber lo que podría producir su primer llanto. Estaba tan tensa temiendo ese momento que apenas se dio cuenta cuando Jaime le abrió el corpiño y le puso algo tibio y mojado ahí. Le llevó un momento tener la claridad mental suficiente para mirar lo que sostenía. Su bebé estaba sobre su pecho, mamando resueltamente mientras Jaime lo limpiaba. Puesto que no hubo ningún grito ni llanto, se relajó un poco.

—Un niño —susurró.

—Sí, y silencioso.

—Gracias a Dios. —Le cogió las dos manos a Jaime—. Y gracias a ti.

—Sólo deseo haber podido impedirte hacerle esa promesa a Malcolm. Podría costarte muchísimo, señora.

—Sí, lo sé. —Miró a su hijo y sonrió—. Pero mira lo que he salvado con eso.

Capítulo 14

Como tantísimas noches desde que se le curaran las heridas, Alexander había subido a las almenas de Rathmor y se pasaba horas mirando hacia Leargan. Ardía en deseos de sitiar ese castillo y rescatar a Ailis de las garras de su tío. Por desgracia, el tiempo a finales de la primavera se negaba a acomodarse a sus deseos. Las últimas lluvias y la inminente amenaza de más hacía imposible un ataque franco en esos momentos. Un buen ataque a un castillo bien defendido era una tarea peligrosa y difícil. Y en las adversas condiciones que enfrentaban sería casi suicida.

Si fuera sólo por él, se arriesgaría. Pero no podía ordenar a sus hombres, algunos recién recuperados después de haberlo rescatado, que lo siguieran en una aventura tan temeraria. Significaría simplemente la pérdida de muchas vidas, y por mucho que estuviera sufriendo, Ailis no esperaría eso. Seguro que se sentiría consternada si se perdía una sola vida en un intento de salvarla. La necesidad de tomar en cuenta a los demás lo había obligado a esperar, a doblegarse ante el sentido común, pero no le gustaba.

Pensar en todo lo que podría estar ocurriéndole a Ailis, y todo lo que había ocurrido, lo hacía apretar los puños impotente de furia. ¿Estaría a salvo todavía el hijo que llevaba? ¿MacCordy la habría obligado a meterse en su cama aún estando embarazada? ¿Habrían respetado el matrimonio por acuerdo que los dos proclamaron en su momento de desesperación, o no habrían hecho caso a pesar de las varias decenas de MacCordys que fueron testigos? ¿Estaría ya Ailis casada con MacCordy, por un sacerdote? ¿Estaría viva siquiera?

Esa última pregunta la desechó casi antes que se le formara en la cabeza. Aunque normalmente se mofaba de esas cosas, no podía evitar pensar que lo sabría, que de alguna manera lo sentiría si Ailis hubiera muerto. A pesar de sus esfuerzos por mantenerla a distancia, habían llegado a intimar, a estar unidos en tantos sentidos que estaba seguro de que en su interior ocurriría algo si ella moría, ya fuera que él estuviera ahí para ver esa tragedia con sus propios ojos o no. Había combatido eso con uñas y dientes, pero tenía que aceptar que era cierto, que ella se había convertido en una gran parte de él. Una ligera presión en el brazo lo sacó de sus negros pensamientos. Miró hacia abajo y se encontró ante la dulce y solemne carita de Sibeal, que estaba en camisón de dormir.

Dejó de lado su aflicción y miedo, por el bien de ella; de ninguna manera debía sumar lo suyo a lo que la pequeña ya sufría.

—Deberías estar en la cama, muchacha —la reprendió en tono amable.

—Volverá, tío —dijo Sibeal mientras él la levantaba en los brazos—. La tía Ailis volverá aquí a estar con nosotros.

Él echó a caminar en dirección a la torre, para bajar, no fuera que el aire nocturno húmedo y frío le hiciera daño a la niña.

—Espero que tengas razón, cariño.

Sibeal le rodeó el cuello con los brazos y le dijo con absoluta seguridad:

—Tengo razón. Tuve uno de mis sueños, ¿sabes? El sueño me dijo que va a venir.

No era insólito que una niña se inventara cuentos o pusiera demasiada fe en sus sueños, pensó Alexander. Tomando en cuenta lo que todos creían acerca de la pequeña, él comprendía que posiblemente era más susceptible que la mayoría de los niños. Se detuvo antes de subir la escalera hacia los dormitorios. Lo pensó un momento y finalmente se sentó en el primer peldaño acomodándola en sus rodillas. Debía hablar con ella, porque si se dejaban sin examinar esas ilusiones engañosas podrían causarle mucho sufrimiento. Severamente se ordenó no permitir que lo que decía Sibeal le aumentara las esperanzas. Impedir que la pequeña alimentara falsas esperanzas era otro motivo para hablar con ella.

—Crees que soy una cría tonta —musitó Sibeal, mirándolo a la cara.

—No, pero tal vez soñadora.

—Mi tía me dijo que la gente podría creerme tonta o podría pensar cosas malas de mí, como si fuera una bruja. Por eso no hablo mucho de esto. Pero anoche tuve un mal sueño con ella y esta noche uno bueno. ¿Quieres oírlo?

—Sí, muy bien, Sibeal, te escucharé. Pero eso no significa que yo crea en todo esto o que piense que tu sueño significa algo.

Esperaba que escuchándola disminuiría la importancia que ella le daba al sueño, y a él le disminuiría el miedo supersticioso a sus supuestos dones.

—El mal sueño me hizo llorar, aun cuando yo sabía que no significaba que mi tía Ailis estuviera muerta.

—¿Qué viste, hija?

—Estaba muy oscuro. Sólo veía sombras y apenas un poquito de la cara de ella. Había una inmensa sombra inclinada sobre ella, pero no era una sombra mala. La tía Ailis sentía mucho dolor, pero no creo que nadie le causara ese dolor. El dolor era de dentro de ella. Tenía miedo, pero el miedo no era por el dolor.

—¿De qué tenía miedo, cariño? —le preguntó él, al ver que ella fruncía el ceño y no añadía nada más.

—De algo que estaba fuera. —Frunció más el ceño—. Sí, la cosa mala estaba cerca, pero no donde estaba ella, y el dolor era de dentro de ella. —Se encogió de hombros y lo miró—. La tía Ailis dice que cuando sea más grande mejoraré en lo de explicarme y sabré más palabras.

—Era el crío. Ailis estaba teniendo al crío.

Alexander se sobresaltó al oír la voz de Barra, porque no se había percatado de su presencia. Estaba tan inmerso en lo que decía Sibeal que igual podría haber llegado un ejército por detrás de él y no se habría enterado. Tenía que hacer uso de toda su fuerza de voluntad y concentración para combatir el atractivo de la fe. La expresión de interés de Barra, sin absolutamente nada de escepticismo, cuando se sentó a su lado, lo incitó a buscar palabras para protestar. Ya había aceptado muchísimas cosas desde que llegaran Ailis y los hijos de Barra a Rathmor, pero había cosas que no podía aceptar y no estaba dispuesto a aguantar. Ese supuesto don de Sibeal tenía que ser simplemente fantasías de la niña.

—Vamos, Barra —dijo, mirándolo ceñudo—, no deberías alentar a la niña en todo esto. Y creía que te habías ido a acostar hace horas.

—Sí, estaba durmiendo, pero me he despertado. Sentí la necesidad de ir a ver cómo estaba Sibeal. Anoche fue a buscarme a la cama, y pensé que podría sufrir otro de esos sueños que la asustan. ¿Eso fue lo que te ocurrió esta noche?

—No, papá —contestó Sibeal, pasando a sentarse en su regazo—. Esta noche tuve un sueño bueno. El de anoche fue malo. No tengo muchos sueños malos, pero cuando vienen me asustan.

Barra le besó los rizos rojizos y musitó:

—Ailis me lo advirtió.

—¿De verdad crees que estos sueños significan algo? —preguntó Alexander, revelando su inquietud en la voz.

—Viste la prueba de eso con los cachorritos.

—Vi suerte.

—Venga, no me digas que crees que el sueño que Sibeal acaba de contarte es uno corriente en una niña pequeña.

Alexander no encontró ninguna respuesta para eso, así que guardó silencio. Se creía mucho en ese don de la visión. Cuando era un niño imberbe, había unas cuantas viejas que aseguraban que lo tenían, y una de ellas demostró varias veces que era cierto. A él no le gustó eso entonces y en esos momentos le gustaba aún menos. Cuando no entendía algo, eso lo desconcertaba e inquietaba muchísimo, y no le gustaba nada esa sensación. Encontraba horroroso tener una causa de esa odiada sensación dentro de las murallas de su castillo. Aunque, a pesar de todo, no podía descartar las palabras de la niña como tonterías. Barra tenía toda la razón al decir que no era un sueño normal para una niña, y eso le daba un crédito a la afirmación de que Sibeal tenía el don de la visión que él no deseaba que tuviera.

—¿Cuál ha sido el sueño bueno? —le preguntó a la pequeña, sin poder evitar que su voz revelara su renuencia y confusión interior.

—El sueño bueno ha sido la causa de que saliera a buscarte —contestó Sibeal—. Te vi tan triste, tío Alex, que se me ocurrió que te gustaría oír cosas buenas.

—Sí, muchachita, me gustaría —dijo él, sinceramente conmovido por su preocupación por él.

—Bueno, la tía Ailis ya no estaba en ese lugar oscuro, y se le había acabado el dolor. No vi nada con claridad, pero sé que estaba fuera, al aire libre. Sólo caminaba, caminaba y caminaba. Jaime iba con ella. Lo vi. Los dos me miraban a mí mientras caminaban y caminaban. Eso significa que vienen de vuelta a Rathmor.

—Si yo pudiera creer en cosas como sueños y visiones, diría que sí, que eso es exactamente lo que significa. Pero no me atrevo a creer, no me atrevo a creer de todo corazón.

Sibeal asintió. Su carita adquirió una expresión muy solemne.

—Mi tía Ailis cree, pero dice que no le gusta creer.

—Bueno, aun en el caso de que me lo creyera todo, no puedo enviar a mis hombres a recorrer los campos a caballo con este tiempo. No puedo, con todos los MacFarlane y los MacCordy que andan por ahí muertos de ganas de matarnos a todos, y menos aún debido a unos sueños de una muchachita —explicó Alexander, con la mayor amabilidad que pudo—. Seguro que mis hombres me creerían el más tonto de los tontos, o incluso un loco.

Sibeal asintió otra vez.

—A mi tía Ailis no le gustaría que le contaras mis sueños a la gente. Dice que entonces dejarían de tratarme como a una muchachita pequeña.

—Tu tía Ailis tiene razón, cariño —dijo Barra dejándola de pie en el suelo—. Es mejor mantener esas cosas en secreto. Muchas personas no pueden evitar tenerles miedo. Gracias, muchacha, por contarnos tu sueño. Ahora, a la cama. ¿Quieres que te acompañe para remeterte las mantas?

—No papá. —Lo besó en la mejilla—. Buenas noches, que duermas bien.

—Que duermas bien, muchachita.

—Necesito beber —gruñó Alexander en el instante en que Sibeal desapareció por la escalera, y, acto seguido, se levantó y entró en la sala grande a largas zancadas.

Barra siguió a su hermano y lo observó atentamente mientras se bebía una jarra llena de cerveza y volvía a llenarla antes de ir a sentarse a la mesa principal. En silencio, llenó su jarra con una fuerte y saludable sidra y fue a sentarse para acompañarlo. Aunque de todo corazón deseaba que Sibeal no poseyera ese don especial, no le costaba aceptar que ciertas personas privilegiadas nacen con la visión. Además, comprendía totalmente la renuncia de Alexander a aceptarlo; era un hombre que prefería firmemente los hechos y la lógica.

—¿De veras la abuela de Mairi tenía la visión? —le preguntó Alexander—. Esa señora española, ¿eh?

—Sí, Alex. Ailis ha dicho que muchas veces la mujer se lamentaba de tenerla. Según ella, la anciana dijo una vez que lo único bueno que encontraba en eso era que asustaba a Colin de muerte.

Alexander emitió una risita.

—Ailis me contó una vez que su abuela detestó a Colin desde el instante en que lo conoció. Parece que la mujer tenía un cierto grado de discernimiento.

—Alex, Sibeal no es una niña que diga mentiras ni se invente cuentos raros sacados de su imaginación —dijo Barra en tono tranquilo y con la mirada fija en la cara demacrada de su hermano—. La verdad, a veces es muy fácil olvidar lo pequeña que es.

—Uy, Barra, me pides mucho. Desde que llegaron a Rathmor Ailis y los críos, he aceptado a los niños, ¿no? He superado mi aversión a su sangre MacFarlane. Por las benditas lágrimas de María, ¿acaso no he engendrado a mi hijo en un vientre MacFarlane, e incluso me he declarado casado con la muchacha? ¿Debo aceptar que una sobrina ve lo que será, y sueña con lo que va a venir? Y si lo acepto, ¿qué puedo hacer aparte de quedarme sentado esperando que se haga realidad... —pensó un momento, buscando la palabra— esta profecía? No puedo hacer nada aparte de esperar, no puedo hacer nada para demostrar que el sueño de la niña es algo más que una visión inspirada por sus propias esperanzas. Y seamos sensatos. ¿Tengo que creer que Ailis ha eludido las garras de su tío, de su prometido y de todos sus hombres?

—Si alguna muchacha es capaz de hacer semejante cosa, esa es nuestra Ailis. Y si no Ailis, Jaime.

—No, nunca olvido a ese bruto, pero ¿aún seguirá vivo? Aunque, también, tiene su toque de simplón.

—Cierto, aunque yo creo que no es tan lerdo como creen muchos. Y cuando se trata de ayudar a Ailis usa hasta el último trocito de ingenio que posee. Tal vez necesite del cerebro de ella o de la ayuda de otra persona para idear un plan de escape o para sacarla a ella de Leargan o de Craigandubh, pero una vez que ve la manera no hay fuerza en el mundo capaz de detener a ese joven gigante, aunque eso signifique morir en el intento.

—Ailis ya está muy avanzada en el embarazo de nuestro hijo. Podría ser que incluso estuviera recién parida —ladró Alexander—. Eso es imposible.

Para Barra no era ningún secreto que su hermano estaba abatido, deprimido por la situación. Su miedo y su sufrimiento se revelaba claramente en su voz. Lo compadecía. Alexander estaba acosado por su preocupación por Ailis. Sólo le gustaría tener una idea de lo profundos que eran sus sentimientos. Temía que ni siquiera tuviera idea de la profundidad de sus sentimientos. Si Ailis no estuviera embarazada de un hijo suyo, era muy posible que no estuviera tan preocupado. Eso le dificultaba qué decir o qué hacer. Hizo una honda inspiración, para prepararse, y dijo:

—Sí, puede parecer imposible, y si tu hijo sigue vivo, sea dentro o fuera de su vientre, desde luego sería una temeridad que ella intentara escapar. Sin embargo, ninguna de esas cosas impediría a la muchacha intentarlo si se le presentara una oportunidad, cualquiera, la que sea.

Alexander estuvo un momento con los ojos cerrados, tratando de quitarse de la cabeza todos los pensamientos sobre los peligros de una empresa así.

—Sí, la muy tonta.

—Eso no lo voy a discutir, pero es el destino de ese crío que lleva en su vientre el que la impulsa a actuar. Piense lo que piense de ti, ese crío es de ella. Sabes tan bien como yo cómo Ailis protege a los suyos. Sea cual sea el problema que haya entre tú y ella, sabe que su hijo estará más seguro en tus manos. Si hubiera aunque fuera el más remoto indicio de peligro o amenaza para el bebé, esa muchacha atravesaría descalza el mismo infierno y más para salvarlo.

—Jesús bendito, sí que lo haría —gimió Alexander, sintiendo en la boca el amargo sabor de su miedo por Ailis y su hijo—. Sólo puedo rogar que la muy tonta tenga a alguien a mano con quien hablar para que le meta un poco de sensatez en la cabeza.

Paseándose por la sala grande, Malcolm hablaba y hablaba, y de tanto en tanto miraba furioso a Ailis. Ella estaba sentada muy tranquila esperando que él terminara el sermón para ir a acostarse, consciente de que necesitaba muchísimo descanso antes del viaje del que él intentaba con tanto ardor disuadirla.

Le agriaba el humor que ella hiciera caso omiso de sus palabras cuerdas e indiscutibles, aunque muy dulcemente, eso sí. Ese estado emocional no le disminuía en nada el miedo muy real que sentía por ella. De hecho, parecía estar tercamente indiferente a los peligros a los que se enfrentaría. Él no podía creer que pudiera ser tan ciega o tan estúpida.

—¿Me vas a hacer caso, mujer? —ladró—. Eso es una absoluta locura. En el caso de que logres llegar a Rathmor, sólo será para caer muerta ante las puertas de la fortaleza.

—Entonces Alexander podrá cuidar de nuestro hijo —repuso ella—. Malcolm, date por vencido. No me vas a hacer cambiar de opinión.

—Comienzo a dudar de que tengas cerebro para tener opinión —gruñó él, sentándose a la cabecera de la mesa—. Quédate aquí aunque sólo sea unos pocos días más.

—No. Eso sería tentar terriblemente a la suerte. El crío llora muy poco, pero llora. —Sonrió levemente—. Me preocuparía muchísimo si no llorara. Pero sus llantos podrían haber llegado a oídos que sería mejor que fueran sordos a ese sonido. Donald podría volver en cualquier momento, o Duncan. ¿Puedes prometerme que nadie de aquí me traicionará? —Por la expresión de su cara vio que no podía—. Sabes que escapamos por un pelo. Además, hay que tomar en cuenta la estación del año. Si me quedo mucho tiempo más aquí, quedaré atrapada por otra tormenta. O, peor aún, podrían cogerme cuando anden muchos hombres recorriendo los campos buscándome. Ese es un peligro que deseo evitar como sea.

No se podía discutir la verdad de su razonamiento, pensó Malcolm, pero deseó poder hacerlo. Consideraba esa marcha nada menos que suicida. Y aunque lograra encontrar las palabras para negar esa verdad, ella tenía la sensatez para saber que mentía. En realidad, la chica estaba totalmente sitiada; mirara donde mirara percibía un peligro real. Hizo un mal gesto para sus adentros, porque sabía que él era uno de esos peligros, aun cuando fuera uno más torpe. Un sentido del honor innato le decía que la liberara de la promesa que le había arrancado, pero su cuerpo no se lo permitiría.

Ailis lo vio fruncir el ceño, pensativo, y comprendió que estaba pensando en la promesa que le hiciera ella. Esa era una promesa que había hecho bajo presión, por lo tanto podía no cumplirla sin faltar al honor. Suspiró para su coleto, porque sabía que no optaría por eso. Malcolm le había pedido un precio a cambio de su vida y, más importante aún, de la de su hijo, y había cumplido su parte del trato: ella y su hijo estaban vivos, y con no poco riesgo para él. Sabía que honraría esa promesa. Lo más lamentable era que esa promesa hecha para salvar su vida y la de su hijo sólo le ofrecería un alivio muy breve. Alexander era su vida, y no le cabía duda de que el cumplimiento de esa promesa lo alejaría de ella.

—Ve a acostarte, entonces, Ailis —dijo Malcolm, con la voz embargada por la resignación—. Necesitas descansar para el suplicio que vas a enfrentar cuando llegue el amanecer.

—Gracias, Malcolm, por todo lo que has hecho.

—Sí, y me lo agradecerás, ¿verdad?

Ella detectó una nota rara en su voz, pero no logró interpretarla.

—Sí. Buenas noches, que duermas bien.

Malcolm se quedó mirándola hasta que salió y entonces cerró los ojos.

—Eres un cabrón, Malcolm MacCordy, un cochino cabrón.

Al notar que ni siquiera reconocer eso lo espoleaba a llamarla de vuelta a la sala para decirle que olvidara esa promesa, soltó una risa áspera, cargada de repugnancia por sí mismo.

Cuando Ailis llegó por fin al dormitorio, Giorsal la estaba esperando. La chica dejó de mecer la cuna del bebé y se levantó. Sintiendo todavía el peso de esa odiosa promesa a Malcolm en la cabeza, no deseaba mirarla a los ojos. Desde el principio le había sido fácil ver que Giorsal consideraba a Malcolm el comienzo y el fin de su mundo. Sabía muy bien lo que era sentir eso. También sabía que el cumplimiento de esa promesa heriría muchísimo a la chica, y lo lamentaba tremendamente, porque había sido muy buena y amable.

—Esa promesa la hiciste bajo presión, bajo amenaza —dijo entonces Giorsal—. No tienes por qué honrarla. Nadie lo esperaría de ti.

A Ailis no le extrañó que la odiosa promesa pesara tanto en la mente de Giorsal también.

—No, tal vez no, aunque no estoy muy segura de que se pueda decir «nadie». —Se inclinó a darle un beso a su hijo dormido y, suspirando, se echó en la cama—. Esperaba que hubieras olvidado lo que se dijo esa noche.

—De eso sólo hace dos días. ¿Cómo podría olvidar una cosa así, se haya dicho cuando se haya dicho?

—Sí, claro, ¿cómo podrías? —Miró a la chica sin disimular su curiosidad—. ¿Y por qué te preocupa tanto eso? Supongo que Malcolm no ha vivido como un monje desde que llegaste aquí.

—No, muy lejos de eso. Pero contigo es diferente. Las otras sólo son unas putas, no más importantes para él que su orinal.

—¿Y yo lo soy? No logro entenderlo —dijo Ailis pensando que la chica le daba demasiada importancia a algo que sólo era lujuria pura y cruda.

—Ah, sí, ya sé que no lo ves. No ves lo que hace un hombre. Es verdad, otra mujer sí puede verlo, porque si está comprometido su corazón, como lo está el mío, ve los peligros y tentaciones que confunden al hombre que desea. Normalmente una mujer enamorada ve hasta las más pequeña amenaza al deseo de su corazón. Y, créeme, Ailis, tú no eres una amenaza pequeña.

—Exageras.

—No. Lo que sufre Malcolm no es simple lujuria. Si lo fuera, yo no me preocuparía. Bueno, ¡no mucho! —Se sentó en el borde de la cama—. Sólo que no sé exactamente qué siente ni que piensa, porque Malcolm es un hombre muy, muy reservado.

—Sí, sé muy bien cómo son ese tipo de hombres —dijo Ailis, y sus pensamientos volaron derechos hacia Alexander—. Sin embargo, sigo creyendo que juzgas equivocadamente este asunto.

—No, Ailis, no. Antes a Malcolm no le importaba lo que hacían sus primos. Cerraba los ojos, porque si intentaba entrometerse para impedirles algo ponía en peligro sus posesiones, por pocas que sean. Malcolm nunca ha tenido mucho en su vida, así que se aferra a lo poco que posee ahora. Jamás arriesgaría eso por un simple deseo lujurioso. Pero al pedirte que compartas su cama una noche ha hecho justamente eso, porque sabe muy bien que si su primo llega a enterarse, lo considerará una grave traición. Tú le ofreces fuego a un hombre, y mi Malcolm ansía saborearlo. Siente hambre de eso desde el momento en que posó los ojos en ti. Ah, claro que le ofreces mucho más que eso a un hombre, pero no encuentro las palabras para explicarlo. Sólo sé que Malcolm busca eso. Con todas las otras sólo busca el alivio de un simple deseo. Malcolm desea lo que le das a Alexander MacDubh.

—Eso no lo podrá tener jamás —dijo Ailis—. No, ni siquiera aunque Alexander acabe arrojando lejos lo que le doy. Que es lo que hará en cuanto se entere de que me he acostado con Malcolm.

—Tú y yo sabemos que un hombre no es capaz de coger sólo lo que se le da libremente, pero ellos no siempre lo comprenden. Y si Malcolm lo entiende, no hace caso; para él es una tontería, porque no desea que sea la verdad. Ahora bien, aunque nunca me he acostado con él, sé que es un buen amante. Ese es el único motivo de que damas de mucha alcurnia busquen a un caballero pobre y sin tierras, y sí que lo buscan. —Hizo un gesto de pena—. No es la vanidad lo que lo hace creer que la habilidad que atrae a tantas mujeres que por lo demás podrían despreciarlo podría atraerte a él y alejarte de Alexander MacDubh.

—Esa habilidad que posee Malcolm podría despertar en mí la lujuria, pero jamás tocará algo más que eso. ¿No podrías convencerlo de eso? Ha pedido un precio por mi vida y, cuando lo pague, eso mismo me matará. Perderé a Alexander, y sin duda también a mi hijo, porque seguro que Alexander se aferrará a su hijo aun cuando expulse de su vida a la madre. Debido a esta promesa tres veces maldita no he tenido ni un solo momento de descanso o alivio.

—Lo intentaré, Ailis, pero no puedo prometerte nada. Es muy difícil que un hombre entienda esas cosas, sobre todo si nunca ha estado enamorado. Malcolm se mofa de lo que dicen los poetas y los cantores de baladas, en voz tan alta como muchos hombres. Igual podría mofarse de lo que yo intente decirle sobre tus sentimientos.

—Entonces puede darse por hecho. Lo siento, Giorsal, perdona. Lo siento mucho.

—No, no tienes ninguna necesidad de pedirme perdón. Te han pedido un precio por la vida de tu crío y debes pagarlo. Tú no lo has buscado, como lo han buscado tantas otras, y tampoco buscas lo que sabe hacer Malcolm. De él depende poner fin a esto, pero de verdad creo que no lo hará. No lo hará, aun cuando una parte de él desea sinceramente liberarte de esa promesa. Sabe muy bien que lo que te pide es que hagas de puta, y ese no es su estilo. —Se levantó y se dirigió a la puerta—. De todos modos, haré todo lo posible por disuadirlo, por las dos. Buenas noches, Ailis, que duermas bien, y que tengas un buen viaje.

—Adiós, Giorsal —dijo Ailis, sintiendo un fuerte deseo de llorar por la chica—. Malcolm —musitó cuando esta ya había salido y cerrado la puerta—, eres el más grandísimo de los tontos. Si de verdad buscas lo que Giorsal cree que buscas, sólo tienes que mirar. Lo tienes delante de tus ojos.

Dormir era lo que necesitaba, pero no tardó en darse cuenta de que el sueño la iba a eludir. Tenía atiborrada la cabeza con las posibilidades de lo que podría traer el mañana. Aunque se había resistido tenazmente a todos los argumentos de Malcolm para convencerla de quedarse, de esperar, una gran parte de ella sentía la tentación de ceder. Cada vez que pensaba en el viaje que la aguardaba tenía que combatir sus temores. Marcharse era enfrentar varios peligros, pero también había peligros en quedarse. ¿Cuándo y cómo había comenzado a complicarse tanto su vida?, pensó.

Se pasó la mano por el vientre, que le seguía doliendo. La matriz donde se había formado su pequeño hijo seguía limpiándose, seguía intentando recuperarse de la terrible experiencia de dos días atrás. Normalmente, la mujer descansaba casi dos semanas, y se tomaba las cosas con calma durante un mes después del parto, y ella tenía la intención de caminar varios días mientras su cuerpo seguía sangrando en abundancia. Pensó en las campesinas, las mujeres de granjeros pobres, diciéndose que ellas se las arreglaban fácilmente para levantarse de la cama del parto y reanudar su trabajo. El pensamiento no le sirvió de mucho para calmar sus temores. No la había endurecido una vida de trabajo constante como la que soporta una campesina.

Además, tenía que tomar en cuenta a su hijo recién nacido. Era un bebé sano y fuerte, pero sería muchísimo lo que le pediría a un bebé a sólo unos pocos días de haber salido de la seguridad del vientre de su madre. Por favorables que fueran las condiciones, muchos críos se morían. Llevar a su hijo en un viaje de varios días, sometiéndolo a los caprichos de la naturaleza en toda su crueldad, bien podría significar firmar su sentencia de muerte. Igual podría hacer todo el esfuerzo para entregarle a Alexander su hijo, sólo para enterrarlo en tierras MacDubh, y no para educarlo en el gobierno de esas tierras.

Sería difícil, porque el miedo por su hijo era muy profundo, pero se obligó a desechar esos pensamientos. Quedarse con Malcolm era arriesgarse con toda seguridad a que la capturara Donald, que entonces cumpliría la amenaza que le había hecho tantas veces: asesinar a su hijo y enviarlo a Alexander cortado en trocitos. Era muy arriesgado el viaje a Rathmor, pero era su única opción. También tenía que hacerlo ya, mientras los MacCordy la buscaban en otra parte, siguiendo una pista falsa sugerida por Malcolm. Y si su hijo estaba destinado a morir, pues moriría, pero por lo menos encontraría su destino en una lucha por su diminuto ser, y no como un manso sacrificio ante el odio implacable de Donald MacCordy.

De repente la estremeció un escalofrío, al pensar si Alexander estaría en Rathmor para recibir a su hijo. Lo último que supo de él fue lo que le dijo Jaime, que había visto enterrarse una flecha en su espalda. Esa herida, sumada a las de las palizas y los azotes recibidos antes que sus hombres lo rescataran, podría haber resultado fatal. Y los estragos causados por las palizas y la herida de flecha bien podrían haberlos agravado la dura cabalgada. Podrían haberse instalado la fiebre y las infecciones. Cuanto más lo pensaba más segura le parecía la muerte de Alexander.

Negó enérgicamente con la cabeza. Alexander era una parte muy grande de ella. Lo habría sabido si hubiera muerto. Una persona no puede continuar ignorante cuando de repente se apaga la luz de su mundo. Estaba segura de que lo sabría si su amado hubiera dejado de existir. Lo único que sentía era la intensa necesidad de volver a Rathmor, estar nuevamente con él y obsequiarlo con su hijo y heredero. Aunque comprendía que era posible que se estuviera alimentando de falsas esperanzas, prefería creer que su deseo de volver a Rathmor significaba que seguía vivo.

No la precupaba en absoluto cómo aceptaría a su hijo. Sabía que había llegado a querer a los hijos de Barra, a pesar de su sangre MacFarlane. Y a pesar de su primera reacción, también había percibido la ilusión que le hacía el hijo que le había engendrado en el vientre. Demostró lo mucho que deseaba a ese hijo cuando la llevó a toda prisa a esa aldea para que un sacerdote aprobara su unión por la Iglesia, y después cuando proclamó ante todo el clan de ella que estaban casados ante Dios por común acuerdo. Por lo que sabía, Alexander continuaba no deseando una esposa, y sin embargo había tomado una que era la sobrina del asesino de su padre, y el ladrón de sus tierras. Nada podría haberle dicho con más claridad que él deseaba a ese hijo de ambos.

Cuando finalmente se apoderó de ella el sueño, tuvo pesadillas originadas por sus temores. Estas la desasosegaron tanto que cuando llegó el amanecer lo recibió con una sensación parecida al alivio; ya podría mantener a raya los miedos con su fuerza de voluntad. Sabía que el miedo tiene sus ventajas, porque inspira juiciosa cautela a la persona, pero no debía permitir que le impidiera hacer lo que tenía que hacer.

No tardó en descubrir que sería necesaria toda su fuerza de voluntad simplemente para salir por la puerta, porque tanto Jaime como Malcolm reanudaron sus argumentos en contra del viaje. El miedo la instaba a ceder a esas súplicas y argumentos, pero se mantuvo firme. Llevaba a su hijo bien pegado a su cuerpo, acunado en un cabestrillo hecho con una manta, y protegido más aún por su capa. Los tres salieron sin dificultad de la torre, muy lejos de la vista de los nada rigurosos guardias.

Ya sola con Jaime y su bebé, se quedó inmóvil un momento, atenazada por el terror. Rathmor estaba muy lejos, y el trayecto a pie les llevaría muchísimo tiempo. Malcolm no había podido prestarles caballos porque los echarían en falta. Dio los primeros pasos con muchísima vacilación, pero entonces le retornaron las fuerzas. Cuando sus pasos se volvieron más firmes y seguros, empezó a comprender que fueran cuales fueran los peligros que la aguardaban, al final del trayecto estaba la seguridad para su hijo. Eso bastaba para darle ánimo.

Alexander recibió a la aurora con el corazón oprimido. Se levantó y obedeció al impulso de subir a las almenas. Por fin había tenido noticias referentes a Ailis. No estaba en Leargan sino en Craigandubh, pero en qué lugar de ese formidable castillo, seguía siendo para él un misterio. Aunque el hombre que descubrió eso estaba seguro de que Ailis seguía viva, no había tenido ninguna información del estado de su salud ni de si había parido ya a su hijo.

No deseaba hacer caso del mensaje oculto en el sueño de Sibeal, pero ahí estaba oteando el horizonte. El mal tiempo daba señales de mejorar. Pronto sería posible realizar un ataque. Por desgracia ya no sabía bien dónde atacar. La frustración lo hizo apretar los puños. Todos los planes de acción que se le ocurrían eran simples ejercicios de inutilidad. Tenía que esperar, y eso jamás le había resultado fácil. La paciencia nunca había sido uno de sus puntos fuertes. Tratándose de Ailis y de su hijo, le era casi imposible encontrar esa importante cualidad en su interior. Prácticamente ardía por hacer algo, por actuar, y deseaba llorar por saber que no podía hacer nada.

La rigidez de su cuerpo era una prueba sólida de sus sentimientos mientras oteaba los campos circundantes.

—Esto puede volver loco a un hombre —siseó—. No sé dónde ni a cuántas personas buscar. Por el amor de Dios y por mi paz mental, Ailis, ¿me puedes hacer el favor de enviarme un mensaje?

Capítulo 15

*A*ilis ansiaba encontrar una manera de enviarle un mensaje a Alexander. Estaba sentada debajo de un árbol, esforzándose en no quedarse dormida mientras amamantaba a su bebé. El agotamiento ya era una compañía constante. Cada vez que dejaba de caminar se quedaba dormida. Sabía muy bien que cada paso que daba hacia un agotamiento total la acercaba más a una enfermedad que podría resultar mortal, pero estaba tan cansada que eso ya ni la preocupaba. Lo único que deseaba era llegar a un lugar donde pudiera tener una cama segura y seca.

Jaime le retiró suavemente al niño de los brazos y le arregló y cerró la enagua y el corpiño, sin hacer caso de sus adormiladas protestas. Se afirmó el bebé en el hombro y comenzó a pasearse diciéndole tonterías para tranquilizarlo, al tiempo que le daba palmaditas en la espalda por si había tragado aire que le causara dolor y lo hiciera llorar. A diferencia de su madre, el niño parecía medrar con el viaje hacia el castillo de su padre. El heredero de Rathmor ya demostraba tener la fuerza de su padre. Con cada nueva señal de buena salud y fuerza que veía en él le disminuía la preocupación por su estado.

Era Ailis la que lo preocupaba de verdad. Habían avanzado bastante, pero a un precio carísimo para ella. No decía nada, pero él estaba seguro de que había contraído un grave enfriamiento, ya fuera a causa de la niebla que los asaltaba con tanta frecuencia o por la lluvia torrencial que les cayó encima la noche anterior. El agotamiento le había hecho desaparecer todo el color de la cara, y sin embargo tenía una manchita roja en cada mejilla. Toda la poca fuerza que lograba reunir se le iba en el simple acto de poner un pie delante del otro y ocuparse del bebé. No le quedaba nada para combatir cualquier fiebre que le sobreviviera, temía que en el estado de debilidad que se encontraba, una enfermedad pudiera significar su muerte.

De mala gana la despertó. Ella necesitaba angustiosamente el descanso, pero en esos momentos era un lujo que no se podían permitir. Sólo les quedaba medio día de camino para llegar a su muy deseado destino. En Rathmor habría calor, una cama, comida, y personas capaces y dispuestas a cuidar de ella. Él estaba seguro de que continuar avanzando era lo más juicioso. Además, cuando emprendieron el viaje ella le dio órdenes estrictas de que no vacilara por ella, porque llegar a Rathmor tenía que ser lo único que importaba.

—Ah, el crío ya ha mamado —balbuceó Ailis, poniéndose de pie con mucha dificultad.

—Sí, señora. Debemos reanudar la marcha. No falta mucho. Deberíamos estar ante las puertas de Rathmor al caer la noche. No —dijo cuando ella alargó los brazos para coger al bebé—, lo llevaré yo.

Ella no le discutió. Incluso le costaba aguantar el ligerísimo peso de su hijo. Escasamente conseguía mantenerse erguida. Su mayor temor era que ya tuviera esa fiebre en la sangre. Sentía pesados los brazos y las piernas, y le resultaba cada vez más difícil pensar con claridad. Se esforzaba en no dejar ver a Jaime lo mal que se sentía, pero su forma de mirarla ceñudo a cada rato le decía que fracasaba rotundamente en eso. Lo único que podía hacer era rogar que él no parara por ella, que obedeciera su orden de llegar con su hijo a Rathmor pasara lo que pasara.

Cuando les tocó pasar por las tierras de los MacCrady tuvieron que esconderse varias veces de los hombres de Donald. Menos mal que ya estaban a salvo de ese peligro, aunque no tuviera la seguridad de poder fiarse de cualquier MacDubh con que se encontraran. En Rathmor había un traidor; alguien le dijo a Donald dónde los encontrarían a ella y a Alexander aquel día. Y no sabía si ya lo habían capturado. Estaba claro que Jaime compartía su miedo, porque seguía una ruta alejada de todo lugar en que hubiera indicios de que estaba habitado, caminando pegados a los árboles y siempre pendiente de que estuvieran cerca de todos los lugares posibles para esconderse. En realidad, estaba revelando poseer verdadera pericia para el arte del sigilo, sorprendente en un hombre tan gigantesco.

Aunque Alexander estaba siempre presente en su mente, ahora al estar ya tan cerca de Rathmor, lo estaba más aún. Por fin volvería a ver su hermosa cara, comprobaría que se había recuperado de sus heridas y podría olvidar su miedo por él. Y él protegería a su hijo también. Tenía la impresión de haber llevado toda su vida el peso de la escalofriante amenaza de Donald. Pronto se le aligeraría de esa carga, porque sería compartida. Podría descansar por primera vez desde hacía mucho, mucho tiempo. Aferrada a ese pensamiento, continuó esforzándose en caminar.

De camino hacia las almenas de Rathmor, Alexander iba pensando cuánto le gustaría tener la posibilidad de descansar tranquilo, sin miedos y sin las pesadillas que estos le inspiraban. Lo habían informado de que los hombres MacCordy y MacFarlane andaban recorriendo los campos a caballo en busca de Ailis, lo cual significaba que ella había logrado escapar de sus enemigos, pero seguía sin recibir ningún mensaje de ella. Que ya no estuviera en manos de sus enemigos debería considerarlo una buena noticia, pero claro, no tenía ni idea de en qué manos estaba, si es que estaba en manos de alguien. Una y otra vez intentaba imaginarse dónde podría estar, y una y otra vez se le ocurrían miles de posibilidades diferentes.

Pero una cosa sabía de cierto, y es que la echaba terriblemente de menos. Suspirando apoyó los antebrazos sobre una tronera y miró hacia las tierras MacCordy. Nunca le había parecido más vacía su cama, y sin embargo no sentía el menor deseo de llenar aquel espacio dejado por ella. El hambre que sentía sólo tenía una causa y un solo remedio. Incluso echaba de menos la manera que tenía ella de discutir con él. Constantemente lo sorprendía darse cuenta de lo mucho que ella se había convertido en parte de su vida. No tenía nada claro si eso le gustaba. Era justamente lo que había intentado prevenir, de lo que había tratado de protegerse.

Había enviado algunas patrullas a explorar, diciendo que era para hacer un reconocimiento de las tierras por si andaban por ahí los MacFarlane o los MacCordy. No le molestaba en absoluto que sus hombres sospecharan sus verdaderos motivos. Unas cuantas salidas a explorar era poca cosa, pero por lo menos era algún tipo de acción. Si por algún milagro Ailis estuviera de camino hacia Rathmor, y sus hombres la encontrarían... Sólo podía rogar que no los evitara por miedo a que alguno de ellos fuera el traidor. Esa era una posibilidad, porque ella no tenía manera de saber que habían descubierto a ese hombre.

—Es terrible no saber —dijo Barra poniéndose a su lado.

Alexander hizo un gesto de pena.

—Creo que incluso la noticia de que ha muerto sería una especie de alivio en estos momentos.

Barra asintió y le apretó un hombro, en gesto de silenciosa comprensión y compasión.

—No puedo hacerme la idea de que haya muerto.

—Yo tampoco, aunque, ¿cómo habrá podido mantenerse oculta, desaparecida, durante una semana o más mientras tres clanes la buscan? Es como si se hubiera convertido en niebla, en una voluta, ahí pero no ahí. —Movió la cabeza—. Has oído eso, me estoy volviendo fantasioso.

—Sólo es una persona, o tal vez dos, si Jaime sigue vivo. Además, no es nada menos que sus vidas las que están en juego.

—Sí, muy cierto. Eso puede volver ingeniosa a la persona más torpe, y Ailis no tiene nada de torpe.

Sintió el pasajero deseo de que eso no fuera cierto, porque si ella no fuera tan inteligente se habría quedado donde estaba y así él podría haber tenido la oportunidad de rescatarla.

—Y cuando se trata de proteger a su señora, Jaime puede ser muy listo también —añadió Barra—. Una cosa así hace aflorar lo mejor en ese gigante de corazón tierno. Y espero que siga vivo, aunque sólo sea por nuestra pobre Kate. No me había dado cuenta de lo importante que ha sido para nosotros su naturaleza alegre hasta que empezó a mostrarse tan taciturna, tan solemne, tan triste.

—Bueno, espero que Jaime esté con Ailis, porque o está muy cerca del momento del parto o recién levantada de la cama. Va a necesitar angustiosamente su fuerza.

Cuando, cayó al suelo por tercera vez, Ailis comprendió que ya no era capaz de dominar su debilidad ni de ocultársela a Jaime. Las dos veces anteriores le había echado la culpa a una piedra en la que tropezó, y conseguido levantarse y continuar caminando. Pero esta vez ni siquiera consiguió moverse. Se quedó sentada en medio del sendero, poniendo todo su empeño en contener las lágrimas. Encontraba que perder las fuerzas justo cuando estaba tan cerca de su objetivo final era lo peor que le podía pasar.

—Uy, Jaime, estamos muy cerca, pero no soy capaz de dar otro paso —dijo, negando con la cabeza—. Será mejor que continúes sin mí. Lleva tú solo al niño a Rathmor y a su seguridad.

—No digas tonterías. No te abandonaré.

La cogió en los brazos y la llevó hasta un lugar protegido en medio de un grupo de árboles.

—Podría ordenarte hacer lo que digo —dijo ella, mientras él la sentaba y se acuclillaba delante de ella.

—Sí, podrías, pero yo no te obedecería, así que no malgastes la poca energía que tienes. Un crío necesita a su madre.

—Ahí hay muchas mujeres para cuidarlo. Aunque va a necesitar una nodriza; ella podría reemplazarme.

—Un hombre necesita a su esposa —continuó Jaime, perseverante, tratando de devolverle el ánimo.

—Alexander MacDubh no necesita a ninguna. Sólo tiene que esbozar una sonrisa para que un montón de muchachas vuelen a ponerse a su lado. Me echará un poco de menos —añadió, con la voz temblorosa por el abatimiento—. Och, Jaime, es inútil. Apenas logro levantar un dedo, y mucho menos caminar. Mi cuerpo ha dicho «basta». Sólo el pensamiento de que estamos tan cerca me ha estimulado a seguir todo el día.

—Yo ya lo sabía, muchacha. Emprendimos el viaje demasiado pronto después del parto. Si lo juzgo bien, tienes una fiebre.

Le palpó la frente y las mejillas, y frunció el ceño al sentir lo calientes que estaban.

—Sí, y esa fiebre es la que me agobia, me abruma. No logro pensar con claridad. Sigue adelante, Jaime. Después puedes volver a buscarme.

—No te dejaré aquí. No, y mucho menos estando tan cerca. Y huelo lluvia en el aire. Yo te llevaré.

—No, eso te obligará a ir más lento.

Jaime se estaba preparando para discutir o, si eso no resultaba, para hacer uso de su fuerza, cuando de pronto algo le desvió la atención de Ailis. Oyó el ruido de cascos de caballos avanzando al paso por el camino, en dirección a ellos. Con la mayor rapidez tendió a Ailis en el suelo y le puso al bebé en los brazos. Con el sigilo que había perfeccionado esos últimos días avanzó hacia el camino. Aunque estaban muy cerca de Rathmor no se atrevía a suponer que las personas que se acercaban fueran amigas. Se agachó detrás de un pequeño matorral y alargó el cuello para mirar. No había mucha la luz porque el sol ya comenzaba a ocultarse, pero vio que era un pequeño grupo de hombres. Cuando reconoció al jefe, lo invadió un tremendo alivio.

—No me hace ninguna gracia volver sin ninguna noticia otra vez —gruñó uno de los hombres.

—Sí —suspiró Angus, moviendo la cabeza—. Al señor no le gustará mucho. Necesita actuar, pero no puede hacer nada. Por las barbas de Dios, ¿dónde puede haberse metido esa muchacha?

—Aquí, Angus —gritó Jaime, saliendo de su escondite y avanzando lentamente.

—¿Jaime? —graznó Angus, mientras los demás frenaban a sus caballos y lo miraban—. ¿Eres tú, de verdad?

—Yo mismo. ¿Se te han estropeado los ojos?

—Mis ojos están muy bien —ladró Angus, apresurándose a desmontar, lo que hicieron también los demás—. Llevamos más de una semana explorando todo de arriba abajo, buscándoos a ti y a la muchacha. No me imaginaba que aparecerías así caminando y llamándome como si no hubiera ocurrido nada.

—A mí también me soprende un poco veros por aquí, ya que suponía que os mantendríais más cerca de Rathmor, habiendo tantos MacCordy y MacFarlane vagando por estos alrededores.

—Esos idiotas se tropiezan tanto entre ellos que no ven a nadie más. Bueno, ¿dónde está la muchacha?

—Allí, Angus.

Con su hijo mayor pisándole los talones, Angus siguió a Jaime hasta el lugar donde había dejado a Ailis. Al verla soltó una palabrota en voz baja.

—Och, muchacha, ¿te has vuelto loca?

—Qué saludo tan amable —masculló ella, y logró esbozar una débil sonrisa cuando los dos hombres se arrodillaron a su lado—. Mira, Angus —apartó un poco la manta, lo justo para que él viera al bebé—, un hijo.

—¡Bendito Salvador! —exclamó Angus, mirando al bebé boquiabierto por la sopresa—. ¿Cuándo nació?

—Hace más o menos una semana. No, creo que dos. —Intentó sentarse, pero Angus tuvo que echarle una mano—. Decidió que ya no podía esperar más, ni siquiera hasta que yo lograra llevarlo a casa, a Rathmor.

—¡Estás completamente loca, muchacha! Deberías estar en cama, no caminando por el campo. ¿Acaso crees que eres una robusta guarra campesina? María bendita, tienes muy mal aspecto y se te ve muy agotada.

—Siempre con un cumplido en la punta de la lengua. Uy, pero sí que estoy muy cansada, Angus. ¿Alexander está bien? —preguntó, y con voz vacilante y tensa, esperó la respuesta.

—Sí, ha sanado bien. Aunque creo que sus heridas te parecieron peores de lo que eran, la que le causó la flecha no fue poca cosa, cierto. Está desesperado por combatir a espada con alguien, pero con tu desaparición, nos quedamos sin nadie contra quien blandir las espadas.

—Eso debe de haberle puesto terriblemente a prueba la paciencia —dijo ella con sorna, y a pesar de lo mal que se sentía, logró sonreír levemente.

—Ah, pues sí, milady, sí —dijo Angus—. Venga, Jaime, tú llevas al crío, que yo llevaré a esta tonta. Tú, Rory, cabalgarás con Lachlan —dijo a su hijo.

—Casi lo conseguí, Angus —dijo ella cuando él la levantó en los brazos—. Llegué muy cerca, pero simplemente no podía dar otro paso.

—Sí, casi lo conseguiste, y casi te mataste tú también. Por el aspecto que tienes, creo que has cogido una fiebre.

La montó en la silla y él se sentó detrás.

—Pasará —dijo ella, acurrucándose apoyada en su pecho, sintiéndose de repente helada hasta los huesos, agradeciendo su calor.

Angus deseó poder sentirse tan confiado como ella. No le gustaba nada su aspecto, pues le recordó que la fiebre que se instala después de un parto era responsable de la muerte de muchísimas mujeres. Emprendió la marcha ordenando a sus hombres que cabalgaran lo más rápido que fuera posible tomando en cuenta que ya habían cabalgado todo el día. Lo afligía pensar que tal vez Ailis hubiera hecho todo ese esfuerzo para llegar a Rathmor sólo para morir. No se atrevía ni a pensar en cómo afectaría a Alexander una tragedia como esa.

Se armó el caos cuando el grupo de exploradores entró por las puertas del castillo. Alexander salió corriendo al patio a ver qué causaba ese alboroto. En cuanto apareció, seguido por Barra, todos guardaron silencio, y él se tensó de nervios. Agrandó los ojos al ver desmontar a Jaime y ser recibido por los amorosos brazos de Kate. Al instante miró hacia Angus; no le costó nada reconocer el pelo negro azabache que salía de la manta que envolvía el cuerpo que sostenía en sus brazos. Corrió hacia él y cuando llegó a su lado, titubeó. El corazón le dio un vuelco cuando vio lo inmóvil que estaba Ailis. Le llevó un momento encontrar su capacidad para hablar, porque el miedo le ahogaba la voz.

Angus le puso a Ailis en los brazos.

—¿Ailis? —dijo, y la voz le salió como poco más que un graznido.

Ella despertó al oír su nombre pronunciado por la seductora voz de Alexander, y lo miró.

—Te he traído a tu hijo, Alexander MacDubh.

—Dios bendito —musitó Barra.

Entonces Jaime llegó hasta ellos con el bebé en los brazos y dejó al descubierto la carita, a la vista de todos los que estaban lo bastante cerca para mirar.

Ailis pasó los brazos por alrededor del cuello de Alexander y hundió la cara en su cuello.

—Debes ponerle un nombre y hay que bautizarlo —dijo, con la voz ronca y áspera por su enfermedad, y lo sintió tensarse—. Lo siento, no he tenido ninguna oportunidad de bautizarlo. Tenía que mantenerme escondida.

Un miedo terrible atenazó a Alexander al sentir en la piel el calor de su cara. No le hacía falta tener mucho conocimiento sobre enfermedades para saber que ella había contraído una fiebre. Miró a Jaime y la expresión que vio en su cara le dio pocas esperanzas de que se pudiera discutir lo que pensaba, de que tal vez Ailis sólo estuviera muy cansada y no enferma.

—Está ardiendo. ¿Cómo ha llegado a este estado? —preguntó a Jaime, aumentando la presión de sus brazos alrededor de ella.

—La muchacha sólo había descansado dos días después del parto cuando emprendimos el viaje hacia aquí. Hemos hecho todo el camino a pie, fuera de las últimas millas.

—¿Todo el camino desde dónde? Nadie os ha podido encontrar durante casi dos semanas.

—Primero huimos de Craigandubh. Después tuvimos que refugiarnos y escondernos en la torre de sir Malcolm MacCordy para que la señora Ailis tuviera al crío. Y luego hemos caminado más de una semana intentando llegar aquí, escondiéndonos de los que nos buscaban, con tormentas de lluvia, una niebla constante, y eligiendo una ruta con muchos rodeos para mantenernos ocultos. Ella no estaba lo suficientemente recuperada para soportar este difícil trayecto. —Movió la cabeza con expresión lúgubre—. No estaba lo bastante fuerte.

Aunque tenía la cabeza cada vez más obnubilada por la fiebre, Ailis detectó un tono crítico en lo que decían Jaime y Alexander.

—Lo iban a matar, Alexander. Iban a asesinarlo y a enviártelo cortado en trocitos.

Nuevamente Alexander miró a Jaime, pidiéndole que le explicara eso.

—Donald MacCordy —dijo Jaime, en un gruñido—, ese cerdo vivía diciéndole lo que pensaba hacerle al crío una vez que naciera. Le decía que lo iba a matar y a enviártelo a ti, cortado en trocitos, en trocitos muy pequeños. Eso fue lo que la decidió a huir y empeñarse en llegar aquí.

—Podéis hablar de todo esto después —dijo Kate con voz enérgica y autoritaria—. A esta muchacha hay que meterla en la cama y atenderla.

—El niño va a necesitar una nodriza —dijo Ailis, cuando Alexander empezó a caminar a toda prisa hacia su dormitorio.

—Le encontraremos una —la tranquilizó él—. No te inquietes, cariño, estará bien cuidado.

—Y un nombre, un nombre y bautizo —insistió ella—. Debe ser bautizado. Este viaje podría haber significado la muerte para él, y se habría ido a la tumba sin bautizar. No soporto pensarlo.

—Sí, será bautizado. Mañana tiene que venir aquí un sacerdote. Bautizará al muchacho tan pronto como llegue. Me encargaré de que lo bautice antes que se quite la capa. Sí, y luego lo retendré aquí hasta que tú estés bien y tendremos esa boda por la Iglesia que quisimos celebrar hace meses.

Se quedó acompañando a Ailis mientras la desvestían, la lavaban y le ponían un camisón de dormir afelpado. Le calmó un poco la oír decir a las mujeres que la atendían que no estaba sangrando más de lo que debía y que encontraban que el viaje no le había causado ningún problema en ese sentido. Una gran pérdida de sangre sumada a la fiebre habría significado su muerte.

Después las mujeres le dieron a beber cerveza suave, y él se sentó a su lado, le cogió la mano y así esperó a que se durmiera.

—Debes dejar aquí a Jaime —dijo ella, entonces, suplicante—. Donald lo quiere matar, y no lo hará limpiamente. Le decía una y otra y otra vez que un solo intento más por ayudarme y acabaría muerto.

—Jaime tiene su hogar aquí siempre que lo desee. —Le besó suavemente la frente—. Ahora calla, cariño, y duérmete. Necesitas descansar.

—Sólo una cosa más —musitó ella, con la voz algo adormilada—. Si todavía estoy enferma cuando bauticen a nuestro hijo quiero que Jaime sea su padrino. Se merece ese honor, porque él lo trajo al mundo. ¿Harás eso por mí? Es pobre, pero su carácter rico.

—Sí, cariño, lo haré. No se me ocurre nadie que lo merezca más.

No hace falta que me digas que él ha tenido muchísimo que ver en que tú y nuestro crío hayáis llegado vivos a Rathmor.

—Un traidor... —logró decir ella, con dificultad.

—Lo encontré.

—Estupendo.

Por una vez no la preocupó el castigo que recibiera el hombre, aun cuando estaba segura de que Alexander lo habría matado, como habría hecho cualquier otro hombre.

Cuando finalmente Ailis se quedó dormida, la dejó al cuidado de Kate y salió a buscar a Jaime. Lo encontró en la sala grande cambiándole los pañales de lino al bebé sobre una alfombra junto al hogar. Se acuclilló junto a su hijo y miró atentamente su robusto cuerpecito, absolutamente fascinado. Aun cuando lo estaba viendo con sus propios ojos, seguía costándole creer que fuera padre nuevamente.

—Tiene todo lo que debe tener —dijo Jaime, limpiándolo—. Sí, y todo está en el lugar correcto. Cuesta creerlo, pero parece que el viaje aquí no le ha hecho ningún daño.

Alexander le acercó la mano y cuando el bebé cerró la manita en uno de sus dedos, con sorprendente fuerza, se sintió inundado por una profunda emoción. Esa sensación de maravilla que sintiera la primera vez seguía en su corazón. No podía creer que hubiera participado en la creación de esa perfección. Se sorprendió agradeciéndole a Dios que la fuerza de su pasión por Ailis le hubiera impedido ejercer su habitual precaución para cumplir el juramento que había hecho con el corazón destrozado de no volver a engendrar un hijo nunca más en su vida.

—No soy un hombre intachable —dijo—, pero no puedo entender, nunca he podido entender, que un hombre o una mujer pueda hacerle daño a un niño.

Recordando a su pobre Elizbet pensó si tal vez se le estaba dando otra oportunidad.

—Donald MacCordy es muy capaz de hacerlo. Ailis no se equivocó al preocuparse. Ese hombre es capaz de matar lo que sea cuando tiene una espada en la mano. Lo he visto. Matando a este pequeño crío quería golpearte a ti. Sí, y habría herido a Ailis, que continuaba negándose a tener algo que ver con él. Está roído de odio por ti, por cualquiera y por todos los MacDubh. Lo habéis hecho quedar como un tonto. Dos veces los MacDubh habéis tomado a las mujeres comprometidas con él, sí, y habéis llenado sus vientres con críos MacDubh.

—Aún me falta poner fin a su maldita vida. Cuéntame todo lo que ocurrió.

Cogiendo en brazos a su hijo llevó a Jaime hasta la mesa principal. Una vez que estuvieron sentados, este le contó los pormenores de la vida que llevaron como prisioneros y la huida. Cuando terminó, Alexander estuvo un largo rato en silencio, y finalmente movió la cabeza de un lado a otro.

—Así que al parecer le debo dos vidas a sir Malcolm MacCordy. Juro que no morirá por mi espada.

No todavía, se dijo Jaime en silencio.

—Y haré todo lo posible para que no lo mate nadie de mi gente. Aunque sigo considerando enemigos a los MacCordy, ya no puedo contar a sir Malcolm entre ellos. Por su acto de salvarles la vida a Ailis y a mi hijo, Malcolm se ha lavado la sangre de mi padre de las manos. —Frunció el ceño porque los celos saltaron a ocupar el primer lugar entre sus sentimientos, y estuvieron ahí un momento—. Me alegra mucho que Ailis estuviera tan abultada por nuestro hijo y luego recién levantada de la cama de parto, porque si no, sin duda que le habría exigido un pago por lo que hizo en su favor.

Jaime guardó silencio, sorprendido por su capacidad para la doblez; nunca en su vida había recurrido al engaño, y no se le había pasado por la mente que tuviera el ingenio para eso. Se limitó a hacer un gesto de asentimiento mientras Alexander seguía hablando, sin hacer el menor gesto que insinuara que había habido un trato o promesa. Todavía tenía la esperanza de impedir el cumplimiento de esa promesa, pero si no lo conseguía, no haría nada que le estropeara a Ailis el poco tiempo que le quedaba con Alexander.

Cuando llegó Angus con una nodriza, Alexander tuvo que cederle el cuidado de su hijo, y se dirigió a su dormitorio a ocupar el lugar de Kate junto a Ailis. El instinto le decía que los próximos días serían difíciles, pero no se sintió complacido cuando resultó que su instinto lo había acertado.

Muchas veces Ailis gritaba llamándolo cuando se apoderaba de ella el delirio, y él debía estar a su lado para calmarla. Le quedó claro que la atormentaban visiones de su muerte, dado que lo último que supo de él era que tenía una flecha enterrada en la espalda. Debido a la fiebre perdía la memoria, olvidando que ya había vuelto a Rathmor, y él se veía en apuros para convencerla de que todo iba bien. Casi se sentía culpable al oír esas revelaciones de lo mucho que lo quería, y lo conmovían profundamente, pese a sus esfuerzos por no caer cautivo de su atractivo.

Lo que más le costaba calmar era el constante miedo de ella por su hijo; en su mente febril veía a Donald MacCordy cumpliendo su cruel amenaza. Él encontraba muy inquietantes esas visiones y no paraba de esforzarse en ponerles fin.

En realidad era poco lo que podía hacer. A Ailis la mantenían abrigada y limpia, la hacían tomar un sustancioso caldo siempre que era posible, y procuraban mantenerla tranquila y en reposo. Él nunca se había sentido tan absolutamente impotente. Sólo podía hacer poco más que observarla mientras ella combatía contra una enemiga que no le tenía miedo a él ni a su espada.

Al día siguiente de la llegada a Rathmor de Ailis con su hijo, este fue bautizado como Moragh Tamnais MacDubh, y proclamado a voz en cuello el heredero del señor de Rathmor, aunque todo tipo de celebración por ese acontecimiento tan largamente esperado se dejó para cuando Ailis se hubiera recuperado del todo. Alexander cumplió su promesa de retener en Rathmor al sacerdote, rogando en el entretanto que se quedara para celebrar una boda, no un funeral. La compasión que recibía de su gente, y sus plegarias, revelaban que Ailis se había conquistado muchísima lealtad en su clan, pese a llevar sangre MacFarlane. Eso lo sorprendía un poco, pero lo alegraba. Sin duda eso le facilitaría mucho más la vida como una MacDubh.

Se encontraba solo con Ailis, cuando por fin, después de casi una semana, la fiebre hizo crisis y remitió, y su alegría fue inmensa, incluso comprobó que tenía lágrimas en las mejillas. Por una vez, no se inventó disculpas ni pretextos por esa exhibición de emoción. Cuando ya tenía convenientemente controlada la emoción salió a buscar a Kate y la sacó de la cama para que lo ayudara a lavar y cambiar a Ailis y ponerle sábanas limpias. Cuando acabó la tarea y Kate se marchó, se desvistió y se metió en la cama junto a ella. Por primera vez desde hacía muchísimo tiempo, no tardó en quedarse dormido, y profundamente.

Ailis despertó y pasado un momento abrió los ojos. Miró alrededor, confundida. Entonces vio la cabeza dorada al lado de la suya, y luego la elegante mano ahuecada suavemente en su pecho. Y sonrió al venirle todos los recuerdos. Su peligroso viaje había tenido éxito.

—¿Ailis?

Giró la cabeza y sonrió mirando los ojos despejados de Alexander.

—Lo conseguí.

—Sí, justito.

No podía enfadarse ni sermonearla por los riesgos que había corrido, porque entendía absolutamente lo que la impulsó a hacerlo.

—Bueno, me puse un poco enferma.

—Ah, sí, un poco.

—¡Nuestro hijo! —exclamó ella, apretándole el brazo, avasallada nuevamente por el miedo.

—Sanote y fuerte, y bien bautizado.

—¿Qué nombre le pusiste?

—Moragh Tamnais MacDubh.

—Un buen nombre, potente. ¿Qué te parece? —le preguntó, con cierta timidez, porque aunque no le cabía duda de que él deseaba a ese hijo, de todos modos sentía una intensa necesidad de oírselo decir.

Él le contestó con un beso tan tierno que la dejó sin habla y con cierta esperanza para el futuro. Le parecía imposible que un hombre besara así a una mujer si no sentía nada por ella. Aunque se regañó por sucumbir al atractivo de esa idea, no pudo impedirse tenerla.

—No hay muchacho más bello en toda Escocia —dijo él, entonces.

—Tiene tus ojos —dijo ella, con la voz todavía ronca por el beso.

—Sí, y mi temperamento.

—Uy, pobre nodriza —musitó ella, con los ojos brillantes de risa—. Esa pobre mujer no va a vivir hasta que lo haya destetado.

—Bruja —dijo él y le dio un beso corto y fuerte—. ¿Cómo te sientes?

—Muerta de hambre.

—Sí. —Le pasó el pulgar por encima del pezón hasta que este se endureció—. Conozco esa sensación.

Se apresuró a bajarse de la cama, porque si no, intentaría hacerle el amor y ella aún no estaba en condiciones para eso. Comenzó a vestirse.

—¿Adónde vas? —le preguntó ella, observándolo, y sintiendo agudamente su falta a su lado.

—Lejos de la tentación. También iré a buscarte comida, y a traer al sacerdote.

—Alexander, no me estoy muriendo, me estoy recuperando. —Lo vio dirigirse a la puerta—. No necesito a un sacerdote.

—Lo necesitas para casarte, muchacha.

—Todavía estoy en cama —protestó ella con un graznido, aun cuando el corazón le dio un vuelco por la ilusión—. ¿No podemos esperar?

—Te dije que nos casaríamos por la Iglesia tan pronto como le pusiera las manos encima a un sacerdote. Ahora tengo uno, así que nos casaremos. Y de ese modo no habrá ninguna posibilidad de que alguien intente negarle a nuestro hijo sus derechos de nacimiento. Te enviaré a Kate.

La irritó su despotismo, pero no discutió; deseaba esa unión bendecida por la Iglesia. Podía ser una tontería, pero la haría sentirse más segura. Alexander era un hombre respetuoso con los juramentos, los honraba, y los hechos ante un sacerdote lo obligaban más que los de un matrimonio por acuerdo mutuo, sólo ante Dios, y en privado. Hizo firmemente a un lado el recuerdo de una promesa y de Malcolm MacCordy.

El sacerdote era joven y nervioso, y saltaba a la vista que lo perturbaba la irregularidad de la boda, pero la celebró. Ailis sospechó que lo preocupaba más enfadar u ofender a Alexander. Además tuvo la impresión de que también consideraba que la bendición de esa unión ya había esperado demasiado.

Cuando acabó todo, Alexander se apresuró a ordenar que salieran todos de la habitación. Ella ya no podía disimular lo cansada que se sentía. Entre la primera comida después de muchos días y la ceremonia de la boda, le habían agotado la poca fuerza que tenía. Le cogió la mano a su marido cuando él se sentó en la cama. Era frustrante pensar que durante un tiempo no podría haber noche de bodas.

—Ahora estás clavado conmigo, Alexander MacDubh —musitó, cerrando los ojos.

—Sí.

Le depositó un beso en la palma y continuó con su mano cogida aunque ella ya se había quedado dormida.

Contempló detenidamente su cara plácida. Ahora ya era de él. La sensación de calma que lo invadía sólo lo sorprendió un poco; se estaba acostumbrando a sentir emociones atípicas en lo que a ella se refería. La declaración del matrimonio por acuerdo mutuo había servido a su finalidad, pero ella ya era su esposa ante Dios y la Iglesia. Harían falta esos dos poderes para proteger a cualquier hombre que intentara arrebatársela.

Capítulo 16

*L*a habían hecho guardar cama dos largas semanas. Y luego, durante otras dos largas semanas la habían obligado a portarse como una semiinválida. Ailis estaba absolutamente harta del agobio de todos esos mimos y cuidados. A su alrededor iban y venían rumores de que los MacCordy y los MacFarlane se estaban preparando para un ataque, pero claro, a ella la protegían de todo eso. Era consciente de que tenía que tomarse las cosas con calma, pero la multitud de sus bien intencionadas cuidadoras llevaban las cosas demasiado lejos. Tenía la impresión de que estaba más descansada, más alimentada y más sana de lo que lo había estado nunca en toda su vida. Esas dos últimas semanas había aprovechado para ir liberándolas a todas de sus papeles protectores. Y esa noche tenía la intención de poner fin a los excesivos miramientos con que la trataba Alexander y, concretamente, a su continuada abstinencia autoimpuesta.

—Ya no hace falta que enciendas el fuego del hogar, Kate. Es verano, ¿lo has olvidado? Santo cielo, si seguís así, pronto voy a tener quemado este costado —gruñó, metiéndose en la bañera.

—Es para que no cojas un enfriamiento —contestó Kate, poniendo tercamente otro leño en el fuego ya crepitante.

—El único motivo de que contrajera un enfriamiento fue que tuve que hacer un viaje a pie muy penoso poco después de dar a luz a Moragh.

—Bueno, no hay exageración posible a la hora de cuidar el cuerpo.

—Recientemente ese proverbio ha demostrado ser una gran falacia —ladró Ailis—. Este cuerpo en particular ha sido «cuidado» como para matarlo.

—¿Por qué tienes que bañarte? Te diste un baño hace dos noches.

—¿Qué edad tiene Moragh, Kate?

Kate la miró algo desconcertada.

—Dos meses.

—Exactamente —dijo Ailis, dirigiéndole una mirada que hasta un ciego habría sabido interpretar y entender.

—Ah, comprendo —musitó Kate, ruborizándose hasta la línea del pelo, pero al instante se le alegró el semblante—. Tengo justo lo que necesitas.

Después de envolverse en una toalla caliente, Ailis se sentó delante del hogar para que se le secara el pelo con el calor. Estaba concentrada tratando de idear la mejor manera de convencer a Alexander de que no sólo podía, sino que también estaba muy bien dispuesta a reanudar las relaciones sexuales, cuando entró Kate. Ailis le echó una mirada al precioso camisón de finísimo lino y encaje y juntó las manos dando una palmada, encantada. Era una de esas prendas coquetonas que toda mujer ansía tener y que la mayoría de los hombres encuentran muy seductora.

—¿De verdad te encuentras en condiciones? —le preguntó Kate mientras ella se ponía el ligero camisón.

—No te voy a hacer ruborizar contestándote eso —le dijo y sonrió cuando ella se rió—. Esto debería cambiar los modos del señor. O, mejor dicho, traerlos de vuelta. Nunca había sospechado que Alexander tuviera la esperanza de que lo declararan santo. Espero que no le resulte insoportablemente doloroso el fracaso en conseguir ese elevado objetivo.

Alexander se sentía a punto de derrumbarse bajo la carga de su abstinencia autoimpuesta. Los últimos días habían sido los peores. Prácticamente no había visto a Ailis. Estar cerca de ella y no poder acariciarla era demasiado, no lo podía soportar.

Después de darse un baño se tendió en la cama con una jarra de vino y sólo con la toalla envuelta holgadamente alrededor de las caderas. Había esperado que sentir frío le disminuiría la fiebre por Ailis que ardía constantemente dentro de él, pero notó que no le daba buen resultado. El exquisito vino le servía un poco, aunque sólo fuera porque acababa lo que el arduo trabajo comenzaba y finalmente lo hacía dormir a pesar de su intensa necesidad de Ailis.

Un golpe en la puerta que comunicaba su dormitorio con el que estaba ocupando su mujer lo sacó de su triste amodorramiento. Al verla entrar la miró con los ojos agrandados un momento y finalmente se sentó. Llevaba un camisón de dormir de finísimo lino casi transparente, adornado por delicadas cascadas de encaje y cintas azul celeste. El camisón hacía resaltar el color trigueño de su piel y el negro casi azulado de sus cabellos. El deseo se apoderó de él con tanta fuerza que le impidió moverse.

—¿Deseas algo, Ailis? —le preguntó, con una vocecita ronca, tratando de desviar la mirada de sus bien destacados pechos a su cara.

Sonriéndole, ella fue a sentarse en la cama.

—Te veo tan poco durante el día que pensé que podríamos conversar un rato ahora.

—¿Conversar? ¿De qué quieres hablar? —preguntó él, desesperado, pensando cómo una mujer podía verse tan seductora y tan inocente al mismo tiempo.

—No lo sé. Deben de haber algunos asuntos de los que habla un marido con su mujer.

—Sí, debe de haberlos.

Pero aunque intentaba encontrar algún tema de conversación, sólo podía pensar en una cosa: abalanzarse sobre ella y arrojarla de espaldas en su cama. Estaba sumergido en su aroma, dolorosamente consciente de su esbelto muslo rozándole la pierna. Se le escapó un gemido que no logró reprimir del todo y se echó de espaldas en la cama, cerrando los ojos.

—Me gustaría muchísimo conversar contigo, muchacha, pero esta noche estoy excesivamente cansado —masculló—. Será mejor que vuelvas a tu cama. Podemos intentarlo en otra ocasión, estaré encantado.

Ailis se levantó lentamente y se puso las manos en las caderas. La toalla que lo cubría no le disimulaba mucho el bulto de su miembro excitado, y sin embargo la echaba sin siquiera ofrecerle un beso. Fastidiada pensó cuánto tiempo creería él que necesitaba ella para recuperarse bien del parto y de la fiebre. También le dolía que él no pareciera tan impaciente como ella para pasar un tiempo juntos antes que comenzara la batalla. Decidió no esperar a que él hiciera algo; actuaría ella. Con sumo cuidado se quitó el camisón y lo dejó bien dobladito en una banqueta cerca de la cama. Con menos cuidado que velocidad alargó la mano y le sacó de un tirón la toalla que le cubría las partes.

Alexander lanzó un grito de sorpresa y, con los ojos como platos, se sentó.

—¿Qué pretendes, muchacha loca? ¡Jesús!

Se atragantó con las palabras, mirándola ávidamente de arriba abajo en su invitadora desnudez, ligerísimamente velada por la cascada de abundantes cabellos.

—Te dije que quería que conversáramos un rato —dijo ella.

—¿Conversar?

—¡Has chillado! —exclamó ella, sin poder evitar reírse al oír salir ese sonido de un hombre tan fuerte y hermoso.

—No he chillado —gruñó él, y añadió, intentando un tono de autoridad—. Vuelve a ponerte ese camisón.

Con más velocidad que elegancia ella se subió a la cama y se tendió a su lado.

—No.

—¡Ailis!

Entonces cayó por fin en la cuenta de que en realidad lo que ella quería no era conversación, y lo sorprendió un poco lo mucho que su excitación le había embotado la agudeza.

La vista del largo y hermoso cuerpo de Alexander tenso por la excitación la hizo arder por él. Lo empujó por los hombros hasta dejarlo tendido de espaldas y se le echó encima. El desconcierto de él fue lo que le dio éxito a su osadía, pero de todos modos era excitante. Le enmarcó la cara entre las manos y lo besó en la boca.

—Has estado muy enferma —protestó él, con la voz espesa—. Acabas de parir un hijo.

—Ese hijo tiene dos meses.

—La fiebre te bajó hace muy poco —insistió él, pensando por qué discutía tanto para continuar con la abstinencia.

—¿Hace muy poco? Hace más de un mes. Estoy sana y fuerte. Prepárate, Alexander MacDubh.

Al final la voz le salió más espesa, por estar frotando el cuerpo sobre el de él.

—¿Que me prepare? ¿Para qué?

Cuando, todavía algo confundido, alargó las manos para cogerla, ella le agarró las muñecas y se las dejó sujetas encima de la cabeza con una pequeña mano. A él no le costaría nada liberarlas de esa sujeción, pero no hizo el menor esfuerzo por hacerlo, y esperó pacientemente su respuesta, y muy curioso por lo que ella quería hacerle.

—Porque estás a punto de ser el primer hombre en toda Escocia al que va a tomar por la fuerza una mujer desesperada —dijo ella, en un seductor tono mezcla de pasión y de risa.

La risa que le incitó en su interior esa traviesa respuesta se desvaneció junto con la de ella cuando ella se posicionó y unió sus cuerpos. Pasaron al olvido el osado juego de y la obstinada opinión de él de que la abstinencia debía continuar un tiempo más. Él no supo quién estaba al mando en la apasionada y vigorosa relación resultante, ya que este fue pasando del uno al otro hasta que la liberación del éxtasis se apoderó de los dos y entonces ya no importó. Él continuó estrechamente abrazado a ella sintiendo pasar por todo su cuerpo el placer compartido. Ya había pasado un largo rato desde el éxtasis cuando pudo moverse o pensar con algo de claridad.

—Sí que me siento un poco violado —dijo, cuando ya estaba lo bastante despabilado para subir la sábana y cubrir sus cuerpos saciados.

Ailis se acurrucó más pegada a él y frotó la mejilla en el calor de su duro pecho.

—¿Sólo un poco?

—Sí. La próxima vez tendrás que esforzarte mucho más —dijo él arrastrando la voz, embargada por la risa.

—Bueno, me parece que ese tipo de violación tiene un precio y es uno que tal vez no quieras pagar.

—¿Ah, sí? —Pasó los dedos por su pelo suelto, saboreando su sedosa textura—. ¿Y cuál es ese precio?

—Tres o más meses sin mí en tu cama.

—¿Todo ese tiempo tardas en sentir hambre?

—No. Ese tiempo es lo que tardo en desquiciarme tanto que me vuelvo osada.

Se rió con él.

—Yo estaba un poco desquiciado.

—La verdad es que encontré que actuabas algo raro.

—Ah, mira tú.

—Sí. No creo que le hayas dicho muchas veces a una mujer desnuda que se vuelva a poner la ropa.

Cuando él terminó de reírse se puso de costado para quedar de cara a ella.

—No que yo recuerde. No se me ha pasado por la cabeza decirte eso desde la primera vez que posé mis ojos en ti. Ébano y oro —musitó—. Delicada noche y cálido amanecer.

Ailis se ruborizó ligeramente por el placer que le causó ese dulce elogio.

—Haces parecer una bendición la maldición de mi apariencia.

—Linda Ailis, tu apariencia no es una maldición. Has dado demasiado crédito a lo que dicen los tontos. Yo no daría mi apellido a una puta. No, ni a una mujer fea si puedo evitarlo. No es fealdad lo que continúa encendiéndome la sangre cada vez que te miro. —La besó tiernamente—. Las españolas suelen ser muy seductoras. —Sonrió levemente al ver que el beso la había dejado sin aliento—. Sí, y las muchachas escocesas suelen ser muy bellas. Tienes lo mejor de las dos razas. —Le acarició las mejillas rojas con las yemas de los dedos—. Cómo te ruborizas cuando te hacen un cumplido, muchacha.

—Es que no estoy acostumbrada.

—No, no te veo oyendo muchas palabras amables de los MacFarlane o de los MacCordy. Es una vergüenza para mí que no te haya dicho muchas palabras bonitas ni cumplidos. —Le apartó suavemente un delicado mechón de pelo de la cara—. Antes era muy hábil en esas cosas.

—No necesito palabras bonitas.

—¿Qué necesitas, cariño?

Ella desvió un poco la cara; no se atrevía a mirarlo a sus maravillosos ojos azules por miedo a lo que él podría ver en los suyos. Esa era una pregunta difícil de contestar. Aunque se había casado con ella y dejado de lado su venganza, al menos en lo concerniente a su persona, no veía en él nada en qué basarse para conocer sus sentimientos. El orgullo le exigía guardar en secreto su amor por él hasta poder estar segura de que era correspondido. Y si no elegía con sumo cuidado sus palabras para contestarle revelaría su secreto. Aunque eran incontables las veces que deseaba hablarle sinceramente de sus sentimientos por él, tenía conciencia de que esa era una debilidad a la que no debía ceder. Aparte del orgullo, temía el dolor que sufriría si él no le hacía ninguna declaración similar.

Alexander frunció el ceño al percibir la renuencia de Ailis a contestarle. Le cogió el mentón y le giró la cara, obligándola a mirarlo.

No fue mucho más que recelo lo que vio en sus ojos, pero eso le dolió; se merecía ese recelo, sin duda, eso lo tenía tan claro como que todavía no estaba totalmente seguro de ella. Ya no quedaba en él ni la más mínima idea ni intención de venganza, y aunque no había dicho mucho al respecto para tranquilizarla, era consciente de que ella eso ya lo sabía. Sin embargo, continuaban recelando el uno del otro. De repente se sintió muy harto de todo eso. Sólo cuando estaban atrapados en la plena gloria de su pasión no había nada que se interpusiera entre ellos, y eso sencillamente ya no le bastaba.

—Vamos, cariño —dijo—, desde el momento en que nace, una muchacha sabe que su destino es casarse, y comienza a hacer planes. ¿Nunca hiciste ningún plan ni albergaste ninguna esperanza?

—Bueno, sí, una. Deseaba que quien fuera el hombre que me tomara por esposa también acogiera a los hijos de Mairi y los quisiera. Aunque lo ocurrido no es exactamente lo que esperaba, he conseguido lo que deseaba.

—No puedo creer que eso fuera lo único en que pensabas.

—No. —Buscó las palabras para expresar sus esperanzas sin declarar su amor, y de una manera que no le exigiera a él decirle algo semejante—. Deseaba un hombre que no fuera demasiado viejo ni muy feo. También deseaba que no me pegara ni me avergonzara acostándose con cualquier cosa que llevara enaguas. No es más de lo que desean la mayoría de las muchachas, supongo. Sólo cuando me hice mayor comencé a desear algo un poco diferente.

—Ah, ¿el qué?

—Deseaba casarme con un hombre que no intentara obligarme a ser una muchacha sumisa y tonta que se doblegara ante todos sus caprichos y no le discutiera, que estuviera de acuerdo con cada una de sus palabras. Deseaba muchísimo que fuera un hombre que me considerara algo más que una mujer para parir a sus herederos y algo más que alguien para mantener en orden su casa. —Lo miró con una sonrisa sesgada—. Sólo que nunca he sabido bien qué es ese algo más.

Alexander percibió que se guardaba algo, pero decidió no insistir más en el asunto.

—Bueno, pues, creo que puedo cumplir todos tus deseos y que los he cumplido. No te rodearé de bastardos chillones. Aunque nunca juraría que jamás sucumbiré a las debilidades de la carne, no me echaré amantes ni queridas. No trataré los juramentos que hicimos como si se los hubiera llevado el viento. —La besó tiernamente en la boca—. Ah, muchacha, tú calientas bien una cama para cualquier hombre.

—¿Incluso para uno que, según se rumorea, se ha acostado con la mitad de las mujeres de Escocia?

—Sí, incluso para él, aunque nunca he conocido a ese codicioso idiota. —Sonrió al verla reír, pero enseguida volvió a ponerse serio y, siguiendo suavemente el contorno de su cara con las yemas de los dedos, continuó—: Tampoco deseo una mujer sumisa, por mucho que te grite que recuerdes cuál es tu lugar. Me volvería loco de furia pasar año tras años con una muchacha que no hiciera otra cosa que sonreír y estar de acuerdo con todo lo que yo diga. No, una mujer con cierta fuerza e ingenio sólo puede ser buena para un hombre. Pero las que estropearon eso fueron mi madrastra, mis esposas y Agnes, la esposa de Barra, es que también tenían codicia y astucia. Tú no ensucias lo bueno con lo malo, muchacha. No tengo ningún miedo de que conspires o intrigues a mis espaldas si estás en desacuerdo con lo que yo diga o haga.

Al oír esa pasajera expresión de confianza ella sintió regocijo pero no dijo nada. El instinto le dijo que si manifestaba mucha alegría pondría fin a esa reveladora conversación, porque entonces él caería en la cuenta de la franqueza con que estaba hablando. Lo había dicho, le había confesado que confiaba en ella, y decidió que eso le bastaba.

—¿Eso es lo que hacían Agnes y las otras, Alexander, conspirar y traicionarte? —preguntó, con la esperanza de oír por fin toda la historia, de descubrir el motivo de su amargura y su desconfianza con respecto a las mujeres.

—Sí —suspiró Alexander, y se le endureció el semblante al recordar todos los agravios sufridos por él y Barra—. No tenían el menor escrúpulo en recurrir al engaño y la traición para conseguir lo que deseaban. El poder y el dinero eran sus únicos objetivos, sus únicos amores. Sus maquinaciones e intrigas sólo ocasionaron sufrimiento y desgracias en Rathmor. Sí, y una o dos muertes. Las mentiras que decía mi madrastra y las promesas que hacía con el fin de conseguir el mayor poder posible nos ganó más enemigos que aliados. Una de sus retorcidas intrigas fue la que llevó a mi padre a ver a tu tío y a encontrar su muerte.

Ailis lamentó haberle preguntado por las mujeres. Lo último que necesitaba era recordarle la rabia y el odio que sentía por su tío y los MacCordy. Ya se había arriesgado recordándole los agravios que tenía contra las mujeres. Y aunque él ya había visto que ella era diferente de esas otras mujeres, de ninguna manera podía considerarla alguien no emparentado con los MacFarlane. Cautelosa lo miró a los ojos y en silencio exhaló un buen suspiro de alivio al ver que nada de esa furia iba dirigida a ella. Estaba ahí, sí hirviendo detrás del deseo que le suavizaba la mirada, pero no iba dirigida a ella. Por fin la veía simplemente como Ailis, no como una MacFarlane.

—Y también iniciaron una guerra que aún falta por decidir —musitó.

—Se decidirá mañana.

Ailis lo miró y tardó un momento en comprender la envergadura de lo que acababa de decir. Se le fue abriendo sola la boca por la sorpresa, apenas consciente de la atención con que la observaba él. Entonces le vino la rabia y se sentó, con la sábana cogida sobre los pechos.

—¿Mañana? —repitió, en voz baja, con la boca tensa—. ¿Mañana va a haber una batalla?

—Sí, mañana —dijo él, no sorprendido por su furia sino más bien fascinado por lo negros y tormentosos que se le volvían los ojos por esa furia.

—¿Y cuándo pensabas decírmelo?

—Mañana.

—A tiempo para hurtarle el cuerpo a una flecha, espero.

La habían mantenido en la ignorancia a propósito, y eso la enfurecía. Parte de su furia era consigo misma. Había visto señales que indicaban que se preparaba una próxima batalla; no habían conseguido ocultarle todo. Pero ella no había hecho ninguna pregunta, ni pedido más información ni insistido para que le explicaran más detalles. Había estado tan preocupada por sus problemas personales, por su hijo, su enfermedad y su marido que no se interesó por nada más.

Lo que no entendía era el por qué, por qué la mantuvieron ignorante. Entonces se le instaló en la mente un escalofriante pensamiento. Alexander había evitado comunicarle lo de la inminente batalla porque temía que ella lo traicionara. Mascullando una palabrota se bajó de un salto de la cama, tan furiosa que no le importó estar desnuda.

—No te fías de mí. Acabas de decir que sabes que yo no conspiraría a tus espaldas, pero está claro que no lo has dicho en todos los sentidos.

Diciendo eso en tono mordaz, cogió su vaporoso camisón y se dirigió a la puerta que llevaba a su dormitorio.

—Ailis, ¿de qué va ese parloteo?

Ella se giró a mirarlo furiosa y pensó cómo podía tener la audacia de parecer tan desconcertado, de estar tan absolutamente hermoso, irritado y confundido.

—Estoy hablando del insulto que me acabas de hacer, ¿y tú lo llamas parloteo?

—¿Qué insulto? —bramó él, francamente sorprendido de que, por primera vez en su vida, una mujer lo desconcertara tanto.

—Basta de juegos, Alexander MacDubh —dijo ella; lo apuntó con un dedo y continuó, acentuando aquí y allá una palabra—: Has esperado hasta este momento para decirme lo de la batalla porque temías que yo espiara en favor de mis parientes.

—¡Estás loca! Vuelve aquí, entra en razón y escucha.

Lo dijo en tono tan arrogante, con tanta superioridad y autoritarismo, que ella consideró la posibilidad de volver a la cama para enterrarle el puño en esa nariz tan perfecta.

—No, creo que ya estoy harta de hacer la tonta. —Se dio media vuelta y reanudó la marcha hacia su dormitorio—. Estoy tan harta que igual podría enfermarme.

Mascullando una maldición, Alexander bajó de un salto de la cama y corrió tras ella. Ailis captó su movimiento, pero ya era tarde para escapar, así que él la cogió por detrás, y sin hacer caso de sus maldiciones y pataleos, la llevó hasta la cama, la arrojó encima, la empujó hasta dejarla de espaldas y se echó encima aplastándola con su cuerpo. Cuando finalmente la miró, cara a cara, no pudo evitar sonreír. Tenía el pelo tan enredado sobre el rostro que se le veía poco más que sus ojos furiosos. Le levantó los dos brazos hasta dejar las muñecas encima de la cabeza para poder sujetárselas con una mano y con la otra comenzó a apartarle suavemente el pelo de la cara.

—Nunca había tenido tantos problemas con una mujer —musitó, besándole la nariz cuando se la dejó al descubierto.

—Así que ahora soy un «problema», ¿eh? —Su cuerpo apretado al de ella y los tiernos besos que le iba depositando en la cara a medida que le apartaba el pelo le dificultaban mantenerse aferrada a su ira—. Quítate de encima, grandísimo patán rubio.

Lo último que necesitaba era que su belleza y la pasión que le excitaba le apagara la rabia, pero ya veía con qué facilidad podría ocurrirle eso.

—No puedes ni imaginarte el gran «problema» que eres, muchacha —musitó él—. No he creído que fueras a traicionarme ni a traicionar a la gente de Rathmor en favor de tus parientes, cariño. Ni se me pasó por la cabeza la idea de que me fueras a traicionar mientras planeaba la batalla, y entonces fue cuando caí en la cuenta de lo mucho que me fío de ti.

Ella intentó endurecerse para que sus palabras no hicieran cobrar vida a sus esperanzas otra vez.

—Sin embargo, has hecho todo lo posible para mantenerme totalmente ignorante acerca de la inminente batalla. Yo había oído ciertos rumores, pero pensé que mis muy solícitas cuidadoras querían protegerme de todo y que por eso oía o me decían tan poco.

—Protegerte es exactamente lo que intenté hacer. Cariño, vamos a luchar contra tu tío, el último de tus parientes. Esta batalla que vamos a desatar mañana es entre tu pariente consanguíneo y tus parientes por matrimonio. Será tu tío el que luchará contra los parientes de tu hijo y los hijos de Mairi. Era un dilema del que simplemente quise protegerte.

—Porque te preocupaba de qué lado elegiría ponerme.

—No, sabía muy bien qué lado elegirías, el mío y el de los míos. Eso es otra cosa que me hizo comprender que ya no te consideraba una MacFarlane a la que una maldición me hacía desear, sino la muchacha que deseo y que por una casualidad nació MacFarlane. Hace mucho tiempo que no eres parte de mi venganza, muchísimo tiempo. ¿No lo sabías?

Notó que ella había relajado la tensión y dejado de oponer resistencia, así que le soltó las muñecas. Tenía cosas mucho mejores en que ocupar las manos.

Ailis no quería distraerse, pero la forma de Alexander de bajar la mano por su costado desde el hombro a la cadera estaba consiguiendo justamente eso. Intentó resistirse al seductor atractivo de sus hábiles caricias, resistirse a que la hicieran olvidar todo lo demás. Le encontraba sentido a todo lo que le había dicho, a su forma de explicar sus actos, pero aún no sabía si debía confiar totalmente. Él le estaba dejando una estela de besos desde el cuello hasta los pechos, así que pensó que sería mejor decidirse acerca de la veracidad de sus palabras antes de olvidar totalmente los agravios que tenía contra él.

—¿Por qué he de creerte? —le preguntó, y la voz le salió en apenas algo más que un resuello, porque él le estaba lamiendo los pezones—. Has dejado muy claro que desconfías de las mujeres.

Él frotó suavemente el cuerpo sobre el suyo, observándole la cara, y le encantó cómo se le arrebolaban las mejillas y se le entornaban los ojos.

—Sí, pero, contéstame a esto, ¿te he mentido alguna vez?

—Eso no significa que no puedas hacerlo. Si vamos a tener una conversación seria, deja de jugar conmigo. —Se estremeció al sentir que él se metía todo el pezón en la boca—. No puedo pensar claro mientras me haces eso.

—¿Qué más hay que decir, qué otra cosa se puede decir? Te he dicho por qué me esforcé tanto en mantenerte ignorante de esta batalla. No puedo demostrar que es cierto lo que he dicho. Sólo puedo jurarlo. Bajo juramento, te digo que sólo quise ahorrarte la terrible experiencia de tener que volverte en contra de tus parientes. ¿Me crees o no?

Ella le echó los brazos al cuello y lo acercó lo más que pudo mientras él le succionaba los pechos.

—Ah, sí, creo que sí.

—¿«Crees» que sí?

—La verdad, no puedo pensar mucho en este momento. —Cuando las caricias llegaron a la entrepierna, se abrió a él, separando los muslos para facilitarle las caricias más íntimas, y suspiró con indisimulado placer—. Creo que cuando me acaricias así me quitas la capacidad de pensar.

—Estupendo, prefiero con mucho a una muchacha tonta.

Sabiendo que era una broma, ella se rió, y un sonoro suspiro interrumpió su risa al sentir sus suaves besos y atormentadoras lamidas en el abdomen.

—Para ser un hombre que se ha esforzado tanto en ser un monje, estás muy voraz.

—Me has recordado los placeres que me he estado negando tan tontamente. Quiero beber hasta saciarme antes de entrar en el campo de batalla mañana.

Ese recordatorio de la inminente batalla le moderó a Ailis bastante la pasión. Aunque deseaba creer de todo corazón en una victoria MacDubh, no podía descartar la posibilidad de que pudiera encontrarse de vuelta en manos de sus parientes. Tal vez podría proteger a su hijo, aun cuando tuviera que declararlo muerto y entregarlo a otra mujer para que lo alejara, pero no habría ninguna manera de proteger a Alexander. Esa podría ser su última noche con él. Esa determinada noche de placer podría ser la que formara sus últimos recuerdos de él.

En ese momento él le acarició el interior de cada muslo con sus cálidos labios. Entonces reemplazó los dedos por la boca en sus tiernas caricias a su parte íntima y ella decidió dejar de lado su habitual recato. Esa noche no le negaría nada, y tampoco se lo negaría a sí misma. Se entregó con total desenfado a sus besos íntimos y saboreó sus palabras de aprobación tanto como el placer que le producía. Era un placer que tenía la intención de devolverle multiplicado por diez. Tal vez no estaría muy descansado cuando fuera a la batalla por la mañana, pero tenía la intención de amarlo tan bien que él matara a cualquiera que tratara de impedirle regresar a ella.

—¿Alexander? —dijo, cuando finalmente se recuperó del éxtasis de la cuarta ronda.

Tendido boca abajo a su lado, él encontró la fuerza para pasar un brazo por su cintura y acercarla más. Era muy consciente de que debía descansar un poco, pero estaba hambriento de ella. Cada caricia lo hacía desear más, cada beso lo hacía ansiar otro. Cada vez que hacían el amor, estaba impaciente por recuperar toda su energía para volver a hacerlo. Había descubierto que también le gustaba simplemente yacer ahí a su lado o hablar con ella, dependiendo de lo que ella quisiera hablar, claro, pensó, sonriendo irónico.

—¿Qué, cariño? —preguntó, mordisqueándole suavemente el lóbulo de la oreja.

—¿Cómo se va a luchar esta batalla?

—En campo abierto.

—Una lucha en campo abierto —repitió ella.

Era tan horrendo como había temido. Se estremeció, acurrucándose más pegada a él, a su calor.

—¿Por qué no luchas desde Rathmor y esperas a que ellos intenten tomar el castillo? Así podrías ganar. Ni mi tío ni Donald Mac-Cordy podrían abrir una brecha en estas murallas.

—Tal vez no, pero tampoco ganaríamos de verdad. Sí, podríamos parecer victoriosos, porque seguiríamos manteniendo en pie Rathmor y nuestro enemigo emprendería la retirada con grandes pérdidas. Y después, ¿qué?

—¿Podríamos tener un poco de paz y descanso? —sugirió ella, pero con la voz desprovista de esperanza o convicción, porque ya sabía lo que iba a decir él y también que tendría que reconocer que tenía razón.

Alexander levantó la cabeza lo suficiente para besarle la mejilla.

—Ojalá pudiera darte eso. Y tal vez pueda, pero no será quedándome dentro de mis murallas. No, una batalla así sólo nos permitirá pinchar el cuerpo de la víbora que está enroscada en el nuestro. Debemos cortarle la cabeza a esa víbora. Y eso sólo se puede hacer enfrentando a nuestros enemigos en un campo llano, espada contra espada. Hay que matar a los que los dirigen. Perdona, muchacha, porque son tus parientes, pero eso es lo que pienso que debe hacerse si queremos poner fin a todo esto.

—No tienes por qué pedirme perdón; tengo la sensatez para ver la verdad de todo lo que dices.

—Entonces, venga, bésame, ahógame en tu dulce pasión, para que marche a enfrentar a mis enemigos con paso seguro y con la victoria por destino.

Ailis lo besó, rogando de todo corazón poder hacer lo que él le pedía.

Capítulo 17

Situada entre Manus y Rath, Ailis estaba en la almenas contemplando a Alexander marchar a la cabeza de los hombres de Rathmor en dirección al campo de batalla elegido. Desde ahí podría ver la batalla, pero la distancia le haría algo difícil distinguir claramente a cada hombre. Dentro de unos momentos no podría diferenciar a Alexander de los demás hombres, a no ser porque iba a la cabeza, pero cuando comenzara la batalla costaría determinar quién los comandaba. Incluso el estandarte dejaría de ser un indicador exacto. Ansiaba estar más cerca, lo bastante para no perder de vista a Alexander, pero no tenía la menor posibilidad de conseguirlo. Él había ordenado que la vigilaran estrechamente. Esa orden revelaba que la conocía mejor de lo que se había imaginado, cosa que no agradecía en ese momento.

Alexander se giró a hacer un último gesto de despedida con la mano, y también se giraron Barra y Jaime, que iba detrás de él guardándole la espalda. Entonces Angus también se giró a hacer el gesto, lo que la sorprendió agradablemente. Ella les correspondió y luego miró hacia Kate, que estaba un poco más allá a su derecha, con Sibeal en los brazos; las dos también estaban agitando las manos en gesto de despedida a los hombres. La alivió inmensamente no ver ninguna señal de preocupación ni de miedo en la carita de la niña; eso tenía que significar que no había tenido ninguna visión inquietante. Se dijo que no debía poner mucha fe en eso, pero era difícil no sentir un poco más de esperanza.

—Tiene que ser difícil para ti, señora —dijo Kate, dejando a la niña de pie en el suelo—. El padre de tu hijo marchando para chocar su espada con las de tu clan y tu pariente. —Movió la cabeza de un lado a otro—. Es triste.

—Lo triste es que los hombres no puedan encontrar una manera mejor de resolver sus diferencias —masculló Ailis.

—Lo que hay entre los MacDubh y los MacFarlane es mucho más que simples diferencias. Es mucho más profundo.

—Ah, sí, lo sé. —Apoyó los antebrazos en la fría piedra—. Lo sé, pero necesito desahogar mi rabia, mi impotencia.

—Irá bien, tía Ailis —le dijo Sibeal dándole una palmadita en el brazo.

Entonces Rath le cogió la mano a la niña y se la llevó.

Ailis se quedó mirando alejarse a su sobrina, conducida con sumo cuidado por sus hermanos por entre los parapetos para bajar de las almenas.

—Y bien, ¿lo ha dicho por pura cortesía o ha intentado decirme algo más?

—También podría ser que ni ella sepa lo que ha querido decir —dijo Kate—. Lo que a mí me gustaría saber es... ¿es Jaime un guerrero experto?

Al mirar los preocupados ojos de Kate Ailis cayó en la cuenta de que no tenía respuesta a eso. Se sintió un poco culpable, pero se apresuró a dejar de lado ese sentimiento; ella no tenía la culpa. Jaime no tenía mucha práctica en luchar con armas, y era muy poco el conocimiento que tenía ella del asunto como para juzgar bien. Entonces vio dónde habían colocado a Jaime en los puestos para la batalla y pensó que tenía la respuesta.

—Lo han colocado para guardarle la espalda a Barra, Kate. Alguien debe de pensar que es hábil.

—¿Nunca has visto combatir a Jaime? ¿Acaso no es tu protector?

—Sí, pero nunca ha tenido necesidad de manejar una espada para protegerme. Ahora bien, si tu pregunta es que, si lo atacan diez hombres, podría deshacerse de esos idiotas derribándolos a puñetazos, podría decir que sí con toda seguridad. ¿En un combate a espadas? Sencillamente no lo sé. Pero te repito, lo han colocado a la espalda de sir Barra. Algún hombre que sabe juzgar esas cosas mejor que yo, lo ha considerado apto para proteger a uno de los herederos.

Kate hizo un gesto de pena, luego asintió y esbozó una leve sonrisa.

—Me preocupo demasiado. Jaime siempre me lo dice. Hay otra cosa que me preocupa, y es que podría verse enfrentado a sus parientes, cara a cara, espada contra espada.

—¿Y nuestro bondadoso Jaime tendría las agallas para protegerse de ellos? —terminó Ailis, sonriéndole—. Son poquísimas las posibilidades de que se encuentre con un pariente en ese campo de batalla. Su padre y su hermano mayor murieron hace mucho tiempo, y los demás no son soldados, sino simples blancos de una flecha en el mejor de los casos, pero lo más seguro es que los hayan dejado atrás, arando o sacando estiércol del establo y los corrales. Y en el caso de que por un extraño giro del destino Jaime se encontrara con uno o varios de ellos, no vacilará en protegerse si lo atacan. Ya le ha disminuido el miedo que les tenía y ha aprendido a no aceptar mansamente nada de lo que digan o hagan, sino a defenderse.

—Eso me tranquiliza, pero, ¿puedes decir lo mismo de ti?

—¿Si soy capaz de luchar contra mis parientes y los MacCordy para protegerme? Sí, sin vacilar. Los parientes a los que les tenía afecto ya están todos muertos. Los que marchan hoy en contra de Rathmor y de Alexander no significan nada para mí. Es una pena aceptar que no son ni nunca serán nada para mí, pero eso no es culpa mía. Ellos eligieron el camino que han tomado. Puesto que es a mí y a los míos a los que desean herir, pienso que puedo cortar todos mis lazos con ellos. Las pocas personas de Leargan que me importan no estarán en la batalla.

—Y esas personas sobrevivirán a este día.

—Espero que las dos tengamos motivos para sonreír cuando acabe todo esto. —Le cogió la mano ajada por el trabajo y le dio un breve apretón—. No olvides lo que me prometiste.

—No lo olvidaré. Si triunfaran los MacCordy y los MacFarlane, Dios no lo quiera, tu hijo estará a salvo. No hay ni un hombre ni una mujer aquí que vaya a entregarle ese niño a nuestros enemigos. Aseguraré que es mío, y si caigo, hay muchísimas otras mujeres dispuestas a hacer lo mismo.

Ailis se relajó y se le calmó el miedo por el momento.

—Entonces no hay nada que hacer aparte de esperar.

Alexander tiró de las riendas deteniendo a su caballo. Habría sido fácil hacer el camino a pie desde Rathmor hasta el campo elegido, pero de ese modo no hubieran hecho ostentación de su presencia. Sus hombres encontraban más fuerza en las apariencias, y esperaba que estas harían que sus enemigos lo vieran con cierto respeto. Desmontó y fue a reunirse con los hombres que había enviado a observar a los MacFarlane y a los MacCordy.

—¿Han intentado ponernos algunas de sus trampas? —les preguntó.

Ian el Rojo hizo un mal gesto.

—Sí. Habían escondido a varios arqueros de tal modo que nos habrían acribillado desde todos los lados. Pretendían ir reduciendo tus fuerzas hasta que MacCordy pudiera ganar.

A Alexander lo disgustó que sus enemigos no fueran capaces de luchar con honradez ni siquiera su última batalla.

—Pero os habéis encargado de esos granujas ¿no?

—Sí, ese peligro ya no existe. Sólo hay una cosita más de interés, concerniente a sir Malcolm MacCordy.

—Se ha unido a sus parientes otra vez, supongo.

Ian el Rojo se pasó los dedos por entre sus cabellos de vivo color cobrizo.

—Eso es difícil saberlo. Ya no cabalga con ellos, pero ha acampado a unas cuantas yardas de la hilera oeste de los árboles. Asegura que está harto de las disputas y batallas sin sentido de sus primos. Hubo una discusión a gritos, así que sabemos mucho de lo que se dijeron.

—Ha roto con sus primos, entonces —dijo Alexander, pensativo; frunció el ceño y se frotó el mentón—. ¿Crees que podemos fiarnos de eso? Es cierto que nunca ha mantenido una relación muy estrecha con sus primos, pero también podría ser un engaño.

—Ah, sí, es un pillo, pero creo que la ruptura es real. —Ian el Rojo miró a su compañero, que asintió y volvió a mirar a Alexander—. Ha acampado y unos cuantos hombres se han quedado con él, pero es difícil saber si son amigos o guardias. Nos pareció que sus parientes querían que estuviera cerca para poder... maldita sea, ¿cómo fue lo que dijeron?

—Para poder hacerle ver su error una vez que te derrotaran, señor —dijo el otro hombre.

—Jo, que fanfarrones. Si el suelo está seco y limpio de traición, la victoria es nuestra. Si la batalla es una honrada prueba de habilidad, los MacCordy, y sus aliados, los MacFarlane, no tienen ninguna posibilidad de ganar. Llevan tanto tiempo asesinando y practicando negras traiciones que sus verdaderas habilidades para el combate ya no están tan afinadas como en otro tiempo. Ocúpate de la seguridad de nuestras monturas, Ian el Rojo, y prepárate.

Tan pronto como se alejaron los dos encargados de explorar el terreno, se acercaron Barra, Angus y Jaime. Alexander vio reflejada su seguridad en sus caras, y eso reforzó la suya. La mayoría de los hombres de su clan se habían presentado para la batalla y esa señal de lealtad lo conmovía.

—Una buena muestra de hombres valientes, ¿eh, Angus? —comentó sonriendo, poniéndose los guanteletes de malla.

—Sí. Están deseosos de chocar sus espadas con este enemigo, impacientes por ponerle fin a esta larga y sangrienta enemistad.

—¿De verdad crees que eso terminará aquí? —preguntó Barra, atándose los lazos de la camisa de malla ayudado por Jaime.

—Sí —dijo Alexander, asintiendo—. Sea cual sea la suerte y el resultado de la batalla, la enemistad acabará aquí, hoy. Es de esperar que termine en victoria para nosotros, pero acabará de todos modos. Les ofrecí una tregua a esos idiotas, pero la rechazaron. Nunca han deseado la paz, porque en la paz tendrían que dejar de robar todo lo que es nuestro.

—Ahí vienen —susurró Jaime—. Laird Colin a la cabeza, bajo una bandera de tregua.

—Tal vez han cambiado de opinión —sugirió Barra.

—Sí, o han descubierto que encontramos a sus arqueros escondidos y pusimos fin a esa amenaza. Así que ahora desean negociar para darse tiempo antes de poner otra trampa. Oiremos lo que desea decir ese malvado Colin, pero —negó con la cabeza—, no nos fiaremos de sus palabras. Hay que recelar siempre, amigos míos. Debemos estar siempre vigilantes.

Colin se detuvo para permitir que Angus y Jaime los registraran rápidamente a él y a sus acompañantes y luego avanzó un poco más. Estuvo un breve instante considerando la posibilidad de cambiar de bando; los MacCordy le habían robado todo, despojándolo de todo poder dentro de su propio clan. Pero una sola mirada a los ojos de los hermanos MacDubh lo curó enseguida de esa idea traicionera. No encontraría piedad en ellos; los MacDubh deseaban sangre por sangre; él había asesinado a su padre, y no dejarían sin castigo ese crimen.

—¿Qué deseas, MacFarlane? —preguntó Alexander—. Las cláusulas de la batalla están muy claras y ya las he aceptado.

—Sólo me enviaron a darte una última oportunidad de poner fin a esto.

—¿Sí? ¿Me vais a devolver todo lo que es mío? ¿Incluso a mi padre?

Pasando por alto esa furiosa pregunta, Colin contestó:

—Queremos que nos devuelvas lo que nos has robado, a mi sobrina y a los críos que secuestraste en tierras de los MacFarlane.

—En tierras de los MacDubh. Leargan es nuestra. Tu nieta también es mía; es la madre de mi hijo. —Sonrió fríamente al ver la expresión pasmada de Colin—. ¿Tus magníficos aliados olvidaron informarte de eso? Bueno, entonces hay otra cosa más que podría sorprenderte saber: no puedes recuperar a los críos tampoco, porque son hijos de mi hermano Barra.

—¿Los críos son MacDubh? ¿El amante de mi sobrina era un MacDubh? —resolló Colin; casi no podía hablar, tenía la cara roja y la respiración dificultosa—. ¿Y dices que los MacCordy saben todo esto?

—Sí.

A Colin se le escapó un ronco sonido gutural; se giró y le arrebató la espada al sorprendido Angus; los dos hombres que lo acompañaban lo miraron desconcertados al ver que echaba a andar hacia los MacCordy con pasos largos y decididos; sólo cuando Colin lanzó un grito de furia y echó a correr parecieron despertar y le fueron detrás, pero ya era tarde para cogerlo. Entonces siguió corriendo derecho hacia los MacCordy, que sacaron sus espadas e intentaron apartarse de su camino. El primer golpe de espada de Colin derribó a William MacCordy; el segundo lo paró eficazmente Duncan, y entonces Donald avanzó por detrás y le enterró la espada en la espalda. El grito de Colin al caer muerto reverberó por el campo de batalla, rompiendo el repentino silencio.

—Dos enemigos muertos y aún no hemos ensangrentado nuestras espadas —comentó Angus en voz baja.

Alexander miró ceñudo hacia los hombres que componían las fuerzas de los MacCordy y vio cómo Donald despotricaba y rabiaba al tiempo que Duncan se arrodillaba junto a William, que era evidente que estaba muerto.

—Sí —dijo—, pero parece que los MacCordy creen que nosotros tenemos la culpa de eso también.

—¿Cómo es posible que Colin no supiera que Ailis estaba embarazada de ti? —preguntó Barra.

—Bueno, supongo que sabía que estaba embarazada pero no que era de un hijo mío. Tal vez la paternidad fue lo único que le ocultaron. Su conmoción se debió a que comprendió que le habían mentido hombres de los que se fiaba; bueno, todo lo que puede fiarse de alguien un hombre como él. Tal vez de repente cayó en la cuenta de lo tonto que había sido y cómo ya no era otra cosa que un peón en el juego de ellos.

Jaime asintió.

—Por lo que vi, ya no le quedaba ningún poder cuando en Craigandubh Ailis y yo estuvimos prisioneros. Lady Una sabía más cosas que él, que se volvía más y más despistado a medida que ella se despabilaba.

—Bueno, tal vez ahora que ha desaparecido la causa de su tormento se despabile más aún —dijo Alexander, y con un silencioso gesto ordenó a sus hombres que ocuparan sus puestos para la batalla—. Parece que la rabieta de Donald ha persuadido de luchar a los hombres MacFarlane, o tal vez simplemente los ha asustado y por eso se quedan. No veo huir a muchos ahora que está muerto su señor.

—Yo creo que desde hace muchos meses su señor ha sido uno de los MacCordy.

—La maldición es para ellos, porque es un MacCordy el que los va a llevar a la muerte.

Diciendo eso Alexander sacó su espada, preparándose para hacer frente al ataque que veía preparando a sus enemigos. Sentía un leve pesar por no haber sido él quien acabara con la vida de Colin MacFarlane, porque ni él ni su hermano pudieron vengar personalmente el asesinato de su padre. Por otro lado, lo agradecía, porque no deseaba ser él quien matara al pariente más próximo de Ailis. Esas emociones lo sorprendían, porque hacía muchísimo tiempo que su sed de venganza formaba parte de él. Había notado un cambio en su manera de ser, pero no se había dado cuenta de que tenía que ver con una forma sutil de disimular la amargura que había albergado en su corazón durante tanto tiempo.

Los MacCordy y los MacFarlane ya estaban gritando amenazas e insultos, así que fijó la atención en las primeras filas de los guerreros enemigos. No tardaría en comenzar el ataque y no le convenía perderse ninguna de las señales que lo precederían. No era un buen momento para distraerse o reflexionar sobre los cambios que notaba en sí mismo. Si mantenía la atención en la inminente batalla ya tendría tiempo de sobras para esas contemplaciones después.

Ailis oyó el sordo estruendo cuando comenzó en serio la batalla. Los MacCordy y los MacFarlane gritaron sus últimos insultos, lanzaron su grito de guerra y embistieron. Los MacDubh lanzaron también su grito a pleno pulmón y respondieron avanzando hacia sus atacantes. Ailis casi lo sintió en el cuerpo cuando chocaron los dos ejércitos. Incluso Kate emitió un suave gruñido.

Por mucho que lo intentara no lograba encontrarle sentido a lo que veía. Estaban a cierta distancia, sí, pero dudaba de que lo hubiera entendido si estuviera más cerca. Los hombres formaban un caótico tumulto, todos revueltos. Comenzó a aumentar el número de hombres que caían derribados y quedaban inmóviles, desperdigados sobre el terreno. Desde donde estaba era imposible saber cuáles de los caídos eran amigos y cuáles enemigos. Ansió estar más cerca, pero sabía que no se lo permitirían.

—¿Logras ver cómo nos está yendo? —preguntó a Kate, que seguía acompañándola en su vigilia sobre las almenas.

—No, no logro entender nada. Sólo parece un enredado tumulto de locos, como si no hubiera ningún plan de batalla.

—Sí, pero tienen que tener uno. Creí que me serviría de algo mirar, pero parece que verlo es peor. Tal vez el mejor lugar para pasar este tiempo sea la capilla o algo parecido.

—Eso nunca me ha servido de nada a mí. Sobre todo cuando una tiene que estar horas sin saber el destino de los hombres de su clan. Venga, anímate —la aconsejó—. Desde aquí por lo menos verás el momento en que acabe la batalla y cuáles hombres abandonan el campo. Eso es mejor que nada.

—Sí, es mejor que nada. Y desde aquí siempre podemos rezar por los nuestros.

Sonrió levemente al ver la reacción de Kate: sacando su rosario del bolsillo, la muchacha comenzó a entonar los calmantes avemarías. Pero ella había recitado ya tantas oraciones que no se le ocurría ninguna más. Lo único que deseaba era que Alexander y aquellos de sus hombres a los que les había cobrado afecto sobrevivieran y resultaran victoriosos. Si no había otra opción, pues aceptaría que por lo menos sobrevivieran. Sencillamente no quería que Alexander fuera uno de esos cuerpos inmóviles que iban sembrando el campo de batalla.

A golpes de espada Alexander se fue abriendo paso hacia Donald MacCordy. Estaba impaciente por cruzar espadas con ese hombre. Vengarse de pasados agravios ya no era el principal motivo de que deseara enterrar el frío acero en su corazón. Todos los motivos que le venían a la cabeza tenían que ver con Ailis. Donald había sido su prometido; la había golpeado; había amenazado la vida de su hijo, obligándola a arriesgar su vida para huir de esas amenazas. Cada uno de esos recuerdos ocupaban el primer lugar de sus pensamientos al combatir abriéndose paso hacia Donald. Cuando llegó por fin a su objetivo, sintió una fría sensación de victoria al verlo girarse a enfrentarlo; tenía la cara roja, gruñía en resuellos y por el rostro le chorreaba el sudor. En cambio él se sentía fresco, descansado y eficiente.

—Ahora nos enfrentamos como iguales —le gritó—, aun cuando me produce mal sabor de boca llamarte caballero o sir. —Despectivo miró de arriba abajo su fornido cuerpo—. Deshonras a todos los caballeros honorables de Escocia.

—Entonces es estupendo que yo no enfrente a uno ahora, ¿no? No, lo que tengo delante es un adúltero, un seductor de cara bonita, un caballero de salón cuyas únicas espuelas las ha ganado montando a doncellas en sus tocadores.

—Espero que estés confesado, MacCordy, porque vas a morir en este campo.

El primer choque de espadas le dijo que su contrincante no era un hombre de poca pericia. La debilidad de Donald no estaba en su brazo ni en su manejo de la espada. Su debilidad era que no sabía dominar sus emociones. Tenía facilidad para escupir groseros insultos, pero no era capaz de recibirlos con calma. Perdía los estribos con mucha facilidad y no tardaba en pasar de un combate experto a repartir tajos sin ton ni son, dominados por la furia. Bastaban uno o dos buenos insultos bien elegidos para despojarlo de toda su pericia con la espada. Pero él no se rebajaría a hacer esa jugada, aunque reconocía que sus motivos distaban mucho de ser nobles. Deseaba hacerlo sudar la gota gorda, hacerlo comprender que aun cuando luchara lo mejor que sabía, no era lo bastante bueno. Deseaba hacerlo ver la proximidad de su muerte.

—¿Estás dispuesto a dar tu vida por esa guarra de ojos castaños? —dijo Donald parando un tajo y tratando de enterrarle la daga en el estómago, puñalada a la que Alexander hurtó el cuerpo sin dificultad—. ¿Estás seguro siquiera de que ese crío es tuyo y no hijo de ese idiota bobo que ella tiene siempre a mano?

A Alexander lo consternó comprobar que también tenía una debilidad; le resultaba difícil no reaccionar con ciega furia a los insultos que le dirigían a Ailis. Deseó dejar clavado a Donald en el suelo y cortarle la lengua con un cuchillo romo. Cualquier emoción, ya fuera de piedad o asesina, podía ser fatal. Se obligó a mantenerse insensible a los horribles improperios que le soltaba.

—Deja de afilarte la lengua hablando de doncellas y afila tu espada en mí —ordenó—. No hay ningún beneficio en morir soltando insultos.

—No soy yo quien va a morir aquí, mi lindo caballero.

Una sacudida le recorrió todo el brazo a causa del golpe de la espada de Donald. Fue un golpe fuerte, pero ya había enfrentado a bastantes contrincantes para saber que Donald no podría continuar golpeando así. Era un hombre capaz de luchar bien durante un rato corto, pero se le acababan las fuerzas muy rápido.

Le llevó poco tiempo darse cuenta de que había juzgado muy bien a su adversario; Donald no tardó en estar bañado en sudor y resollando fuerte; empezaba a tener dificultades para echar tajos e incluso para el ocasional intento de herirlo con la daga. Dedicó un momento a contemplar la posibilidad de jugar con él, de prolongar el combate retrasando el golpe mortal, pero cayó en la cuenta de que no tenía estómago para hacer eso. Cuando se le presentó la oportunidad puso rápidamente fin a su vida, con una limpia estocada dirigida directamente al corazón.

Cuando miró al hombre caído en el suelo comprendió de que ya podía darse por acabada la batalla. Giró la cabeza y vio a Barra mirándolo muy tranquilo; la actitud de su hermano era de absoluta calma, convencido de la victoria.

—Así que hemos ganado, por fin —dijo, agachándose a limpiar su espada en el jubón del hombre muerto.

—Sí, hermano, hemos ganado, por fin. Tu insistencia en una batalla en campo abierto fue ingeniosa. Y éstos idiotas fueron tan arrogantes que aceptaron.

—Cierto, y pensaron que yo no descubriría las trampas que nos habían tendido para asegurarse la victoria. —Miró hacia un extremo del pequeño campo de batalla y vio a un jinete acercándose con suma cautela enarbolando una bandera blanca—. Malcolm.

—¿Quiere negociar con nosotros? Ya ha terminado la batalla. Su gente la ha perdido.

—Además, él no ha participado. Es probable que lo que desee es recordarnos eso. No lo mires tan enfurruñado, Barra. El instinto me dice que este hombre no es ningún tonto. Tal vez desee conservar lo poco que posee. Sin duda eso será un beneficio para él, porque le pertenecería a él solo. No será el esclavo de su primo. Digo que hay que permitirle conservar lo que posee. Yo he recuperado Leargan, puedo ser generoso. No olvides lo mucho que hizo para ayudar a Ailis.

—Sí, y sigo haciéndome una pregunta, ¿por qué?

Esa era una pregunta que Alexander se había planteado muchas veces, pero aún sentía miedo de conocer la respuesta. Malcolm había arriesgado muchísimo ayudando a Ailis, y aunque no deseaba insultarlo, no lograba creer que la caballerosidad fuera su único motivo para dar esa ayuda. De todos modos, se mostró como la afabilidad personificada cuando este se detuvo ante él; le aseguró que continuaría poseyendo todo lo que había sido suyo antes de la batalla. Cuando Malcolm ya se alejaba, expresó sus buenos deseos a la señora Ailis y al niño, y a eso añadió una invitación a que lo visitaran siempre que estuvieran en Edimburgo. A Alexander le inspiró curiosidad esa invitación, pero el hombre se alejó antes que pudiera hacerle alguna pregunta al respecto. Movió la cabeza pensando en las rarezas de ciertas personas y se dispuso a emprender la marcha de vuelta a Rathmor. Sólo se detuvo para comprobar si Jaime y Angus habían resultado ilesos; una vez seguro de que los dos se encontraban en buen estado de salud, su único pensamiento fue volver a Ailis.

Incluso a esa distancia era fácil ver que había terminado la batalla y que los MacDubh habían obtenido la victoria. Ailis y Kate se abrazaron jubilosas y se apresuraron a bajar de las almenas. Ailis estaba impaciente por llegar a las puertas para ver con sus ojos que él había escapado ileso de la batalla. Existía una buena posibilidad de que revelara muchísimo de lo que sentía por él en el momento del saludo, pero esta vez no le importó.

No bien Alexander hubo puesto los pies en el suelo al desmontar, Ailis se arrojó en sus brazos. Durante un breve momento se sintió culpable por sentirse tan feliz, porque el triunfo había costado la vida de su pariente. No le cabía duda de que su tío había muerto, pero no logró sentir la menor aflicción por él, y eso la entristeció un poco.

—Tu tío ha muerto, muchacha —dijo Alexander, rodeándole los hombros con el brazo y echando a andar por entre la regocijada muchedumbre en dirección a la torre.

—Justo estaba pensando en eso. Él y los MacCordy nos dejaron ninguna otra opción con sus actos. Sólo muerte o victoria. Claro que en su arrogancia no esperaban la derrota. —Se detuvo al pie de la escalera que llevaba a sus aposentos para ordenar que subieran agua caliente para el baño de Alexander—. Así que ha acabado todo.

—Sí, todo ha acabado.

Ninguno de los dos dijo nada más. Subieron al dormitorio y Ailis lo ayudó a quitarse la armadura y, tan pronto como estuvo listo el baño, el resto de su ropa manchada por la batalla. A diferencia de las otras veces, no la excitó ver su cuerpo desnudo. Su atención estaba concentrada en asegurarse de que no tenía heridas graves. Sólo cuando Alexander ya se había puesto el calzón interior y estaba echado cómodamente en la cama, el silencio comenzó a resultar incómodo. Ailis aprovechó la llegada de una criada con una bandeja con pan, queso y manzanas para cogerla, llevarla hasta la cama y sentarse a su lado.

—¿La victoria ha sido tuya? —preguntó al fin, cortando un trozo de queso para ponerlo en su pan.

—Sí, Leargan pertenece a los MacDubh otra vez. —Pasado un momento añadió—: No fui yo el que mató a tu tío, muchacha.

—No me habría importado si hubieras sido tú. No lo habrías asesinado, sino combatido limpiamente. Sólo hay una cosa que necesito saber: no sufrió, ¿verdad? —Se encogió de hombros y le sonrió levemente—. De verdad no entiendo por qué tiene que importarme eso, pero me importa.

—Era el último de tus parientes próximos. Ese es un lazo difícil de romper.

Entonces le contó cómo Colin encontró la muerte.

—Matado por sus aliados. No sé, encuentro que hay una extraña justicia en eso. Cuando estuve con ellos me di cuenta de que había perdido su poder, que los MacCordy eran los amos en Leargan. Y no es tan raro que saber quién es el padre de mi hijo lo haya sorprendido tanto. Incluso su pobre mujer atontada encontraba que él se había vuelto más distraído y sombrío. Nunca fue a verme tampoco, así que no tuvo ocasión de ver mi aumento de volumen, lo que le habría permitido ver la realidad. Es una pena lo de William, creo.

—¿No era el hijo menor? ¿Un chico algo bobo?

—Sí, era algo lerdo, pero no creo que hubiera verdadera maldad en él. Sólo era un peón en el juego, llevado de aquí para allá por su padre y su hermano. ¿Y que hay de Malcolm?

Intentó hacer la pregunta de forma que pareciera sólo educadamente interesada, pero cuando él le dirigió una penetrante mirada dudó de haberlo conseguido.

—Malcolm sobrevivió, pero creo que es bueno en eso. En ningún momento participó en la batalla; se retiró totalmente antes de que sus parientes entraran en el campo de batalla. Cuando todo terminó hablamos un breve momento. Pidió conservar lo poco que le habían dado sus parientes, y yo accedí. Después me dijo que debemos ir a visitarlo a Edimburgo siempre que tengamos ocasión.

La observó atentamente y sintió un ramalazo de alarma al ver que ella desviaba la mirada, adrede.

Entretanto Ailis maldecía a Malcolm de todas las maneras que se le ocurrieron, al tiempo que intentaba parecer tranquila y sólo moderadamente interesada. Pensó si tal vez la solución a su dilema no sería simplemente hacer caso omiso de Malcolm; al fin y al cabo le sería muy difícil cumplir una promesa hecha a una persona que no veía nunca.

—¿Por qué deberíamos ir a Edimburgo?

—Tengo una casa ahí, igual que Malcolm. Parece que los dos

tenemos asuntos allí y nos gusta ir a supervisarlos de tanto en tanto. Dentro de unos días viajaremos a Leargan. Una vez que ponga en orden las cosas ahí, continuaremos viaje hacia Edimburgo. Es un viaje que hago cada año. ¿Has estado en Edimburgo? —preguntó, y ella negó con la cabeza—. Creo que te gustará.

Aumentó su curiosidad al ver que con cada cosa que él decía sobre Edimburgo, ella parecía ponerse de un humor más sombrío.

Mientras Alexander le hablaba de las vistas y los sonidos de Edimburgo, ella pensaba qué podría hacer para evitar ir. Contempló la posibilidad de fingir alguna enfermedad, pero no tardó en comprender que eso sólo le daría un corto respiro; tendría que estar enferma siempre que hubiera buen tiempo y se hablara de ir a Edimburgo. Pasado un tiempo eso levantaría sospechas; un empeño en evitar cualquier lugar despertaría sospechas, sin duda. Estaba claro que la solución no era evitar a Malcolm o cualquier lugar. Tampoco había ninguna manera de conservar su honor cumpliendo la promesa sin traicionar a Alexander por acostarse con Malcolm.

Dejó a un lado las copas vacías y la bandeja con comida y se acurrucó más cerca de él, que estaba callado y relajado. No era mucho lo que compartían en esos momentos, pero nunca lo habría. Poco a poco él había ido ablandándose hacia ella, estaba segura, y ahora que estaban muertos todos aquellos que lo habían agraviado, le disminuiría la amargura, y las cosas sólo podían mejorar. O mejorarían, pensó, exhalando un largo suspiro, si su promesa a Malcolm no fuera como una daga puesta en su garganta. Que Malcolm hubiera tenido la audacia de recordarle la promesa hablando de Edimburgo e invitándolos a visitarlo en su casa allí era más arrogancia de la que podía tolerar. Malcolm sabía que ella entendería lo que había querido decir, que con la invitación a su casa de Edimburgo le estaba pidiendo que esperaba que se citara con él para pagar su deuda, y había utilizado a su propio marido para enviarle el mensaje. Ardió en ganas de darle unas cuantas bofetadas, fuertes y repetidas veces.

—Venga, Ailis —musitó Alexander, levantándole la cara y dándole un suave beso en la boca—. Hoy hemos vencido. Es momento para sonrisas, no para caras largas y sombrías.

Aunque ella le sonrió y le dio uno o dos besos, deseó decirle que cuando un grupo de personas tienen el placer de la victoria, significa que otras han perdido. Cada éxito tiene su precio. Esa era una lección que su esposa estaba condenada a enseñarle.

Capítulo 18

*E*dimburgo. A pesar del calor veraniego Ailis se estremeció y maldijo el nombre, el lugar y el hecho de estar ahí. Tal como le dijera Alexander, habían ido a Leargan a ver que todo estuviera en orden y luego siguieron viaje hasta Edimburgo. Él le recordó que iba todos los años en la misma época. Estaba claro que Malcolm lo sabía cuando le arrancó la promesa; incluso ya sabía cuándo y dónde le exigiría el cumplimiento.

Cuidando de no moverse miró a Alexander que estaba dormido a su lado, su largo y musculoso brazo atravesado sobre su cintura. Desde la batalla decisiva con sus parientes y los MacCordy habían intimado más, cautelosamente. A él ya casi le había desaparecido la amargura, y sus comentarios odiosos no eran más que malos recuerdos. Debería haberse sentido a rebosar de esperanza y con el corazón liviano cuando intentaba obtener algo más que pasión de su marido. Por primera vez desde que la llevara de Leargan a Rathmor, estaba abierto a ella, podía llegar a él, e incluso lograr que la amara, aunque no pudiera permitírselo. Si no otra cosa, sería desmesuradamente cruel coger su amor ahora que estaba a su alcance sabiendo que tendría que traicionarlo.

Y más le valía darse prisa en cumplir la maldita promesa, pensó, bajándose sigilosamente de la cama y cogiendo su vestido.

Esa tarde habían paseado por Edimburgo y ahí estaba Malcolm. Se habían detenido para ser cordiales y ella logró decir unas cuantas palabras difíciles a Giorsal, que llevaba su tristeza en silencio. Malcolm le dejó sutilmente claro que esperaba el cumplimiento de su promesa.

Al principio había pensado seriamente posponer indefinidamente el cumplimiento de su parte en ese infame trato; no se había determinado ningún día en especial. Pero enseguida vio que eso era una tontería; el trato no se disolvería; Malcolm no desaparecería. Tenía que hacer frente a las consecuencias de su promesa y hacerlo ya. También estaba el asunto de la nueva y todavía cambiante relación entre ella y Alexander. Por fin él le abría su corazón, ofreciéndole oportunidad tras oportunidad de despertarle algo más que lujuria, pero era ella la que se refrenaba. No podía ser tan cruel como para coger lo que fuera que ansiaba de él sabiendo que estaba condenada a traicionarlo. Si hacía eso no sería mejor que las mujeres que lo convirtieron en un hombre tan herido y amargado.

«De todos modos va a pensar que no soy mejor que ellas», se dijo, atándose los últimos lazos del vestido.

Con el corazón latiéndole rápido y fuerte, caminó silenciosa hasta la puerta y la abrió, observándolo atentamente por si veía alguna señal de que se fuera a despertar. Aliviada comprobó que no se movía en absoluto. Salió y con la mayor suavidad que pudo cerró la puerta.

Cuando llegó a la galería exterior cogió la vela y el pedernal que había dejado en una hornacina justo fuera de la puerta. Era poca la luz que daba, pero se sentía más segura llevándola para caminar fuera de la pequeña casa solariega sin incidentes. Deseó que Moragh hubiera venido con ellos a Edimburgo porque le habría gustado muchísimo verlo una última vez. No le cabía duda de que en cuanto cumpliera su parte del trato con Malcolm, Alexander ya no la querría a su lado y su rechazo le significaría perder a su hijo también.

—Por lo menos he pasado una última noche con Alexander —susurró, saliendo de la casa.

Esperaba que ese recuerdo la consolara en los años futuros.

Jaime soltó una maldición y salió de la casa para seguirla. Sabía muy bien adónde iba. Desde que ella hiciera esa promesa había intentado varias veces disuadirla de cumplirla. No había ningún honor en ese trato, por lo tanto no lo perdía al negarse a cumplir las condiciones. Por desgracia, ella no consideraba de igual manera el asunto; había aceptado pagar un precio por la salvación de ella y de su hijo, y lo pagaría.

Cuidando de mantenerse fuera de su vista echó a andar siguiéndola en dirección a la residencia de Malcolm MacCordy. Aunque no podía impedirle que fuera, deseaba protegerla a la ida y a la vuelta; también necesitaría ayuda cuando hubiera acabado todo. Estaría destrozada y era probable que tuviera que alejarse de los MacDubh, ya fuera porque Alexander le ordenara marcharse o porque el tormento de su sentimiento de culpa la obligaría a hacerlo. En uno u otro caso, lo necesitaría. Sólo esperaba que fuera cual fuera el lugar donde lo llevara su lealtad hacia Ailis, no estuviera demasiado lejos de los MacDubh y de Kate.

Alexander esperó hasta que Ailis cerró la puerta y entonces se levantó y se vistió rápidamente. Mientras se abrochaba el cinto con la espada fue hasta la ventana y miró la calle, abajo, manteniéndose oculto detrás de la cortina. Cuando la vio caminando sigilosa en dirección a la ciudad, soltó una maldición. Estaba a punto de salir corriendo para seguirla cuando vio una sombra avanzando detrás de ella. Se tensó, pues el miedo por ella superó a sus celos y furia. Entonces reconoció al hombre; esa inmensa figura ya le era conocida.

—Ah, el siempre diligente Jaime —musitó.

Salió a toda prisa y una vez fuera de la casa echó a caminar rápido aunque sigiloso siguiendo a ese par antes que desapareciera en las estrechas calles de la ciudad.

Le resultaba difícil limitarse a seguirla, con el fin de enterarse de lo que ocurría. Le había llevado un tiempo comprender que había algo entre Ailis y Malcolm. En realidad no quería verlo, no deseaba saber nada del asunto, pero era difícil pasar por alto algunas cosas. El encuentro con Malcolm en la plaza del mercado lo obligó finalmente a abrir los ojos.

Por mucho que se ordenara no permitir que el sufrimiento del pasado le enturbiara sus juicios, no podía sino creer que estaba a punto de ser traicionado otra vez. Cada paso que daba le confirmaba la opinión de que ella iba a encontrarse con Malcolm. No se le ocurría nada que pudiera disculpar eso, y nada lograba calmar su dolor. Lo sorprendía comprobar cuánto le dolía.

Ailis iba bien envuelta en su capa, aunque no sentía el frío. Estuvo un largo rato ante la puerta tachonada de la casa de Malcolm. Desesperada volvió a estrujarse los sesos buscando todas las soluciones posibles para su problema, pero como le había ocurrido siempre antes, no encontró nada que le ofreciera una solución. Cuando golpeó la puerta se sintió como si en el corazón le hubieran puesto pesas de plomo.

Oyó los pasos de Malcolm al otro lado de la puerta y se estremeció. Él abrió, miró alrededor y, cogiéndole suavemente la mano, la hizo entrar.

Alexander se detuvo a observarla golpear la puerta de Malcolm y entrar. Vio que Jaime entraba en un estrecho callejón a la derecha de la casa y decidió seguirlo. Lo que deseaba era tomar por asalto la casa y meter el temor de Dios en los dos. Caminando detrás de Jaime pensó que le gustaría meter algo más que temor de Dios en Malcolm MacCordy; le gustaría insertarle un acero bien afilado en el cuello. Se situó detrás de Jaime y esperó a que este dejara de mirar por la ventana sin cortinas y se fijara en que ya no estaba solo. Una fría sonrisa le curvó los labios cuando finalmente Jaime se giró y agrandó los ojos.

—Lo sabes todo —susurró.

—Lo que sé es que mi mujer ha venido a encontrarse con su amante y que tú la ayudas.

—No, eso no es cierto.

—No mientas por ella. Calla y déjame ver la verdad con mis ojos.

Continuó detrás de Jaime y observó. Entraron Malcolm y Ailis en la sala, se sentaron y comenzaron a beber vino. La ventana estaba entreabierta y por lo tanto podría oír cada palabra traidora. Juró que se mantendría calmado, para enterarse de todo lo que ocurría antes de intervenir.

Malcolm hizo pasar a Ailis a la pequeña sala principal y en silencio la instó a sentarse en una silla de respaldo alto ante una maciza mesa redonda. Cuando sirvió vino en dos copas y se sentó cerca de ella, Ailis no supo si echarse a llorar o arrojarle el vino a la cara. Qué acogedor se portaba estando preparado para una noche que la destrozaría absolutamente.

—¿Dónde está Giorsal? —preguntó, pensando que la chica era otra persona más a la que se veía obligada a traicionar y a herir.

—Le ordené que se mantuviera en su habitación. No ha hecho otra cosa que atormentarme desde el día en que os salvé a ti y a tu hijo.

—No hace falta que me recuerdes lo que hiciste por mí, Malcolm. Lo sé muy bien. Es el único motivo de que esté aquí.

Él se desmoronó en su silla y la miró enfurruñado.

—Podrías evitar tener el aspecto de una persona que se enfrenta al verdugo. No vas a una ejecución sino simplemente a pagar una deuda honorable.

—¡No hay nada honorable en esto! ¡Nada en absoluto!

—Tal vez no. —Se inclinó hacia ella, le cogió la mano y le depositó un beso en la palma—. Pero eso no tiene por qué impedir que nos demos placer mutuamente.

—A ti te dará la muerte —masculló Alexander en su escondite y se abalanzó hacia la ventana.

Jaime se apresuró a cogerlo y lo sujetó firmemente.

—Espera. No te entrometas ahora, milaird.

—¿Acaso crees que debo refrenarme hasta que estan abrazados? —siseó Alexander, tratando de liberarse.

—Escucha. Te lo suplico. Simplemente escucha —susurró Jaime, y continuó sujetándolo firme incluso después que Alexander se calmó un poco.

—Un ratito. No más. Y si de verdad esto no es otra cosa que un lío adúltero, pagarás cara tu impertinencia.

—Muy justo —dijo Jaime, rogando que dijeran la verdad en voz alta.

—¿Placer? —exclamó Ailis, riendo amargamente y moviendo la cabeza—. ¿Encuentras placer en la traición?

—Tú ves traición —gruñó Malcolm—. Yo no veo otra cosa que un trato hecho y cumplido.

—¿Qué trato? —preguntó Alexander, sin olvidar hablar en voz muy baja para no alertar a los que estaban observando.

—Calla y escucha.

—Creo que te has vuelto muy impertinente —dijo Alexander, pero se quedó callado.

Algo en la actitud seria y preocupada de Jaime le dijo que debía intentar conservar la calma, escuchar y observar antes de actuar.

—Y no tienes la menor intención de liberarme del cumplimiento de este trato, ¿verdad? —dijo Ailis, aunque ya sabía la respuesta.

—No. ¿De veras crees que te habría pedido algo así si no lo deseara terriblemente? Sí, sé lo que piensas de los MacCordy, pero no todos éramos, somos, tan depravados. Sin embargo, descubrí que te deseaba tanto, tanto, que sí, he caído muy bajo.

—¿Tan bajo como para exigirme que falte a los votos sagrados de mi matrimonio, y que haga de puta para ti para salvar la vida de mi hijo?

—Sí, así de bajo.

Diciendo eso Malcolm apuró el resto del vino de un trago y volvió a llenar su copa. Por su guapa cara se extendió una expresión de tristeza.

Jaime notó un claro cambio en la postura de Alexander, y aunque estaba oscuro alcanzó a ver la expresión de interés en su cara. Sin dejar de lado la precaución, aflojó la presión de sus brazos alrededor del señor de Rathmor. Cuando lo único que hizo Alexander fue girarse a mirarlo, exhaló un suspiro de alivio para sus adentros.

—¿Esto fue una especie de trato hecho por la vida de mi hijo? —preguntó entonces Alexander, sin poder creer lo que acababa de oír.

—Sí.

Jaime estuvo a punto de retroceder al ver la expresión de furia en la cara de Alexander, preocupado sólo por sobre quién recaería esa furia.

—Dime en qué consistió exactamente ese trato. ¡Ahora mismo! —añadió al ver que Jaime vacilaba.

—En que Malcolm haría todo lo que pudiera para salvarlos a ella y a su hijo si ella le prometía pasar una noche con él.

—¿Y Ailis aceptó? —preguntó Alexander, pensando que no sabía a quién deseaba golpear más, si a Malcolm por ser un granuja sin honor o a Ailis por ser tan tonta para creer que tenía que cumplir su parte del trato.

—¿Qué otra opción tenía? —alegó Jaime—. Estaba empapada hasta los huesos, agotada y a punto de dar a luz. Sí, y Donald Mac-Cordy ya estaba muy cerca, en camino hacia la casa. Me parece que no tuvo elección.

Alexander sintió una fuerte punzada de dolor, que penetró en su furia. No le costaba nada imaginarse a la pobre Ailis, mojada, exhausta y en el estado más vulnerable en que puede hallarse una mujer. Jaime estaba ahí para ayudarla, pero tenía sus limitaciones. Siempre había lamentado profundamente no haber estado con ella para ayudarla en lugar de estar clavado en Rathmor. En ese momento, sabiendo ya la situación en que se había encontrado, lo lamentó más aún. También ardía en deseos de hacer pagar caro a Malcolm MacCordy que la hubiera obligado a aceptar ese trato. Cuando dio un paso hacia la ventana con la intención de apaciguar su necesidad de acción, oyó la voz de Ailis otra vez, y se detuvo. Si bien una inmensa parte de él pensaba que ya sabía todo lo que necesitaba saber, otra más pequeña deseaba saber más.

—¿Por qué, Malcolm? ¿Por qué me pides esto a mí? ¿Por qué me pides algo que yo no estaba dispuesta a darte libremente? Puedes tener todas las mujeres que necesites, ¿no? No deberías amenazar o coaccionar a una mujer para satisfacer tu lujuria.

—No, no tengo que hacer nada de eso, pero ellas no pueden darme lo que puedes darme tú.

—¿Qué? ¿Qué crees que puedo darte? Tengo las mismas cosas que cualquier otra mujer.

Malcolm soltó una maldición y se pasó los dedos por entre los cabellos.

—No se trata del cuerpo. Eso lo puedo obtener por medio penique. —Se dio un suave golpe en el ancho pecho con el puño—. Es lo que tienes aquí. Es lo que le das a ese MacDubh tres veces maldito.

—Eso no te lo podré dar nunca, Malcolm —dijo ella en tono solemne.

—Ah, sé que tiene una cara bonita y una lengua dulce...

—Sí, su cara es bonita, tan bonita que me quedo atontada cuando le miro, porque me dispersa todos los pensamientos. No creo que haya una cara más bonita en toda Escocia. Pero, dicho todo, sólo es una cara. Se la podría quemar o quedar desfigurado por graves cicatrices en un abrir y cerrar de ojos, y eso cambiaría muy poco lo que hago y lo que siento por él. En cuanto a lo de la lengua dulce —se rió—, perdió esa habilidad hace años, y no le ha vuelto con mucha fuerza. Oigo pocas palabras dulces de él.

—Sin embargo veo, lo percibo, que le das tanto fuego. Ese fuego es lo que deseo de ti.

—No te lo puedo dar a ti. Sale de mi corazón, y aunque creo que algún día podríamos ser amigos, no tengo espacio en mi corazón para otro amante. —Negó con la cabeza—. Quieres quitármelo todo y ni siquiera vas a obtener lo que deseas.

—¿Todo? ¿Qué quieres decir con que te lo quitaré todo? Sólo te pido una noche.

—¿Y qué ocurrirá llegado el amanecer? —preguntó Ailis, pensando cómo podía ser tan ciego a sus sentimientos.

—Vuelves al hombre con la cara más bonita de Escocia y todo queda olvidado.

—Quieres decir que vuelvo y le miento.

—No se lo dirías, ¿verdad? —preguntó Malcolm, con la voz suavizada por la conmoción.

—No tendría que decir nada. Él lo sabría. Habría un cambio en mí. Yo sabría qué secreto se interpone entre nosotros y lo seguiría sabiendo. Eternamente estaría pensando en que un día acabaría enterándose de que lo traicioné. Además, me sentiría sucia, y no debido a que me hubieras tocado tú en particular, sino porque me habría tocado otro hombre, cualquier otro hombre. Eso también se interpondría entre Alexander y yo. Creo que no lo sé explicar. Lo que me pides sólo se lo puedo dar a Alexander MacDubh.

Malcolm se le acercó más, ahuecó la mano en su nuca y le atrajo la cara hacia la de él.

—Entonces simula que yo soy tu precioso Alexander —dijo y la besó suavemente.

Ailis estaba pensando que a pesar de cómo eso le destrozaría la vida, al menos no encontraba del todo repulsivo el contacto de Malcolm. Notó que él se tensaba; esperó a que continuara el beso pero él apartó lentamente la cara. Abrió los ojos y tuvo que ahogar una exclamación. Alexander estaba junto a ellos con la punta de su espada tocándole la garganta a Malcolm. Notando que todo el color le abandonaba la cara, se enderezó bien y miró sus ojos brillantes de furia.

—Así pues, esposa mía, ¿por eso tenías tanto interés en Edimburgo? —dijo Alexander, sin poder contenerse; sabía que ella no había hecho nada malo, pero ver a Malcolm besándola le había espoleado los celos.

Antes que ella pudiera contestar sonó un gritito de espanto y entró Giorsal corriendo. Empujó hacia un lado al sorprendido Alexander y se colocó entre él y Malcolm. Estaba mortalmente pálida y temblando, pero se mantuvo firme, resuelta a proteger al hombre al que amaba.

—Giorsal, ¿estás loca? —refunfuñó Malcolm, y cuando intentó apartarla empujándola por la estrecha cintura comprobó que no era nada fácil moverla—. Muchacha, no tienes por qué meterte en esto.

—¿Que no tengo que meterme? —ladró Giorsal, dejando a Malcolm mudo por la sorpresa—. ¿Quién crees que quedará para enterrarte si te matan por intentar robar algo que nunca podrás tener?

Alexander envainó su espada.

—Lamento decir que no lo mataré —dijo, cogiéndole un brazo a Ailis y poniéndola de pie de un tirón—. Me gustaría muchísimo matarlo, pero le debo una vida. Así que ahora le regalo la suya. —Se giró hacia Jaime, que estaba en silencio detrás de él, y empujó suavemente a Ailis hacia él—. Lleva a casa a mi tonta mujer.

Jaime le cogió el brazo y echó a andar para salir.

—Alexander... —dijo Ailis.

—Hablaremos en casa.

Con el corazón oprimido Ailis se limitó a asentir y se dejó llevar por Jaime. Si no se hubiera sentido tan abatida, a punto de echarse a llorar, podría haberse reído, aunque era amargo el humor que le encontraba a la situación. No había hecho lo que aceptó hacer, pero iba a sufrir la penitencia de todos modos. Era la más cruel de las bromas.

En el instante en que Ailis salió de la sala, Alexander miró a Malcolm, y a pesar de la furia que sentía hacia él, no pudo evitar sonreír: el irritadísimo Malcolm estaba protegido por la pequeña Giorsal, que se negaba a moverse. Estaba claro que, tratándose de mujeres, Malcolm estaba tan ciego como lo había estado él.

—Sobrevives a este insulto, Malcolm, debido a lo que te debo. No habrá una segunda oportunidad.

—En todo caso tu mujer no le daría una —dijo Giorsal.

Alexander sonrió.

—No, lo sé. —Poniéndose serio volvió a mirar a Malcolm—. No puedo mofarme de ti todo lo que me gustaría porque yo he sido muy idiota últimamente. Pero hazme caso, Malcolm Mac-Cordy, si lo piensas un momento, creo que caerás en la cuenta de que lo que has intentado robar ya lo tienes casi posado en tu regazo.

Al oír la brusca inspiración de Giorsal, la miró haciéndole un guiño y salió en dirección a la puerta.

Aprovechó el trayecto de vuelta a casa para pensar cómo debía enfrentarse a Ailis. Había actuado horriblemente mal con tanta frecuencia que ya no se fiaba de ser capaz de tomar decisiones. No podía creer que en otro tiempo se hubiera atrevido a aconsejar a sus amigos sobre cómo tratar a sus esposas. Si lo vieran en ese momento seguro que se reirían a carcajadas. Rogó que el enfrentamiento los obligara a los dos a hablar con la sinceridad que necesitaban tan angustiosamente.

Ailis estaba sentada en la cama del dormitorio que compartía con Alexander dudando de que debiera estar ahí. Cuando oyó sus pasos acercándose a la habitación, enderezó la espalda, resuelta a defenderse; en realidad no creía que él le permitiera defenderse, ni que le creyera siquiera, pero tenía que intentarlo. Entonces, al verlo entrar en la habitación comprobó que el valor le bajaba en picado.

—Así que hiciste un trato con Malcolm MacCordy —dijo él, deteniéndose delante de ella con las manos en las caderas.

Ailis miró su cara severa y suspiró para sus adentros. Su belleza externa no era el motivo de que lo amara, pero iba a echarla terriblemente de menos cuando ya no pudiera mirársela.

—Sí —contestó—. Necesitaba un techo. Malcolm pidió un precio, pasar una noche conmigo. Puesto que sin su protección mi hijo estaba condenado, acepté.

—¿No se te ocurrió desentenderte de esa promesa, pensar que no tenías por qué cumplirla?

—Fue lo que compró la vida de nuestro hijo. Tenía que pagar el precio.

Alexander movió la cabeza y se sentó a su lado a quitarse las botas.

—Creo que una parte de ti sabe que ese era un precio que no tenías por qué pagar. Fue una de esas exigencias que puedes aceptar para salvar la vida y despreciar cuando estás libre. ¿Qué podía hacer Malcolm si decías no? No podía decirle a nadie lo del trato sin deshonrarse él, no a ti. Ciertamente no podía venir a quejarse a mí de que te negabas a honrar una deuda.

—¿Quieres decir con eso que fui allí porque deseaba acostarme con él?

—No, no, nada de eso. Sólo creo que has dado demasiada importancia a que le salvara la vida a Moragh.

—Bueno, tal vez —musitó ella, sintiéndose repentinamente insegura—. Pensé que el honor lo exigía.

—No hay ningún honor en satisfacer exigencias deshonrosas.

—O sea, que lo he perdido todo y ni siquiera por un buen motivo.

—¿Perdido todo? —preguntó él, mirándola desconcertado.

—Sí, a ti y al bebé.

—¿Puedo preguntar adónde nos vamos a ir Moragh y yo?

Diciendo eso se arrodilló ante ella y le sacó los zapatos sin hacer caso de su expresión de confusión.

—Te traicioné, Alexander. Nunca has guardado en secreto lo que piensas de las mujeres que te han traicionado. —Deseó marcharse antes de echarse a llorar, pero él ya le estaba soltando el pelo recogido, y tirando a un lado de cualquier manera las horquillas de hueso que le iba sacando—. Deseaba tanto hacerte cambiar de opinión sobre las mujeres, demostrarte que no todas somos malas y que todavía hay algunas de las que te puedes fiar.

Se le escapó un gritito de sorpresa porque de repente él se incorporó, la cogió por las axilas y la levantó hasta dejarla de cara a él.

—¿Sabes cuántas mujeres he tenido en mi vida, Ailis?

—¿Miles? —gruñó ella, pensando por qué tenía que recordarle su libertino pasado en ese momento.

—Sí, miles. Y de todas esas miles ninguna me ha dejado nunca tan absolutamente desconcertado como me dejas tú con tanta frecuencia.

—¿Desconcertado? ¿Yo?

—Sí, tú. Absolutamente desconcertado y perplejo.

Suavemente la depositó en la cama y se echó encima. Ella pensó cómo podía decir que ella lo desconcertaba cuando él actuaba de esa manera tan rara. Debería echarla, enviarla lejos, y sin embargo le estaba quitando la ropa. De hecho, no actuaba como si se sintiera traicionado, y ni siquiera especialmente enfadado.

—Te he traicionado y sin embargo actúas como si no hubiera ocurrido nada —dijo, y las palabras le salieron algo sofocadas por la camisola que él le estaba sacando por la cabeza.

Habiéndola dejado desnuda, Alexander se sentó sobre los talones para disfrutar de la vista antes de quitarse el resto de su ropa.

—No me has traicionado.

—Fui a encontrarme con Malcolm.

—No te acostaste con él.

—Pero me iba a acostar. —Se estremeció al sentir nuevamente en sus brazos su cuerpo desnudo—. Ese fue el precio que debía pagar.

—Por la vida de Moragh. ¿Me crees tan mezquino y despreciable como para condenarte por hacer lo que fuera necesario para mantener vivo a nuestro hijo? Veo unos cuantos fallos en tu razonamiento, pero ninguno en tu motivo. Sé qué miedos te impulsaron a hacerlo. ¿Cómo podría condenarte cuando sé muy bien que yo vendería mi alma al mismísimo diablo si con eso comprara a nuestro hijo aunque fuera un solo día más de vida?

Entonces le dio un beso tan feroz que ella no pudo hacer otra cosa que aferrarse a él y correspondérselo. Sintió los primeros revuelos de esperanza desde el día en que aceptó el precio de Malcolm. Y hasta ahí le llegó la capacidad de pensar porque él ya estaba haciéndole el amor con caricias lentas y apasionadas. Con cada beso, con cada caricia, la calentaba, la excitaba. No había ningún lugar de su cuerpo que no le hormigueara por las caricias de sus labios, manos y dedos, que no se calentara intensamente con su pasión. Se sentía como si él le estuviera rindiendo un gran homenaje. Cuando por fin él unió sus cuerpos ya estaba gritando de deseo y necesidad de él. En el instante en que la penetró, se abrazó a él con todas sus fuerzas y ardor. Y continuó apretándose contra su cuerpo mientras la llevaba hasta la cegadora liberación, que la dejó débil y temblorosa, liberación enriquecida por haber sido compartida con él.

—¿Esto significa que puedo continuar contigo? —preguntó cuando pudo hablar, y sonrió porque él se rió.

—Sí. Ailis, ¿qué es lo que no le puedes dar a Malcolm y a mí sí?

—Amor.

Hizo una brusca inspiración, gimió y cerró los ojos, avergonzada de su estupidez. Había contestado sin pensar, la verdad simplemente le salió por la boca. Con una corta palabra se había abierto exponiéndose totalmente a él y no tenía idea de qué haría él con eso y ni siquiera cómo reaccionaría. No le pareció muy buena señal sentirlo sonreír con los labios sobre su piel.

—Pobre Ailis, no querías decirme eso, ¿verdad?

Entonces se incorporó un poco apoyado en el codo y le sonrió.

A ella ya comenzaba a irritarla tanto buen humor, aunque sentía curiosidad por cuál era la causa.

—No es asunto tuyo —masculló.

—¿No es asunto mío? ¿Crees que yo no debería saber lo que siente mi esposa por mí?

—No cuando sonsacas la declaración con trampas.

—Ah —musitó él besándola suavemente en la boca—. No tienes por qué estar tan recelosa, cariño. No pasa nada.

—¿No? Ahora estoy totalmente desnuda ante ti, en corazón, alma y cuerpo. ¿Dónde está lo que me ofreces tú? ¿Cuándo te quitas la armadura?

Él le apartó suavemente unos mechones de la cara, pensando si tendría una idea de lo hermosa que era, de cara, de cuerpo y de naturaleza.

—He sido muy cauto, ¿verdad?

—Sí, y las pocas cosas que has dicho no han sido lo que se dice reveladoras ni, a veces, simpáticas.

—No. Merecido el reproche. Uy, Ailis, creo que desde el principio supe que no eres como las otras. No, como ninguna de las otras, incluso antes de que traición tras traición me agriaran la naturaleza y me endurecieran el corazón. La verdad, creo que por eso te trataba con tanta dureza a veces. Incluso después de dejar de estar tan amargado te alejaba de mí. —Con las yemas de los dedos le siguió el contorno de la cara—. Veía lo peligrosa que serías. Sin embargo, sólo cuando se te llevaron los MacCordy y tu tío y pensé que te había perdido, acepté lo mucho que eras ya parte de mi vida.

—¿Me echaste de menos? —preguntó ella, sorprendida de tener todavía capacidad para hablar, de tan pasmada que estaba por sus palabras.

—No hay palabras para decir cuánto, lo que no me gustaba mucho, pero no tardé en acostumbrarme. Cuando te vi salir para ir a encontrarte con Malcolm vi toda la verdad. La sola idea de que fueras a encontrarte con otro hombre me hirió tanto, tanto, que ya no pude continuar mintiéndome. En algún momento de todos los meses que te combatí, perdí la batalla.

—¿Quieres decir que me tienes afecto? —preguntó ella, en un susurro.

—De maneras que serán difíciles de decir —respondió él, también en un susurro.

—Bueno, inténtalo.

Él se rió y ella sonrió, sosteniéndole la mirada, sin atreverse a creer la dulce expresión que veía en sus hermosos ojos.

—Ah, muchacha, te quiero.

Ella lo abrazó exuberante y él se echó a reír.

Intentó abrazarlo con toda ella, con todas sus partes; también intentó no llorar. La emoción la ahogaba tanto que sólo podía mirarlo, acariciándole la cara con las manos temblorosas.

—Nunca me he atrevido a esperar que correspondieras mi amor, Alexander —dijo al fin, cuando pudo hablar—. Tardaré un tiempo en atreverme a creerlo de verdad.

Él le cogió las manos y le besó cada palma.

—Créelo. —Le besó la punta de la nariz—. Estábamos destinados, muchacha. Yo te necesitaba para que me salvaras de una total negrura de espíritu.

—Y yo te necesitaba de tantas maneras que tardaré un año en decírtelas todas.

—Bueno, ahora tenemos años, cariño. Sí, mi bonita esposa morena, tendremos muchísimos años gloriosos. —Sonrió—. Hasta que esté marchito y calvo, listo para la fría tierra.

—Estoy segura de que en tu lápida dirá: «Todavía el hombre más bonito de toda Escocia». Aunque llegarás a los cien antes de necesitarla.

—Y a ti te llamarán «La más amada de su corazón».

Ella le echó los brazos al cuello y acercó su boca a la suya.

—¿Eres capaz de amar a una muchachita morena hasta que la muerte nos separe?

—Cariño, mi amor por ti no lo apagará ni el frío contacto de la muerte.

—Entonces, por fin, mi magnífico caballero dorado, vamos a pisar el mismo terreno.

www.titania.org

Visite nuestro sitio web y descubra cómo ganar
premios leyendo fabulosas historias.

Además, sin salir de su casa, podrá conocer
las últimas novedades de
Susan King, Jo Beverley o Mary Jo Putney,
entre otras excelentes escritoras.

Escoja, sin compromiso y con tranquilidad,
la historia que más le seduzca
leyendo el primer capítulo de cualquier libro
de Titania.

Vote por su libro preferido y envíe su opinión
para informar a otros lectores.

Y mucho más...